有一种力量，叫文学；

有一种美好，叫回忆；

有一种感动，叫青春；

有一种生命，在鲁院！

寻找女儿美华

鲁迅文学院·百草园文集

陈 纸 ◎ 著

时光流逝在或明或暗的投影中，
在这些传统风情的描写
与琐屑细节的叙述中，
有着各式人物的矛盾、挣扎与向往，
以及在乡土中国中的回溯与出走……

XUNZHAO
NVER MEIHUA

知识出版社

图书在版编目（CIP）数据

寻找女儿美华／陈纸著 . -- 北京：知识出版社，
2017.8

（鲁迅文学院百草园文集）

ISBN 978-7-5015-9585-3

Ⅰ．①寻… Ⅱ．①陈… Ⅲ．①小说集—中国—当代

Ⅳ．①I247

中国版本图书馆 CIP 数据核字（2017）第 211805 号

寻找女儿美华　　陈　纸　著

出　版　人	姜钦云	
责任编辑	易晓燕　朱金叶	
装帧设计	君阅书装	
出版发行	知识出版社	
地　　址	北京市西城区阜成门北大街 17 号	
邮　　编	100037	
电　　话	010-88390659	
印　　刷	北京一鑫印务有限责任公司	
开　　本	787mm×1092mm　1/16	
印　　张	14	
字　　数	280 千字	
版　　次	2017 年 8 月第 1 版	
印　　次	2020 年 2 月第 2 次印刷	
书　　号	ISBN 978-7-5015-9585-3	

定　　价　　38.00 元

C目录
ontents

田鸡的爱情 …………………………………………… 1

谢雅的婚事 ………………………………………… 18

腌菜缸儿葛根香 …………………………………… 36

麻　将 ……………………………………………… 50

芙蓉开在野猪岭 …………………………………… 65

底　线 ……………………………………………… 88

哭泣的垃圾 ………………………………………… 127

牛建南事件 ………………………………………… 146

追家产 ……………………………………………… 158

蚂蚁杀手 …………………………………………… 163

我恨毒品 …………………………………………… 186

霸　爷 ……………………………………………… 191

寻找女儿美华 ……………………………………… 202

田鸡的爱情

1

"田鸡"是一种动物，江浙一带称为"青蛙""蛤蟆"，在两广，人们称这种蹦蹦跳跳、又有点丑陋的家伙为"蚂拐"。

这里的田鸡不是动物，而是一个人，这个人不姓田，"田鸡"只是他的外号。他为什么有"田鸡"这个外号呢，据说是因为他长着两条像田鸡一样短而粗壮、又往内拐的腿，走起路来像田鸡一样，一纵一缩、一蹦一跳的，村里有多嘴的人就叫他田鸡。

"田鸡、田鸡、田鸡、田鸡……"田鸡听了不气不恼不哭不笑，仍旧一纵一缩、一蹦一跳，像只天生的田鸡。

田鸡长大了。十八岁的田鸡脚一蹬，从校园跳到了家里，在家里没待半年，又一纵，从家里蹦到了城里，汇入了"打工一族"。

十八岁的田鸡背着一个大包在城里找到他表哥的时候，全然没有了田鸡的活泼，像是吃了农药一样，喘着粗气灰头土脸地对他表哥说："给我找份事做吧。"

表哥问他想做什么事，田鸡把那个脏得一塌糊涂的包往地上一丢，抹了一把汗说："什么事都可以，只要不种田。"

表哥拣起他丢在地上的包："你就那么怕种田？"

田鸡用脚踹了一下地面："你不也是怕种田吗?"

表哥的脸微微泛红："我是到城里来逃婚的。"

田鸡夺过表哥手中的包："我也不想那么早结婚!"

2

田鸡在城里换了不下七八个工种，先是在表哥的一个熟人那里修理摩托车，但干了不到一个礼拜，就被辞退了。

田鸡在补轮胎时刷得太用力，把一个针眼大小的破处刷成了一个"大眼珠"，而且就在车主的眼皮底下。车主与摩托车修理部老板比表哥与摩托修理部老板还熟，是老板的大主顾。车主的怒火还没烧起来，老板的火气赶在他之前先燃得旺旺的。他挥起一只大大的、闪着银光的扳手指向田鸡："滚，叫你补个轮胎都做不好，明天别来了!"

田鸡没有等到"明天"，当即丢下手中的轮胎，骑上表哥在黑市上花十五块钱为他买来的那辆破自行车走了。

田鸡跟在表哥的身后在大街小巷上逛，他们逛到一家饮料食品批发部，表哥掏出他的记者证，好说歹说替田鸡做担保，经理把田鸡收下了。

田鸡成了饮料食品批发部的送货工。田鸡的双腿短而粗壮，还有点向内拐，平时走路一蹭一蹭的，现在搬起东西来，他由"田鸡"变成"企鹅"了。

经理看他虽有点吃力，但还算卖力，也就没挑他什么毛病，有时甚至跟他开一两句不大不小的玩笑。

经理看着田鸡纵身一蹦，跳上了三轮车，双脚却怎么也踩不到踏板，就说："田鸡，你这身高肯定谈不到女朋友。"

田鸡屁股一扭，把三轮车的掣挡"咔嚓"拔了一下，"嘿嘿"两声，三轮车就扭扭捏捏地走了起来。

田鸡的三轮车正从踩得不习惯到变得熟练时，出事了。

其实，按照熟练程度是不会出事的，关键是他踩得不够认真。准确地说，是田鸡自认为熟练了，所以肆无忌惮地哼起歌来。当他哼到"爱情两个字好辛苦"时，"苦"字刚落，他的身子一顿，他本能地将掣挡一挂，身子差点飞了出去。他听得"砰"的一声，心里又叫了一个"苦"字，翻身滚落三轮车。

刚滚落三轮车，他的衣领就被一只钳子样的手拎了起来。

"赔我车！我告诉你，你干一年也赔不起我一个车灯泡！"田鸡头脑一片空白，耳边只听得对方这句话。

田鸡缓过神来时，他看见与他的三轮车接吻的一辆白色轿车，此刻正眨着一只破碎的眼球看他如何反应。

田鸡撒腿就跑，他记不得穿过了几条街，穿过了几条巷，直把自己逃得晕头转向、东西不辨时才在一个公共汽车起点站停车场停了下来。

田鸡又在一个免费的公园里逛了几个小时，直到天黑才找到表哥的住处。

表哥说："经理来电话问，怎么天黑了货还没送到？"

田鸡把撞车的经过简单跟表哥说了。

表哥的脸气得发紫："你在城里能做什么？干脆回家娶个老婆，老老实实种田得了！"

3

田鸡没有理表哥的话，他脖子一缩，双腿往里一拐，避开表哥的视线："我不会连累你的。"

田鸡就一个人上街去找事做。他去了一家快餐店送盒饭，可干不到一个月，有一次因路况不熟，转了两三个小时找不到订盒饭的人，自己一气之下把那盒饭吃了，然后一走了之。

之后，田鸡又找了几份事，但都没干长。

表哥知道他有了一份新活的时候，田鸡已经是一个不大不小的住宅小区的保安了。

表哥是在田鸡的电话里知道他在这个小区里做事的。表哥以为田鸡是在小区物业公司的哪个办公室里坐桌子，没想到他竟坐在了小区入口处的治安亭里。表哥第一眼见到田鸡时，一身正宗保安服的田鸡公事公办地向开着摩托车的表哥发了一张牌子。

　　"拿好，这是进出的凭证。"田鸡说这话时就是一个保安，满脸严肃。

　　这是一项庄重的工作，田鸡应该这样。表哥的心稍稍放定了一下，田鸡却笑了起来，把表哥的摩托车指向了路旁边，他自己随着摩托车跑出了亭子。

　　这次是表哥严肃了："从哪弄的这身衣服？你做保安合格吗？"

　　田鸡的神情也恢复了严肃："我现在每个月能拿到六百块钱，够吃够住，不会求你，你就别对我指手画脚了。"

　　田鸡一边说着话，一边不停地扭动着涨红的粗粗的脖子。

　　表哥口气软了下来："好啊，你真争气，你以为我真的不愿意帮你啊。"

　　田鸡双手作起揖来，表哥正琢磨着田鸡是求他快走还是表示感谢时，不知从哪里冒出一个姑娘。她挎着一个半新不旧的包，拍了拍田鸡的肩膀："我上班去了啊。"

　　田鸡忙把她拉住，满脸笑容地指着表哥向她介绍："我表哥，通过自学成才，现在是报社的记者。我不是跟你说过嘛，就是他。"

　　那姑娘慌忙想用另外一只手来跟表哥握手，但刚一伸出来，肩上的包就滑了下来，她忙用手托了上去，改用拍田鸡肩膀的手去握。

　　表哥见她的动静很大，也忙伸出手去，可当两只手刚一接触时，那个姑娘适时地刹了车，只是有点惶惑地轻轻捏了一下表哥的手："我是他初中时的同学，在这个小区租房住。"

　　"你说巧不巧，我另一个同学打电话给我说，她也在这城里打工，我找到她时，她说住在这里，认得物业公司的人，就让我穿上了这身衣服。"田鸡有点嬉皮笑脸。

　　表哥对那姑娘说："好啊，有个同学，互相有个照应嘛。谢谢你啊。"

"谢什么，都是老乡。"姑娘又丢下几个字，"你们聊。"就风风火火地走出了小区。

4

几天之后，表哥接到一个电话："我是罗冬秀啊，有空出来吗？我请你吃饭。"

表哥听了，先是一阵激动，之后问："哪个罗冬秀？我不认得你啊。"

"就是卢木根的同学，你忘了？"对方的语速放慢了，但表哥仍听出了淡淡的责备之意。

"哪个卢木根？"表哥刚问完，"扑哧"一声，笑出声来："对不起，我们都叫他'田鸡'，一时没想起是谁来。"

"现在想起来了吧？"

"想起来了，想起来了，都想起来了，谢谢你啊，帮田……帮卢木根找了份工作。"

"可他不想干了，所以才约你出来劝劝他。你说，现在找份工作多么不容易，是吧？特别是像他，连张大专文凭都没有……"

表哥连连打哈哈。

"你是大记者，不说你也知道。我们出来吃个饭，我请不动卢木根，你打个电话给他，约他出来，当面劝劝他，好吗？"

"好好好，谢谢你关心卢木根啊。"

电话那头好像还有什么话说，表哥等了四五秒钟，直到听见对方把电话挂了，他才也把电话挂了。

表哥打电话给田鸡，田鸡有点支支吾吾，问："谁的主意呀？"

表哥怔了一下，说："我的主意，怎么啦？"

田鸡说："你那么有空？"

表哥一听，火了："我有空，要不是罗冬秀约，我才懒得管你的事呢！"

田鸡说："我就知道是她的主意。"

表哥火又蹿起来了："你去不去嘛！"

田鸡问："她也去吗？"

表哥压了一下火："去啊。"

田鸡说："那我不去！"

表哥说："你什么意思？"

田鸡说："她就是要在你面前炫耀一下她有本事，为我找了一份工作，要我什么都听她的。"

表哥说："所以你不想干了，是吧？你回家去吧，你就是种田的命！"

田鸡说："你放心，我就是讨饭也不会讨到你头上去。"

表哥把田鸡不肯出来吃饭的情况告诉了罗冬秀。

罗冬秀说："我就知道，那种人固执得九头牛都拉不回。"

说完，田鸡表哥听到电话那头传来了嘤嘤的哭声。

5

很长一段时间，那个"嘤嘤"的哭声一直萦绕在田鸡表哥的耳畔，让他对罗冬秀与田鸡之间的关系产生了怀疑。

有几次，表哥十分想给田鸡打个电话问个究竟，但几次都放下了电话。他也许是觉得不应该管田鸡的私事吧，何况田鸡把话都说到那分上了，等于是跟他彻底翻了脸，甚至"老死不相往来"的决心都有了，自己何必去关心罗冬秀和田鸡的关系呢？这样一想，表哥就想省事心安。

就在表哥快要把田鸡彻彻底底地忘掉时，田鸡却主动打电话给他了。田鸡好像忘了他之前对表哥说话的意思和口气，这会儿细声细语，好像被搓了、揉了。

电话这头，表哥气还没消，但他也不发火，只是听。

田鸡像个说书的人，半年前抖了一个包袱，现在才慢声细气地来解这个包袱，表哥只能等着田鸡把接下去的事和事由交代清楚、补充完整。

"我和罗冬秀的事都过去了，她现在回家种田了，哈哈！"

"你以为你配得上罗冬秀？"表哥听了田鸡的笑声，对田鸡说。

"不管怎样，反正我是不会要农村妹的。"田鸡说。

"你不是农村仔？你想公鸡变凤凰？"表哥说。

"我说不过你，你有文化，你靠笔杆子和嘴皮子吃饭，不像我们，靠手和脚吃饭。"电话那头的田鸡好像还把话筒怎么弄了一下。表哥在这头听得"咔嚓"一下，表哥把头一偏，用嘴远远地冲话筒说了一句："以后我懒得管你了！"

6

田鸡把表哥约出来是在半年多以后，其间，表哥扳着手指头算了一下，对田鸡说："你只打过两次电话给我，一次是说你看到报纸上我和一位明星打官司的事后问我输了还是赢了；另一次问我有没有电脑U盘。"

表哥说完这些，把双手放下，塞进双腿之间，整个身子往田鸡的身边靠了一下，睁大眼睛问田鸡："今天怎么有时间有心情请我吃东北饺子？"

田鸡抓起桌上的一只茶杯，往嘴里塞，表哥担心他会把整个茶杯吞进去，但他只听到巨大的"吱溜"声，茶杯"嘣"的一声被田鸡放在桌上。

表哥突然又想到了什么，问："你要U盘干什么？"

田鸡向服务员拍了一下手，盯着表哥看了几秒，然后说："你不知道吗，现在我去了一家设计公司。"

表哥喉咙哽了一下："设计公司？设计什么的？"

田鸡望着服务员"哗啦啦"倒出来的茶水说："电脑设计公司，给人家设计广告、设计图书封面和杂志版式。"田鸡顿了一下，接着说："还有产品包装盒等。"

"你是跑业务吧?"表哥问。

"什么跑业务,我是搞设计!"田鸡又把语气放软了一点,"不过,还不熟,只能设计一些简单一点的。"

"能用电脑就不错了!"表哥像是小结性地发了言,他说完,故意停顿了好一会儿,然后向服务员扬了一下手说,"点东西!"

田鸡忙示意慢点,他说:"还有一个人没到呢。"

"一个人没到也可以点啊。"表哥说。

"是啊,一个人没到也可以点啊。"服务员拿着一张过塑好的菜单走了过来。

田鸡说:"她是个女的,今天她是最主要的客人,我不知道她喜欢吃什么。"

表哥说:"难怪,我说你什么时候变得这么大方了。"

"我什么时候小气过?小时候手上两个梨不都被你骗走了吗?"田鸡的脸涨得通红。

表哥认为他是紧张或害羞造成的脸红,便更来了精神,他想对田鸡加大一点刺激:"你是来打工的,还是来谈恋爱的?辛辛苦苦挣的那点钱,还不够你撩女孩子。"

"你放心,表哥,我不会像你,在城里娶了一个老婆,自己买的房子让岳父岳母住一半,简直把自己也嫁掉了,把自己的亲生爹娘丢在乡下受苦。"田鸡一边说,一边夺过服务员手中的菜单。

表哥正想再说什么,看见田鸡在向门口的方向使劲招手。

表哥顺着田鸡招手的方向望去,一个矮矮胖胖的女孩子像陀螺一样滚了过来。

当女孩肥大的屁股砸到凳子上时,表哥听到一个尖细的声音,像是从破旧的、用铁皮钉成的门的门缝里挤了出来:"点了什么?"

还不待田鸡和他表哥接话,女孩又说:"我最喜欢这里的饺子了,皮薄、馅多、个大,一碗一打,才三块钱。"

表哥一听,在心里笑了一下,想:难怪。接着又羡慕起对方的胃口。

"电视里不是说'牙好，胃口就好，吃嘛嘛香'吗，我就是胃口不好，所以身体就是长不胖。田鸡呢，他的胃口现在看来好多了，腮帮子像平白无故地垫了两片肉，比上一次见面时厚实多了。"

表哥这样一想，就觉得田鸡与"陀螺"之间首先是吃的关系，然后就是其他的什么关系。

表哥这样想时，头脑里突然蹦出一个词语"美味关系"。对，就是昨晚刚看的一部美国片。当时，他一边看这部片子，一边想着老婆每天早上六点钟出门上班，到下午五点半回来，一年三百六十五天，除了正月初一，天天如此，从未吃到她煮的早餐和中餐，他就心里对碟中的男主角妒忌得要死。

现在，田鸡，这个鬼模鬼样的田鸡，他身边的女孩一开口就是吃，吃得田鸡也肥了两块，看来，他俩的关系不是一天两天了。

田鸡可不管表哥如何胡思乱想，他把不知藏在了哪里的菜单像太监递什么东西给皇帝一样殷勤地放在"陀螺"的手上："想吃什么点什么。今天我们就是来陪你吃饺子的。这里有十八种饺子，论做法有蒸饺、煎饺、炸饺，论馅有菜饺、肉饺，论……"

"别论了。"陀螺打断田鸡的话，自己呜里哇啦说出了几个品种，然后把菜单丢到服务员手上说："先就这么多吧，不够到时再叫你。"

表哥把头扭到一边，田鸡一句话把他的头扳了过来，他对"陀螺"介绍说："我表哥，我们市里日报社鼎鼎有名的大记者，在这里十几年了，认得人很多，有事找他，能摆平。"

表哥一笑，问田鸡："她叫……?"

田鸡换了一口气，把脖子缩了回去，说："哦，忘了介绍了，她叫熊三英。"

表哥见田鸡再没说下去，他也就没再问什么了。

7

接下来，表哥吃了四个饺子，再接下来，他就有意无意地观察熊三英和田鸡两个人吃饺子。

表哥看到熊三英碗里的饺子像赶集似的跑出来，冲进熊三英宽宽的嘴里。表哥看得有点反胃，把目光转向田鸡，谁想田鸡也好不到哪里去，所不同的是，他是把一只饺子分成两半，一半一半地吃。表哥看见田鸡的筷子劈向每一个目标，溃液迸出。

这田鸡到城里才两年多，便变得这般没心没肺了，表哥想起田鸡小时候眼泪一把鼻涕一把，屁眼里爬出几条蛔虫被几只雄鸡追得满村子跑的情景，不禁笑出声来。

"表哥，你笑什么？真的，我们以后真的要求你办什么事哦。"表哥收敛起笑，看见熊三英在对他笑着说。

熊三英笑脸上的镌刻着一颗颗鲜红的粉刺，高低不平，波澜起伏。

田鸡先于熊三英消灭完一打粉饺，然后看着表哥碗里粘在一起的一堆粉饺，犹豫了一下，向服务员招了一下手。服务员到时，熊三英先说话了："再来一碟回锅肉，不麻，辣的，再给这位先生一碗米饭。"

田鸡看着表哥把一碗米饭和那碟回锅肉吃完，问："饱了吗？"

表哥说："饱了。"然后去找刚才放在手边的饺子，不见了。那只碗不知什么时候移到了田鸡的手边。表哥直了直腰，那只碗里早已空了。

走出"东北饺子王"，熊三英挎住了田鸡的手臂，却扭过头，对表哥说："哪天去看看嫂子。"

表哥接了一句："欢迎。"

8

田鸡再一次见到表哥的时候好像并没有准备好，他双手空空，神色慌张，只有熊三英打扮一新，手里还提着东西。

田鸡敲表哥家的门时不怎么有信心，敲了三下门才迟疑地移开了一条门缝。

田鸡见到表哥的脸，极不自然地笑了一下。表哥也笑了一下，侧着身子把田鸡和熊三英让进了屋子。

熊三英肥大的屁股还没有坐下，便从手提袋里"哗啦"几声，抖出一件东西来。田鸡表哥的老婆眼尖，她随即说："来就来，还带东西干吗，小孩的衣服穿不完呢。"

田鸡看到熊三英手中抖的是一件大红大红的小棉袄。小棉袄大红大红的颜色软软的，让田鸡忍不住走上去连连摸了几下。

"来，比一下，长了短了还可以拿去换。"熊三英一边说着，一边去拉田鸡表哥的儿子。

田鸡说："别吓着人家孩子。"

熊三英目光斜了田鸡一眼："他又不是吃奶的，还怕人。"

小孩欢快地蹦到熊三英跟前，熊三英把小棉袄支开，放在小孩的胸前比画来比画去，脸上的粉刺又泛起了鲜红："正合适，正合适。"然后侧过头对田鸡说："我猜得没错吧，七岁的小孩应该就有这么高，就应该穿这么长的衣服，我没猜错吧。"

田鸡的情绪被熊三英调动了起来，他也想带着激动的心情表达什么，见表哥仍在笑着，便咽了一口唾沫，什么也不想讲了。

熊三英把小棉袄塞进手提袋，把手提袋塞进小孩的怀里，她看见小孩抱着手提袋朝他妈奔去，她的目光便朝着小孩奔跑的方向移向田鸡表哥的老婆。

熊三英说："嫂子，你是哪里人？"

田鸡表哥的老婆正在削一个苹果，她眼眨了一下："本地的。"

熊三英瞅了田鸡一眼，又把目光落到田鸡表哥的老婆身上："我说了，嫂子就是本地人。"说着，她挪到另一张凳子，离田鸡远些，离田鸡表哥的老婆近些。

田鸡表哥的老婆手中的水果刀上的果皮条像带子一样晃了一下，便蜷缩着身子掉进了垃圾筐。小孩子伸过来手要苹果，她犹豫了一下，还是将苹果向熊三英递去。

熊三英连忙摆手，田鸡表哥的老婆好像受到某种鼓励，她更加下定了决心似的执拗地把苹果伸向熊三英。

熊三英更加坚决更加执拗地表示拒绝："给小孩吃吧。给小孩吃吧。"

田鸡表哥的老婆笑了一下："到我家了还客气。"手便转了个弯，把苹果给了儿子。

9

田鸡看着两个女人为一个苹果推来搡去，觉得特没意思。他想了一下，便起了身，去了洗手间。进了洗手间，却没什么动静，好一会儿，田鸡走了出来，瞅了熊三英一眼，说："该走了吧？"

熊三英不理他，又问田鸡表哥的老婆："当初你是怎么看上大哥的？"

田鸡表哥的老婆又笑了一下："他那时也是一个打工的。户口啊，房子啊，都还没有，但我还是嫁给了他，我是被他骗了呢。"

熊三英用眼睛扫了一圈，说："现在不是什么都有了吗？嫂子真是有眼光，嫁给了大哥这个大才子！"

"有个鬼眼光，还不是像赌博？赌对了倒好，赌错了一辈子后悔。"田鸡表哥的老婆又削好一个苹果，她又递给熊三英，熊三英接过递向田鸡的表哥。田鸡的表哥连连摆手，还说："客人先吃，客人先吃。"

熊三英把苹果丢给田鸡。

田鸡接过苹果，咬了一大口，鼓着腮帮子又问了熊三英一句："该走了吧？表哥他们明天还要上班呢。"

"不晚，你们明天不也要上班吗？"田鸡表哥的老婆说。

"上个鬼班，有一天没一天的。"熊三英笑着白了田鸡一眼。

"怎么回事？不是说在一家电脑设计公司上班吗？"表哥问。

"他哪懂什么电脑设计，没干两个月，便被老板踢出门了！"熊三英说。

"别说得那么难听，什么踢出门，是我炒了老板鱿鱼！"田鸡说。

"那现在在哪里干呢？"表哥问。

"要不是我叔叔的家具厂收留了他，他现在没准在垃圾桶里东剩菜剩饭吃呢。"

"你放屁，我一不缺胳膊二不缺腿，还能被饿死！"田鸡腮帮子鼓鼓的，两只眼睛睁得大大的，脖子缩着，双手停在胸前，仿佛随时要一跃而起，扑向某个目标，一口把它吞进去。

表哥见熊三英跟田鸡刚好相反，她的脖子像被谁扯了一下，倏地拉得长长的。

表哥忙对熊三英说："田鸡命好，他碰上了你。"接着，他又补充了一句："他的命总是很好，他总能碰上贵人。"

10

送走田鸡和熊三英，表哥还没把门关上，就听到他老婆问他："你觉得她怎么样？"

"谁怎么样？"表哥转过身本能地问了一句。

"反正我是觉得田鸡比她强！"田鸡表哥的老婆说。

"人家跟你一样，也是本地人呢。"田鸡表哥说。

"本地人也要像我一样，要拿得出手啊，跟个保龄球一样，又满脸的粉刺，脾气又臭又冲，田鸡还不变成瘟鸡啊。"田鸡表哥的老婆说。

"谁知道田鸡怎么想的。"田鸡的表哥说。

"谁知道"是个问号，像一个高高悬起的钩儿荡在田鸡的表哥的心窝上，好像随时要掉下来，钩住他怦怦直跳的心脏，并且时不时扯上一两下。

田鸡的表哥就这样不时地扯着，到了第三天，他终于憋不住，给田鸡打了一个电话："你是来真的，还是又想玩玩而已？"

田鸡被表哥莫名其妙的发问问蒙了："什么真的假的？"

"我问你是像对罗冬秀那样只是玩玩，还是像我和你表嫂一样来真的？你跟熊三英是来真的，还是玩玩？"表哥问。

电话那头是一段凄厉的声响，表哥听到田鸡在电话里喊："我这边正在锯木头，听不清，什么真的假的？"

说完就把电话挂了。

表哥听到田鸡的声音像一片轻轻盈盈的叶子，被一个巨大的漩涡一下子就湮没了。他仿佛看到一段时光被喧嚣的黑洞吞噬，当他想拉住什么时，却什么也把握不住。他只能伸出手臂，摊开掌心，徒然地摆出个最高尚、最优美的姿态。

家具加工厂的田鸡这会儿正用肚脐顶着一条木头，朝旋转的锯齿推去，他看见一条完整的木头在凄厉的分裂声中破成两半，他的心仿佛也被分成了两半，他的手里捏着两块木头，仿佛是两样截然不同的东西。

11

田鸡怔住的时候，凄厉声卷起的碎屑像雪一样打得他睁不开眼睛。田鸡把机子关了，他看见熊三英骑着一辆女式摩托车来了。她的一只脚使劲地往地上蹬着，把裤脚缝撑得像要开裂了，才把脚跟着了地。

熊三英下了车，从摩托车篮中提出一个饭盒，屁股一扭一扭地向田鸡走过来。她见田鸡正在取挂在胸前的围裙，便嗔了他一下："你是副厂长了，说了不要你亲自干这种活你偏不听。"

熊三英话音刚落，周围一阵"哧"笑，还有一个声音传来："只要晚上亲自干那种活就可以了。"

熊三英抢起一块大木板就要向说话的那个人劈去，四五个工人四处躲闪，熊三英不知该把木板落到谁的身上，只得狠狠地丢下。

熊三英把饭盒放到田鸡手上，田鸡看了看四周，才把饭盒接过。

熊三英像个陀螺一样立在木屑之上，市郊的风扫过来，像打耳光一样把她的神色打成愠怒。

熊三英还不待田鸡把饭盒盖打开，便冲上去，把饭盒盖压住，田鸡听见熊三英说："乡巴佬，吃饭之前总是不洗手，你不能像其他民工！"

田鸡看到熊三英脸上的粉刺像蛰伏了一冬的枣儿一样通红，他被这种通红大大地刺激了心情，他施加给饭盒盖的力量更大了。他使劲地要扳开饭盒盖，熊三英则使劲地压住，两人在饭盒盖上较上了劲。

熊三英感觉手上越来越力不从心了，她脸上的粉刺渐渐萎缩，她"扑哧"笑了一下："不跟你争了，去洗手。"

田鸡好像没听见，仍去揭饭盒盖。

熊三英重新用手压住饭盒。但她把笑容酿浓了一些："听话哦，洗手再吃。"

田鸡仍像没听见，他已打开了饭盒，一条鸡腿惨白惨白地躺在他眼前。田鸡举起了筷子，像举起了一把军刀，要对并不存在的某种生命报复似的补上一下子。

熊三英夺过田鸡手中的筷子，放在她肥大的大腿的膝盖上。田鸡听见"咔嚓"一声，那两根刚刚分离的筷子抱在了一起被折成了两节。

田鸡"呼"地站起来，熊三英没来得及看到田鸡做准备工作，饭盒就像一只轻捷的飞碟一样在半空中画了一道优美的弧线，然后慢慢地坠落在一片松软的木屑之上。

田鸡走过去，还想朝饭盒踩上一脚呀什么的，他见熊三英抱起的一根木条像只油光滑亮的海豹一样向他滑过来。

田鸡来不及细想，本能地用手臂护住额头。但木条却变了方向，而是绕到脑后，重重地给了他一下。

12

田鸡倒下去的时候什么也来不及想，当他醒来后，发觉躺在医院里，他意识到自己应该像将军一样运筹帷幄了。

运筹帷幄的结果是，先不急着出院，尽管自他醒过来之后便见熊三英餐餐为他送饭。但田鸡一概不理。

这起初让熊三英心怀歉疚，而且是深深的歉疚。从她几次柔声细语地说要喂田鸡吃饭便可以看出来。

但田鸡像个江塘集中营中优秀的共产党员一样，闭着嘴巴，好像即使是上老虎凳、灌辣椒水也绝不妥协。

第三天，熊三英由歉疚变成了哀求，她哀求的口气就像一位贤惠的妻子面对一位身患绝症而拒绝治疗的丈夫。

田鸡仍不领情，保持沉默，不吵不闹。这让熊三英很难受，她整天在病房里打转，看得医生和护士偷偷地笑。

田鸡像一只躺在洞里冬眠的田鸡，以逸待劳，把熊三英折腾得筋疲力尽。

当熊三英终于意识到了什么时，她把塞在柜子里、堆在柜台上的所有能吃的东西，其中包括苹果、雪梨、水蜜桃、哈密瓜、饼干、快餐面，甚至奶粉全搬走了。

第五天晚上，熊三英只挎了一个手提包来到田鸡的病床前，她斜着眼睛对冬眠一样的田鸡说：“我知道你想怎样，怪我瞎了眼，认识了你这个流氓无赖！”

病床上的田鸡像根被拉了一下的弹簧，他“腾”的一下，翻了个身，对熊三英说：“在你们城里人的眼里，我们农村来的都是流氓无赖。”

13

田鸡的表哥接到田鸡的电话时，田鸡在电话里说他回到家了。

田鸡的表哥说：“回到家了给我打什么电话？”

田鸡在电话里笑了一下，说：“是回到乡下的家了，现在跟我爸妈在吃饭呢。”

田鸡的表哥说："怎么也不跟我打声招呼？"

田鸡说："打什么招呼，又不是去哪里当官。"

田鸡的表哥说："尝过了在外面的味道，就在家好好种田。"

田鸡说："哪能呢，打死我也不肯种田，我在县城买了房子，我在县城做点买卖呢。"

田鸡的表哥说："想不到你在城里待了两三年，赚的钱比我还多呢。"

田鸡说："哪里，到时我结婚，你来参加婚礼和包红包的钱总有吧？"

田鸡的表哥说："你要结婚了？那么快？跟谁呀？"

田鸡顿了一下，说："还不是现成的。"

田鸡的表哥追问一句："是谁呀？"

田鸡说："罗冬秀。"

谢雅的婚事

1

二十八岁的谢雅终于答应今年要把自己嫁了。

父母是怎么说动她的呢？不知道。

谢雅的母亲在电话里听到谢雅说："好了，好了，别啰嗦了，我回去还不行嘛。"

谢雅的母亲把电话一放，首先对躺在扶椅上的老伴儿喊："老头子，阿雅明天要回来了！"

谢雅的父亲忙把身子欠起来："什么时候可以到家呢？"

谢雅的母亲喊："管她什么时候到呢，你去把其他女仔叫来！"

谢雅的父亲把耳朵侧了侧，问了句："啊？"

谢雅的母亲又重复喊了句："去把其他女仔叫来！"

谢雅的父亲抖了两下邋遢的胡子，颤巍巍地下了扶椅，四处找鞋。

"上了年纪，耳朵聋了，眼睛也瞎了？"谢雅的母亲捞过一双鞋，往谢雅的父亲脚下一丢。

谢雅的父亲嘴巴子动了几下，额上的皱纹耸了耸，喷出几分笑意，说："死老鼠，眯了不到一点钟，就把我的鞋拖去做窝了。"

"自己眼珠不好使还怪老鼠,"谢雅的母亲看着已迈出门槛的老伴又喊了一句,"晚上要回来,不要贪酒吃啊。"

谢雅的父亲走出家门两三百米的样子,他停住了脚步,想了想,点了一根烟,朝左手边的岔道上走。

左边的岔道是通往他大女儿家的。谢雅有六个姐姐,她最小,谢雅的六个姐姐全在二十三岁之前嫁出去了。她们的出生就好像田里生长的禾苗一样有规律,到嫁人时,也是按照稻谷归仓一样一茬一茬地来,三年一个,六个姐姐排着队,挨着却不挤着,一个个先后被父母送出家门。

轮到谢雅时,像庄稼突然歉了收,连遭了七八年旱灾似的。谢雅的父母刚开始还忍着,毕竟世道变了,女的男的不兴在田地玩泥巴,而兴去广东福建的工厂打工。谁想谢雅这工一打就是七八年,期间谢雅打过无数电话来,都不知换了多少个地方,换了多少个工种了。但她在电话里就是不提嫁人的事。

谢雅的父母想,先等着吧,可等着等着,谢雅的父母就急了,人七八年间一下子就老了。

近两年来,谢雅的父母就老是劝,劝得舌头都起泡了,没用。谢雅的六个姐姐轮番上阵,说得汗流浃背,谢雅也无动于衷。有一年,谢雅好不容易回来过了几天春节,她除了面对一桌桌鸡鸭鱼肉外,还要面对父母和姐姐联合亲戚朋友的狂轰滥炸,结果,她招架不住——提前回厂里了。

这次,谢雅答应回来把自己嫁掉,又是谢雅的父母与六个姐姐联合起来,费了一番心思编了个理由终于让谢雅点了头。

谢雅的父亲想到这里,便加快了脚步,朝离家最近的大女儿家奔去。

2

谢雅迈进家门的时候,不过才下午四点多钟,但屋子里全是人。

谢雅看见不大的厅堂被塞得满满当当，厅堂里一张大圆桌的轮廓，轮廓边上人影绰绰，人声喧哗。

谢雅的回来像一把刀把人声切了一下一样，喧哗声戛然而止，接着是一阵更大的喧哗。

不知是谁把电灯拉亮了。谢雅的大姐最先"哇"的一声，然后说："阿雅，你什么时候染了一头黄头发啦？"

谢雅的母亲端着饭碗走过来，在谢雅的面前端详了两三秒钟，说："死女仔，怎么在外面就不长肉呢。"

其他姐姐也拥上来，催着谢雅吃饭。

谢雅的父亲躺在扶椅上，脸拉了一声，说："我还以为是一只狐狸跑进了家门呢。"

谢雅并不理会父亲的话，提着包闪进了厅堂旁的一间房里，谢雅的母亲放下饭碗跟了进去。

谢雅一边从包里掏出一件件的东西来，一边问母亲："爸的病很严重啊？"

谢雅的母亲"唉"了一声，低着头说："不要跟你爸提病，以免他疑神疑鬼。"

谢雅掏出的最后一件东西是一个长方形的盒子，她把它塞到母亲手上："给爸喝喝看吧，不晓得有没有用。"

谢雅在家休息了一天，刚想缓口气，第三天，便被母亲和六个姐姐拉到县城见了一个男的。

那男的说是个"男孩子"也不为过，人长得高高瘦瘦，脸上还有粉刺，像将熟的柿子，泛出一点点的红来。那男的说话慢条斯理，走路也是不紧不慢，一副文文弱弱的样子。用文化人的话说，真有点"玉树临风"的味道，谢雅的六个姐姐一个比一个激动。

谢雅知道六个姐夫是怎么样的人，那男的确实与六个姐夫都不同，但说实话，谢雅的心里却不轻不重地别扭，不知是对姐姐们的反应，还是对那男的内心感受。

谢雅来不及细细体会，谢雅的母亲用胳膊连连推搡谢雅的胳膊。

谢雅不知是招架不住还是别的什么，就跟着那男人和姐姐们，在县城一家小饭馆里吃了一餐饭。

吃完饭，那男的付了钱，六个姐姐溜得比兔子还快，留下谢雅、谢雅的母亲、那男的，还有那个男的带来的父母。

谢雅的母亲对那男的父母说："我听你们叫他运根，是吧？"

男的父母忙笑吟吟地点头。

谢雅的母亲又对那男的父母说："是不是叫运根约我们阿雅去看电影？"

男的问谢雅的母亲："那你呢？"

谢雅的母亲"扑哧"一笑："我啊？买点东西就回去。"

男的说："我送你回去，我有摩托车。"

谢雅的母亲说："不用不用，我这把老骨头经不得摩托车震，等下看完电影你送阿雅回去吧。"

男的母亲也"扑哧"一笑，说："我那蠢仔在杭州的一家酒楼里做了几年厨师，除了会炒几个菜，什么事都不懂。"

谢雅的母亲乐得合不拢嘴，忙说："好好好，不蠢不蠢。"

3

接下来的事情，顺利而又老套得都不想写出来了。

几天之后，男的搭肉带酒来谢雅家提亲了。

定下亲来后，就是请"踏家酒"，"踏家酒"的意思是女方带家里人去男方家看家底。谢雅有六个姐姐、六个姐夫，加上伯父、伯母、叔叔、婶婶和伯叔的儿女以及妈娘家里的人，拖老带少，一行三十多人，浩浩荡荡去了男方家。

"踏家酒"一请，谢雅的母亲顺道要与男的父母把婚期定下来。

事情就在婚期上打了一个饱嗝似的，停了一下。

想不到男方比女方还急，男方的意思是趁早把婚事办了，婚事一办，男的女的心就定了，希望两个人都不要再游魂似的在外面打工了，回来安安稳稳过日子。

谢雅的母亲一听男方的意思，喜出望外，几个女儿和老伴也都是点头含笑，催她代表女方快拿主意。

谢雅的母亲受了鼓舞，她一拍双膝，说："那就定在十一月，怎么样？"

男的父母赶紧扳手指算，一边扳着手指，一边问谢雅的父母："还有个把月时间，来得及吗？"

谢雅的父亲说话声音像打雷："什么来得及来不及，要看你们男方的礼金什么时候给了。"

男的父亲一听，哈哈大笑，说："亲家真是个直肠子，礼金自然少不了。"

大家你一言我一语地议着时，不知谁冒出一句："该去问问男的和女的同意不同意啊。"

男的满面通红被推到人群中央，他憋了半天，说："可以啊，我反正已把杭州那份工辞掉了，不会再去了，我想在县城自己开家小饭馆。"

谢雅的父亲忙喊了一句："要的！"

众人转头四处找谢雅，却找不着，谢雅的母亲急得团团转，还扯着嗓子叫："阿雅！阿雅！"

没有应答。

谢雅的大姐奔向门外，约莫四五分钟，把谢雅拉了进来。

谢雅一只手被大姐拉着，一只手拿着手机。

谢雅的二姐替母亲问："妈说婚期定在十一月份，可不可以？"

谢雅说："不行啊，这次是请了工休假回来的，我过两天还要回东莞。"

那男的母亲忙问："那你说几月份？"

谢雅一边低着头看手机，一边说："最早也要农历十二月底。"

谢雅一说，赞同的人是那男的父亲，他忙接嘴："好啊，这样我们可以不慌不忙地准备。"

但男的第一个表示反对，他说："不行，最好在十一月。"

谢雅有点不高兴，抬起头，问："为什么呢？"

男的不吱声。

气氛一下子像寒冬里的鱼汤——僵了。

男的母亲急了，推了一把儿子："阿雅问你为什么呢。"

男的斜视了谢雅一眼，说："这都快过年了，不会再回东莞了吧？"

谢雅的母亲一听，笑了："就是！阿雅听你的，不回不回。"

谢雅斜视了母亲一眼，说："什么不回，刚才老板还打电话过来，说厂里缺人手，不回就另招人了。"

谢雅的父亲挤到谢雅跟前，不知是故意还是无意地咳嗽了两下，缓了一口气，说："是嫁人重要，还是打工重要？在外面打了八九年工，还没有打腻吗？"

男的母亲一听，忙闪进来，拉住谢雅父亲的手，笑着说："亲家，少说两句。"

谢雅的口气软了下来："不回就不回，发什么火。"

男的母亲又笑着去拉谢雅的手，说："今天就不要回去了，在这里住吧。"

4

男的把谢雅送到她家的时候，是第三天的早上。太阳虽然升得老高，但还是有点冷。谢雅家后院的儿棵梧桐树的叶儿黄得打起了卷，被风儿吹得有点发抖。

谢雅把那件时髦的风衣一撩，跳下摩托车就站在一个避风的墙角，低着头打起了电话。

男的看了谢雅一眼，站在那儿，大概是等她打完电话一起进谢雅的家门。

可谢雅的电话丝毫没有打完的意思。男的一边对着双手哈气，一边跺着脚。

谢雅的父亲正把一群在家乱拉屎的鸡往外赶，抬头看见男的站在门外的空地上，忙招呼着他进了门。

男的进了门，想了想，往厨房里钻，他见谢雅的母亲正在煮饭，便低声叫了一声"妈"，然后坐在灶边往灶里添起柴火来。

谢雅的母亲慌忙走到另一间房里，一只手拿着一个鸡蛋，问："怎么这么早？"

男的低下头说："阿雅不肯在我家吃早饭。"

谢雅的母亲就探出厨房门喊"阿雅"，喊了两句没应声。

男的抬起头对谢雅的母亲说："她在打电话。"

谢雅的母亲嗔了一句："到了家也像丢了魂在外头一样。"

接着，谢雅母亲的手脚明显利索了起来，她一边做着菜，一边问男的："想好在哪个位置开饭店了吗？"

"还没呢，中午想去看看，只是开家小饭馆。"男的说。

"小饭馆开得好也能挣钱呢。什么事不是从小的做起？"谢雅的母亲说。

"妈说得对，阿雅的意思是说炒本地菜，可我在杭州学的只是江浙菜，味道偏酸偏甜。"男的说。

"我们这地方也有很多江浙老板啊，他们会去吃啊！"谢雅的母亲说。

"一个小饭馆，你相信他能炒出真正的江浙菜来啊。"谢雅不知什么时候倚在厨房门上，一边把玩着手机，一边说。

谢雅的母亲白了谢雅一眼，说："吃了早饭陪运根去县城转转，选准个地方。"

谢雅白了男的一眼，说："他选的地方还少啊，跟着他连头都会转晕，一会儿说在城东开，一会儿说在城南开，一会儿说在城北开，好像是个海外来投资的大老板似的。"

男的一边低着头弄着火钳，一边说："不是还没定嘛。"

谢雅说："定不定是你的事。不过，我先跟你交个底，到时我可不会跟你端盘子。"

谢雅的母亲说："饭馆是你们两个人的，运根炒菜你端盘，难道还请别人干呀？"

谢雅说："请大姐、二姐她们去帮忙呀。我是老板娘，只管钱，不扫地，不端盘，不洗碗。"

谢雅的母亲说："她们自己家里的田都忙不过来，才不会去管你们的事。"

谢雅说："你以为我们不开工钱给她们啊，她们是来为我们打工的。妈，你在家没事做也可以来我们饭店打工挣点零花钱啊。"

谢雅的母亲说："家里的猪呀鸡呀鸭呀天天要喂，哪有时间？"

谢雅说："那帮我们饭店养吧。"

谢雅的母亲问："为什么？"

谢雅哈哈大笑着说："养大了卖到我们饭店里来啊。"

5

谢雅家后院几棵梧桐树的叶子掉得精光的时候，谢雅的母亲正手忙脚乱地为谢雅置办嫁妆。

因为有前面六个女儿做样子，谢雅的母亲该买什么，心中还是有个大概的数的。

被子、被单、缝纫机、电视机，这几样当然少不了，前面六个姐姐个个没少呢。谢雅的母亲不知是受了谢雅的怂恿，还是自己要摆气势，打算给谢雅陪嫁一部电脑。

这种想法还没在谢雅母亲的头脑里存几天，谢雅的六个姐姐好像轮流值班似的往娘家跑。

尽管她们说得有点像饭饱的小孩吃蚕豆——吞吞吐吐，但谢雅的母亲还是品出了她们的意思。

谢雅的母亲也不好说得很明白，她说："谢雅这几年打工的钱一分钱也没乱花，全存在我这里呢。买电脑是用她自己的钱。"

谢雅的大姐说："我们以前跟在爸妈的屁股后面干活，我们连钱都见不着，钱不也都在你们那里吗？"

谢雅的二姐说："打工的是钱，种田的就不是钱吗？"

倒是六姐没意见,她反过来对上面的几个姐姐说:"以前我们那时不是还没电脑那东西嘛,现在有了这玩意儿人家当然想要了。"

谢雅的母亲一听六女儿的话,眉头就偷偷地展开了。接着,六女儿顺势往母亲的肩膀上一靠,附在母亲的耳朵旁说:"你让阿雅给我们几个姐姐每人买一只戒指,我们就没意见。"

谢雅的母亲把姐姐们的意思对谢雅说了。谢雅的反应很强烈,她转着手指上那只刚买的戒指激动地说:"我这枚还是说得嘴上起了泡才让他买的呢。"

谢雅的母亲问:"你是说要运根买?"

谢雅睁大眼睛:"当然啰,难道让我来买六枚戒指,你以为我抢了银行啊?"

谢雅的母亲说:"你不是还放了一笔钱在我这里吗?随便买一个打发她们就可以了嘛。"

谢雅更激动:"随便买一个也要几十块上百块呀,你以为我的钱挣得轻松啊,都是我拼死拼活打工,省吃俭用积攒下来的。"

谢雅的母亲低下头:"说的也是,将来还要开饭店,没有一点成本哪里行?"

谢雅说:"开饭店我是不会投钱的,我的钱我自己花,将来靠得了谁?"

谢雅的母亲说:"那不有你老公吗?"

谢雅说:"他都自身难保!"

谢雅的母亲说:"日子还没过,怎么就说这种话呢?"

6

男的给谢雅买了一枚戒指后,又要给谢雅买一部手机。

这让谢雅喜出望外。

男的说:"是带机入户,只限于在本地使用,话费便宜,以前那部就别用了。"

谢雅一听，转喜为怒："你要限制我的自由？"

男的气得脸上的粉刺红红的："你整天抱着一部手机聊得黏黏糊糊，谁看了谁都不舒服。"

"是满脸的粉刺痒得你不舒服吧？"谢雅说。

"你讲话怎么这么没轻没重的？"男的说。

"我讲话就这样！"谢雅说。

话音未落，谢雅的手机又响了，谢雅瞄了男的一眼，侧过身子，走到屋外的墙角去了。

男的看见谢雅在打电话，不再说什么，骑上摩托车就走了。

谢雅的母亲当时就站在门口，那辆"重庆建设"吼了两声，撅起屁股喷了两股烟后扬长而去。

日子在有好事的时候总是过得很快。谢雅的母亲把谢雅的嫁妆置办得齐齐全全后，又要张罗老伴的七十大寿了。

当谢雅的母亲意识到老伴到了七十岁时，不止一次回忆着这几十年是怎么和他过来的。想着想着，谢雅的母亲就认为，自己几十年的日子其实过得很简单：前半生养大了七个女儿，后半生嫁掉七个女儿。现在就差七女儿阿雅了，阿雅一嫁掉，自己随时随地走，也无牵无挂了。她这样想着时，就感觉为老伴做寿其实就是为自己做寿，做了这次兴许就没有下次了，兴许还没轮到自己做，就走了。她再这样一想，心里就有点凉凉的。

"好在阿雅的亲事定下来了，老头子的生日要高兴才是。"谢雅的母亲说这句话给老伴听时，老伴向她吼："养那么多女儿有什么用，死了都没个儿子送终！"老伴吼着，浑浊的眼睛里滑下泪水来。

谢雅的母亲不敢吱声。她觉得总欠他什么。其实，她一生都是在这种歉意中走过来的。

如今，最后一个女儿的婚事定下来了，老伴也刚好七十岁了，谢雅的母亲觉得是老太爷修的福，让两件好事一起撞上了，而且相隔不到半个月。

接着，谢雅的母亲就盘算着如何把老伴的生日酒办得热闹一些。一想到"热闹"，谢雅的母亲在心里笑开来，她想，今年多了一个女婿，七个女婿全齐了，不就更热闹了嘛。

谢雅的母亲甚至在盘算新女婿会给岳父大人送什么生日礼物。

"这孩子老实，听阿雅的话，送什么多半是阿雅的主意。"谢雅的母亲这样想时，就有了去偷偷问阿雅的冲动。

谢雅的母亲又一想："送什么有比送一个女婿好呢，尤其是最后一个女婿。最后一个女儿嫁了，也该彻底放下心了，田也不种那么多了，够两张嘴吃就可以了，余下来的日子该歇停歇停了。"

谢雅的母亲这几天拼命地想啊想啊，越想心里越舒坦。

<h1 style="text-align:center">7</h1>

昨天还是太阳，今天就下起了大雪。这是今年冬天的第一场雪，真厚啊，把马路都盖得看不见了，田野和田埂全是白茫茫的一片，分不清哪是田哪是埂。

上午十点多钟的时候，谢雅穿着皮大衣在墙角一边踢着断砖上的雪，一边打着电话。谢雅的母亲慌里慌张地从屋里走出来，冲着谢雅喊："阿雅，你跟运根吵架了？运根说你爸的生日他不来了!"

"不来就不来呗。"谢雅眼睛盯着手机，手还摁着按键。

"你是不是在给运根打电话?"谢雅的母亲问。

"我才不会给他打电话呢。"谢雅说。

谢雅的母亲跺了一下脚，喊了一句："你怎么这么不争气呢!"

谢雅家屋顶烟囱上的烟抖了一下，惊飞了瓦片上踱步的几只麻雀。

谢雅的父亲用锄头挑着一只簸箕，簸箕里静静地躺着几根小孩胳膊般粗的淮山。他的嘴里一哈一哈地吐着热气。

谢雅的母亲冲出家门，接过老伴锄头上的簸箕，一口热气喷他的脸上："运根说不来送你的生日!"

谢雅的父亲抹了一把被冰碴结住了的胡子，侧了一下耳朵："啥?"

谢雅的母亲又喊了一声："运根说后天不来送你的生日！"

谢雅的父亲猛地踢了一下围到他脚边啄他靴子的几只鸡，说："他不来送生日，我们就请不成生日酒啦！"

谢雅的母亲问："那明天还上街去买菜吗？"

谢雅的父亲把锄头"砰"的一声搁在厅堂的屏风上，斜了谢雅一眼："我的生日又不靠他，我还有六个女儿和六个女婿呢！"

谢雅也斜了父亲一眼，把手机揣到口袋里，两只手放在炉盆上烤火。

谢雅的母亲把几根淮山往谢雅的脚下一丢，顺手捞过来一只小矮凳，急急地推了一下谢雅的膝盖："说呀，冤家，是不是跟运根吵架了？"

谢雅扭过头，正想跟母亲说话，手机又闷闷地响了起来。

谢雅站起身，正想往门外走，谢雅的母亲一把将她按住："你说清楚！"

"没有吵架我说什么清楚！"谢雅掏出手机往门外走。

谢雅的母亲追着谢雅，带着哭腔说："你有姐姐们一半那么听话就好了。"

谢雅父亲随后追着谢雅的母亲的话骂了一句："村里还有哪个女仔像你，狐狸精一样，全是在外面学坏的！"骂完，他转过身，向着谢雅的母亲骂："都是你惯的，说不要让她出去，你偏放她出去，在外面混了几年，变得人不人鬼不鬼的，连老公也不想要了，不要脸皮！"

谢雅一听，死死地瞪着父亲："谁不要老公了？"谢雅说了上半句，又低声地咕哝了一句。

谢雅的母亲忙扯住谢雅的手，仍是带着哭腔说："那你去打一个电话给运根啊。"

谢雅一甩袖子："不去！"

29
谢雅的婚事

8

第二天，谢雅的大姐夫早早地就来了，路上的雪没有融化，似乎更厚、更硬了，因为气温一直在往下降。

谢雅的大姐夫不敢让摩托车熄火，他一边用棍子敲着卷在轮胎上的冰碴子，一边说："刚才用火烧了半天才发动着车子。"

谢雅的母亲听到摩托车声响，从屋里跑出来，对谢雅的大姐夫说："快去打个电话给运根，问他明天为什么不来。"

"运根说了明天不来吗？"谢雅的大姐夫反问谢雅的母亲。

谢雅的母亲说："是啊。"

谢雅的大姐夫把棍子一丢，拍了拍手，冲进了屋里。

谢雅的母亲一边解着围裙，一边跟着女婿进了房间。

谢雅的大姐夫拿起电话问谢雅的母亲："运根的电话号码是多少？"

谢雅的母亲说："我哪儿知道？"说完，她跑进谢雅的房间问谢雅："运根的电话号码是多少？"

谢雅憋了半天才报了一组数字，谢雅的母亲一路念叨着那组数字进了打电话的房间。

谢雅的大姐夫问："运根，你明天不来喝爸的生日酒啊？"

谢雅的母亲听不清电话那头说什么，她把头凑近电话筒，还是没听清什么。

谢雅的大姐夫说："那也要把话说清楚啊。"

谢雅的母亲把耳朵又凑近些。

但电话那头的声音太低，她恨不得把话筒塞进自己的耳朵，她想去接过电话，被女婿拨开了。

"好，明天怎么样都要来一下。"谢雅的母亲听见女婿的口气稍微松弛了一点，也跟着把双手垂了下来。

谢雅的大姐夫一放下电话，便去找谢雅："你俩是怎么回事？"

谢雅不说话。

谢雅的大姐夫说："运根说，你要跟他分手？"

谢雅说："是他先提出来的，世上的男人又不是死光了，没有他，我就嫁不了？"

谢雅的大姐夫咧开了大嘴，笑了："你怎么这么说话？"

谢雅的母亲问大女婿："运根真是这么说的？"

谢雅的大姐夫说："他明天会来一下。"

谢雅的母亲说："真的？"

谢雅的大姐夫说："明天再跟他好好谈一下呗。"

9

今天是谢雅的父亲七十岁的生日。谢雅的母亲把蒸熟的饭端起来时，笼里的鸡才一只只"扑腾扑腾"地飞了出来。

谢雅的母亲往门外探了一下，她看见大女儿、二女儿把自行车放在了屋外，正一边叽叽喳喳地说着话，一边走进屋里。

谢雅的母亲向对面的房间喊了一句："阿雅，你姐都来了，还不起床！"

两个女儿进厨房跟母亲打了招呼后，便像早商量好了似的去杀那些绑好了翅膀和脚的鸡鸭鹅。

她们一个个手脚熟练，嘴也不停。但说的不是父亲的生日，而是谢雅和运根的事。

中午前后，客人陆陆续续来了，屋里已挤不下那么多人，溢到屋外了。天上一直不见太阳，不知是因为天冷，还是因为客人焦急，个个跺着脚，低声地说着什么，有人还东张西望地盼着什么。

那个男的来的时候，大家已经上席了。他把摩托车往门前一支，两只手像两只"拨清波"的鹅掌一样一摆一摆地走到了厅堂。

看见那个男的走进来，客人有的把刚端起的酒杯停在半空中，有的连牙齿都不嚼动，只有小孩还在打闹。有一个小孩被追打着要跑出去，正巧撞到那个男的腿上。那个男的身子一闪，小孩便摔在了地上。

谢雅的父亲躺在扶椅上，膝上盖着一条毛毯，他撑着腰，抬着头探了探，那个男的已走到了他跟前。

那个男的显然是受了某种气氛的鼓动，他站在谢雅父亲的扶椅前，脸上的粉刺粒粒涨起，也好像是在为他鼓劲似的。那个男的看着谢雅的父亲躺直了身体，把头侧向一边，他终于说了句："我爸和妈要我来退礼金。"

谢雅的母亲第一个冲到那个男的面前，她朝房间指了指："你去问谢雅要。"

谢雅的大姐夫走下酒桌，把岳母拉开，对那个男的说："运根，现在你来了，阿雅也在家，你们俩当面跟我们说清楚，到底怎么回事？"

"对，到底发生了什么事？讲清楚！"谢雅的几个姐和姐夫一下子围了上来。

那个男的后退两步，支支吾吾："是她不同意。"

谢雅不知什么时候挤了上来："我什么时候说过不同意？"

那个男的又支吾着说："我爸和我妈也不同意。"

谢雅的大姐问："他们为什么不同意？"

那个男的说："我也不知道。"

谢雅"嗤"了一句："说他是蠢仔还不承认，长这么大了，还总是'我爸我妈'的，还没断奶呢。"

有客人轻轻地笑了起来。

谢雅的母亲说："是你娶老婆，还是你爸妈娶老婆呢？"

那个男的直了直身子，憋着一口气说："我也不同意。"

客人中跳出一句话："为什么不同意？"

那个男的怔了一下，说："阿雅嫌我脸上有粉刺，说要等我的粉刺全好了才跟我结婚！"

客人中的笑声又大了一点，有人说："那还不容易，买点药一搽，保管不耽搁你入洞房。"

谢雅说："谁知道是不是在杭州打工时跟哪个女孩子时染上的病！"

那个男的脸涨得更红，马上说："我还说你有病呢，你还不是全身都是一点一点的红的？在我家住了两个晚上，我全身都痒。"那个男的还一边说着一边缩着脖子一扭一扭的。

谢雅向那个男的身上冲过去，谢雅的大姐把她拉住了。

谢雅的父亲向那个男的吼了一句："滚出去！"

那个男的嘀咕了一句："我爸和我妈叫我来要回礼金。"

客人中有人喊："出去说。"

那个男的一边斜眼寻找说话的人，一边被推着往门外跑。

大家一见，都跟着跑出了门外。

10

谢雅的母亲追到那个男的摩托车前，拉着他的手说："运根，我知道你们俩说的都是气话。是阿雅先说了你，可能让你受不了，你原谅她不行吗？"

谢雅的六姐夫挤到那个男的跟前，说："我虽然结了四五年的婚，但年龄可能跟你一样大，我也在外面打过两年工。如果你相信我，就跟我把话讲清楚，好不好？你们俩真的只是为了这点事才闹要分手吗？"

那个男的跨上摩托车，一边踩着发动机，一边说："说不清楚，明天叫我爸和我妈来说。"

摩托车一发动，却有人把那个男人连拖带拉拽下了车，有人还推了他一把。

人群中有人说："睡了人了，就说不清了，天底下哪有这么便宜的事？"

人群中又有人说："既然说不清楚，礼金为什么又说得清楚？"

谢雅的母亲说："礼金也说不清楚呀，都拿来买嫁妆了，全买好了，有的作为聘礼该送的都送出去了，送给亲戚了。"

谢雅的大姐说："算得清楚我们也丢不起那个人啊。现在附近的人都知道我们家阿雅快要嫁了，又被退婚了，你说她以后还怎么嫁人？"

"是啊，应该还要他给我们阿雅名誉损失费五千块！"谢雅的二姐挤了上来。

"还有青春损失费，五千块！"谢雅的三姐也冲了上来。

"两项加起来一万块！"谢雅的又一个姐附和着。

"现在一万块钱抵什么事，至少两万块！"谢雅的一个姐夫也站出来说话。

"三万！"又一个姐夫说。

"四万！"还有姐夫说。

"先把摩托车留下，让他回家去拿钱来！"这个声音得到了大家的一致响应，圈子一下子勒得紧紧，那个男的和他的摩托车被围得水泄不通。

那个男的见势头不对，忙冲出了包围圈，跑了。

"运根！运根！"谢雅的大姐追了过去，脚下的雪水"劈啪劈啪"作响。

"别追了，小心脚下打滑呀！"谢雅的大姐夫刚一说完，就见她背部往后一仰，摔倒在了雪地上。

"那个短命的，他真过意得去，竟然空着两只手，在我们请生日酒的时候来要礼金！"谢雅的母亲一边说着，一边哈着热气，热气跟着她的话一颤一颤的。

谢雅一见，忙走上去，扶住了母亲的臂膀，说："妈，你放心，我保准给你找个好女婿，至少比他好一百倍，他是我们厂里的老板！"

谢雅的母亲拨开了谢雅扶住她的手，说："难怪运根说是你看不上他，说你在外面有了人。我原来是打死也不相信。"

谢雅的身子又凑了过来："我不是在他们两个人当中挑嘛。你以为他就没有别人啊，我看见他搂着一个姑娘，在杭州的西湖边照的相，他也在我和她两个人当中挑啊。"

谢雅的母亲把谢雅一推，说："老天啊，现在是什么世道，你爸就是怕你在外面打工把人也卖到外面了，才说身体不好，让你回来说亲、嫁人。他如果知道你跟你厂里的广东老板好，是死也不会同意你婚事的！"

谢雅的母亲正说着，谢雅大姐的女儿站在门口喊："外婆，快来快来呀，外公昏过去了！"

谢雅的母亲一听，脚下一滑，在谢雅的搀扶下，急忙往家里跑去。

腌菜缸儿葛根香

1

说了没几个人相信，在同一个村竟有两个人是同年同月同日
生的。

谭村的腌菜和缸儿就是。

那天下午，女的挺着肚子盯着挂在头上的菜篮子发怔，里面干瘦
的白萝卜、红萝卜，还有莴笋和卷心菜让她犯了难，不知去抓哪样做
菜好。

她捂着肚子，忍着一阵阵往喉咙上方涌动的怪味，皱着眉毛。她
想起了厅堂的墙脚下静静躺着的坛子。坛子又高又宽，只有窄长的口
儿像是扯着嗓子在喊她。

她就很自然地走过去，轻轻解开封住坛口的绳子，再轻轻地揭开
封口的那一层薄膜。撸了撸袖子，她吃力地把手伸进坛子，抓出一把
软塌塌的菜来，先是放在鼻子前贪婪地闻了闻，然后闭上了眼睛长长
地吸了一口气，把菜放进筛子里。

菜是腌菜，把苋菜切短，晒软，加盐封存几个礼拜腌制而成。此
刻，它正泛着黄黄的光泽和淡淡的、若有若无的酸味。她掂了掂筛
子，把它轻轻放在地上，再艰难地拾起绳子，要把坛子重新封存起

来。她双腿微微跨开了一点，身子稍稍弯了下来，双手刚一用力，好像扯痛了身上的某一根神经。

她马上停下来，感到了疼痛，然后停下手中的动作，细细地体会一下。她感觉到了，疼痛是再熟悉不过了，是来源于肚子，先是温温的痛，接着是炸开似的痛，再就是挤压样的痛，最后是蔓延开来的痛。她受不住了，一边低声地呻吟着，一边艰难地走着，一路摸索着、扶着家中的饭桌、门柱，直到撞开房门，倒在床上。

她的女儿恰巧放学回来，见妈妈蜷缩着身子口口声声地叫痛，便丢下书包去地里喊她爸。

她爸又把女儿赶回了家，他自己扛着锄头跑去江背村喊接生婆。

接生婆在房间里等了几个时辰，孩子在掌灯时分终于生了下来。

孩子是个男孩，接生婆抹了一把汗问她："想好叫什么名字没有？"

女的把大汗淋淋的脸无力地转向丈夫。丈夫笑吟吟地摸摸后脑勺，先是摇摇头，然后盯着地上那只筛子里的菜说："先叫他腌菜吧。"

"你希望他以后像你一样蔫不拉叽的？"女的说过之后"扑哧"就轻轻笑了，床前的蜡烛火焰跟着幸福地抖了一下。

"那从今以后，你就是腌菜他妈，"接生婆笑着又转向女的丈夫说，"而你，不单是生产队长，还是腌菜他爸！"

2

与腌菜的出生比，缸儿来得就容易多了。那会儿太阳在山头蒙蒙的薄雾中懒洋洋往下挪时，缸儿的妈和他爸正在西瓜地里给瓜苗浇水。瓜地是红土，被敞着胸脯晒了一整天，这会正烫得想冒烟。缸儿他爸在那畦浇，缸儿妈在窝棚前从水缸里舀水到桶里去，舀着舀着，她突然冲丈夫喊了一句："孩子他爸，好像要生了耶。"

缸儿爸怔了一下，忙把她抱到装西瓜的大板车上往村里拉。一路上大概颠了十五六分钟，刚到村口，孩子就出来了。腌菜他爸叫来的接生婆操起剪刀冲到大板车前，直接就剪了孩子的脐带。

缸儿的名字是照着生产队队长腌菜他爸的"理儿"取的。

缸儿生下来的第二天，生产队长和缸儿的爸在开工时相遇了。两个男人脸上活泛着在往日里没有的生动表情。生产队长忙着给社员们散香烟，散到缸儿爸时，缸儿爸也忙向队长递烟，队长笑着接下了，却抽自己的，他还给缸儿爸点上了火。两个男人长长地吸了一口后，队长拍了拍缸儿爸的肩膀："你那伢仔听说生得很轻松？我那个可遭罪了，折腾了好几个多钟头，像皇帝一样！"

"你那孩子兴许就是皇帝命呢。"缸儿爸赔着笑脸，一副憨憨的表情。

队长掸了掸烟灰，也跟着笑了，然后像猛然想起："哦，对啰，我们两个伢仔同年同月同日生，很凑巧啊，真正的同庚。"说到这儿，生产队长又凑过脸来："你的伢仔起的什么名字？"

缸儿爸下巴支在锄头把上，把头往后稍稍仰了一下："还没取呢，队长，您给他赐一个吧。"

队长挠了半天头，才笑着说："听说你老婆生他时，她在缸里舀水浇西瓜？就叫他'缸儿'吧。"

"这名字结实！"缸儿爸用锄头砸了一下地，兴奋地说。

社员们一听，哄然笑了。

3

日子有板有眼地走着，在井冈山脚下这个偏僻的小村子里，太阳、月亮牵着腌菜和缸儿从幼年走到童年，从童年走到少年。

有一天，村里人在晒场上晒谷，初秋里金黄而煦暖的阳光平铺下来，他们睁着一双双惺忪的眼睛看见小马路上丁丁当当冲过来一辆载重的自行车。突然有个人叫了起来："腌菜的车后座搭的不是缸儿吗？两人都上初中了？"

这话一说，阳光就软了下来，接着果然有人说得有点伤感："一转眼的事儿，大的大了，老的老了。"

真是"一转眼的事儿"，从公社食堂吃大锅饭就到了生产承包经营责任制、分田到户；又是"一转眼的事儿"，生产队长摇身一变，改当了村长；还是"一转眼的事儿"，腌菜和缸儿一起就初中毕了业。

　　人们这时才把腌菜和缸儿重新拴在了一起来议论。

　　就在大家还七嘴八舌猜测腌菜和缸儿哪个能考上县城高中时，缸儿早就挑着簸箕上砖瓦窑厂干活去了。腌菜呢，录取通知书还没下来，总是拿着一本书坐在家里有阳光的地方。当村民们啧啧表扬他考完了还用功时，他当村长的爸说："他哪是看书，他是在低头剥指甲、挠头捉虱子呢。"村民们再仔细看腌菜时，果然见他头发蓬乱，两只手又是忽而忙手指上，忽而忙头上，一本放在膝盖上的书早已掉在了地上。

　　腌菜没白急，几天后，等来了一张录取通知书，而缸儿，只能继续在砖瓦窑厂挑土搬砖了。

　　秋风像打太极拳一样，忽而慢慢悠悠地散步，忽而迅疾旋转地飞跑，所到之处，带来的波动是不一样的。田埂上的豆荚子被它捏得炸开了，菜园上的野花被它吹得勾摄人心，只有脚丫一天比一天感觉凉，让人想说"敢情这打太极拳的老头没安好心呢！"

　　其实，也怪不了人家"秋老头"，就像缸儿没考上高中，能怪人家吗？缸儿爸偶尔这样絮叨，可是见到缸儿没什么反常，他就再也不好说什么了。

　　是啊，能怪谁呢？

　　从此，腌菜读他的书，缸儿种他的地，就像一条铁路，先是扳道工扳了一下，两条铁轨交叉了一下，腌菜和缸儿在这里同时出发了；然后平行走了一段，"咔嚓"——扳道工又一扳，两条铁轨碰撞了一下，又各自分开。只不过这次碰撞了一下后，方向却变了，好像越走越远。关于两个人的话题也像被扳道工扳开了一样，看来短时间是扯不到一块了。

4

几年之后，当人们快要把这话题完全丢开时，缸儿这个名字却在村里一片密密麻麻的鞭炮声中又被拎了起来。伴随着鞭炮声，车子上的新被褥、新缝纫机、新电视机、新脸盆、新毛巾被搬空塞进了缸儿家，大家才知道那个背着新娘子飞奔的小伙子是缸儿。村里人这才联想到往日里蔫不拉叽的年轻仔这会儿真正挺起了瓦缸一样结实的腰板儿，成了一个真正的男人。

在那一天，村民们才记起缸儿妈平日里与他们会偶尔提及"有没有合适的女仔，给我们家缸儿说个亲"的话，当时村民们还以为只是一个玩笑，想不到是动真格的，而且没等他们真正醒悟过来，缸儿家就等不及了，媳妇就进了门。村民们这会只有去互相打听媳妇来自何方。结果听说是由缸儿的姑姑做媒，娶的是县郊聂家镇的女仔。

女仔来自县郊，大家自然是一阵啧啧称赞，然后就分外注意起新娘来，一看，姑娘挺秀气文静。

"唔，不像不像，还离县城那么近呢，一点也没沾上城里人的习气。"有老年人这样说着，恨不得马上去找缸儿的姑姑，托她给孙儿也找一个。

后来又有人说，新娘家虽在镇上，但家里很穷，缸儿的岳父早几年前跟着他们镇上办鞭炮厂的一个女老板跑了，至今音讯全无。

"哦，原来是这样，难怪……"那老年人的脸色明显暗了下来，然后脚步就想移开，往自家走了。

也就是在那一天，村长坐在缸儿家的酒桌上阴沉着脸。

有人说，在村口，他们看到了腌菜蔫不拉叽的身影。

村长一边喝着闷酒，一边说着模糊不清的话："没考上大学，他想去哪儿游荡就让他去游荡！"忽而，村长端着酒杯摇摇晃晃地走过来，瞪着双虎样的眼睛对缸儿说："你比他有出息，没读书，却捞了个好媳妇，我那儿子有什么！"

后来人们才知道，腌菜是很想去参加缸儿的婚礼的，可不知道怎的，不好意思，不知是因为这次高考分数不理想还是其他原因。

5

初秋一过，日头就像过了水的苋菜，明显地软了下来，特别是过了中午，太阳便像苋菜过了水摊在砧板上一样，热气不久就跑了，只空留一张画样的菜饼贴在天上。

可腌菜却觉得日益烦躁，因为他爸的脾气像是往回转的日头，转到夏天去了，天天发火呢。

腌菜在家无所事事地待了一个多月，实在憋不下去，背了个包跑了。

腌菜一跑，腌菜妈急了，整天催着他爸去打听腌菜的下落。

好在没过几天，腌菜打电话回来说他在福建打工。腌菜他爸知道是儿子打来的，就去夺老婆的电话。腌菜好像知道他爸接过了他妈的话筒，他什么也不说了，气得他爸一句话也说不出来。

但腌菜爸从此脸上阴转晴是不争的事实，毕竟儿子"在外头"。虽然大学没考上，但还是去了外头做事嘛，说不定比大学毕业包分配的混得还好呢。

可似乎是一锤子刚敲下去便砸了自己的脚，第二年春节，腌菜就回来了，趾高气扬的样子，为啥？后面跟着一个水灵灵的姑娘呗。

火塘毕剥，腌菜爸看着火光映着的儿子那张红扑扑的脸，感觉一种希望扑灭了，另一种希望马上却极不情愿地烧了起来，但好歹也是一种希望啊。腌菜爸把火钳一丢："那就把婚事办了吧！"

婚事定在正月，这本是喜上加喜啊，村民们也没觉得有什么不妥。可后来私下里却传出"腌菜把人家姑娘的肚子搞大了，快显相了，再不结婚就露馅了"的话来。这样想过之后，也没觉得有什么不对，这几年，电影电视里这样的事不是多如牛毛嘛！

这样又一想，恍惚间，大家就都觉得一下子"与时俱进"了。

6

腌菜的老婆是邻县泰和的，和腌菜结婚不到七个月，便生了个女儿。第二年，腌菜交了三千元的罚款，接茬似的立马生了个大胖小子；缸儿呢，也早已"按部就班"比腌菜提前一年生了一男一女，日子过得就像门前小沟里流淌的水一样平静。

又是一个"多少年"之后，腌菜接替他爸当上了村长，与其说是"接替"，不如说是凭实力。村里人早在腌菜爸还赖在村长位置上时就提出应该选个文化高、年纪轻、能说得上话的当村长。村里人有的明着提议说腌菜是村里唯一一个在家种田的高中生，这几年他把家里一半的田揽下来改种经济作物，培植的杉树苗每天都有外乡来的车子等候在田边装车。他也紧挨着老爸的老屋盖了幢两层楼，是典型的年轻有为，应该当村长。村里的年轻人甚至怂恿腌菜把他老爸赶下台。腌菜爸一听，把儿子骂了一通，说："白养你了，就敢夺老爸的权。"

还是老族长出来说话："腌菜怎么敢夺你的权呢？我们是要进行投票选举的，大伙同意谁，谁就当村长，好不好？"

结果票数一出来，腌菜得票最多。族长当天笑吟吟地宣布："腌菜正式接他爸的班。"

腌菜爸在旁虽然极不情愿，但听族长这么一说，嘀咕道："这样说还差不多。"

村里人把腌菜的"暴发"看成是漫不经心的。在村里人眼里，腌菜好像不似缸儿成天往田里跑，缸儿总是劳碌不停息，甚至不知哪一天背被压得都有点弯了。而这时，缸儿爸的腰早已弯得像张弓，再也直不起来了。

腌菜似乎不太劳碌，在他的田里，除了他老婆，就是从村里村外请来的一帮"零工"，都是清一色的年轻姑娘，于是田里就像一幅别样的风景画，招惹得人们立在田边指指点点地看。

这时，人们往往见腌菜背着手、仰着头，指挥着田里的姑娘们这样干那样干，或者麻利地点着装上车的杉树苗，或者潇洒地数着钱。

缸儿有时路过，也会和腌菜搭讪几句，但声音很小，不知道在说什么，与那种乡亲们之间大呼大叫的情况是不同的。村民们把这种情况归结为缸儿不够自信，而腌菜又不想在他面前太张扬，是给缸儿面子。

有了这种想法，村民们就认为腌菜虽然年龄不大，但比他老爸强多了。看来，腌菜爸把位置让给他儿子是对的。

腌菜当上村长不久，就把村后的那片荒山承包了出去。通过竞标，缸儿取得了承包权。缸儿带着老婆上了山，吃住都在山上。第二年，两口子经过一番忙碌，漫山遍野都栽上了山楂树。

也就是在那一年，当山楂树挂满红彤彤小灯笼一样的山楂果时，在山上待了一年多的缸儿老婆说实在憋得慌，要下山去空闲几天。

缸儿心疼老婆，说："你去吧，再过几天就要收山楂果了，先歇几天，存存气力吧。"

7

缸儿老婆满心欢喜地下了山。她其实是想儿女，儿女在公婆那儿待着，她把儿女接到身边，陪着他们。

第二天，她领着儿女去菜园浇菜，腌菜开着辆手扶拖拉机一路灰尘地"呱呱"而来。坐在车上的腌菜老婆以往与缸儿老婆没有多少往来，这会儿不知怎的，扯开嗓子喊："缸儿他老婆，跟我们去逛县城吧！"

腌菜用脚拨了一下手扶拖拉机的挡，手扶拖拉机点了一下头，就不走了。

"山上的日子不好过，下山还俗了吧？"腌菜也一脸春光地问缸儿的老婆。

缸儿老婆把左右两个孩子往怀里轻轻一拉，想说什么，抬头看了腌菜夫妻俩一眼，笑了笑，低下头，什么也没说。

"听说你家的山楂树快有收成了，不想去县里问问行情和价钱?"腌菜的老婆跳下来，扯了扯一身簇新的衣服，又去扯缸儿老婆的衣角。

缸儿老婆条件反射似的抬起头，抿着嘴想了想，又看了看两个小孩，正想点头，腌菜老婆早已拍着两个小孩的屁股，赶他们去爷爷奶奶家了。

缸儿老婆被腌菜老婆拉上了手扶拖拉机。手扶拖拉机在飞扬的尘土中奔跑起来。

手扶拖拉机走到半路，在山路的一个拐弯处与迎面疾驶而来的一辆"大黄河"撞上了，当场撞死了两个。两个死者，一个是腌菜老婆，一个是缸儿老婆。腌菜当时见势不对，提前跳下拖拉机，捡了一条命，而腌菜老婆和缸儿老婆两人当时正聊得欢，根本不知道一辆大卡车迎面撞来。

腌菜和缸儿同时成了光棍。

没老婆的日子好像久晴的日子突然没有了日头，不但少了光亮，还没了温暖。尤其是缸儿，一人守在山上，一边摘着山楂一边掐着山楂树干上的刺，手指鲜血直流还浑然不知。腌菜的日子似乎好一些，他消极了一段日子后，仍是像以前一样忙，仍是像以前一样请很多年轻姑娘在他地里忙。

时间一久，村里人奇怪腌菜为什么不在那些"零工"中挑一个续了那根弦呢?也有人说"哪有那么容易，现在的姑娘实际得很，你有再多的钱也容不了没做新娘，就先做有两个小孩的娘"。

想想也是，可能腌菜也是"想想也是"。

只是他跑县城的次数更多了，有人见他总往县郊路边的发廊和美容店里钻。

村长也是人啊，身边咋能没女人呢?村里人见怪不怪。

可斜仔就觉得奇怪了。斜仔也是谭村人，在村里时就不想种田，整天骑着一辆破自行车瞎逛，车尾后要么搭着两只编织袋，要么绑着一只箱子，当路人用怀疑和嘲讽的眼光盯着他时，他的眼睛斜斜地抛过来两道比你更怀疑、更嘲讽的眼光，说："我去收废品呢!"或"我去卖冰棍呢!"最后，他又补充了一句："赛过你们种十亩地呢!"

把一些村民气得眼睛比他还斜。

8

其实，斜仔的眼睛只是斗鸡眼，也就是两颗眼珠子不知怎地，滚着滚着就回不到原位，站在右上角不动弹了。

斜仔收了几年废品，又卖了几年冰棍，村里人见到他的机会越来越少了。忽然有一天，村里有人看见他在县郊路边一间发廊旁的一家饭馆里吆三喝四，还对饭馆里几个漂亮的姑娘指手画脚。再有人回来说斜仔是那家饭馆的老板，斜仔托他放出话来说，凡是谭村人去那里吃饭，只收菜钱，酒、饭免费。

其实，最早晓得斜仔开饭馆的是腌菜，因为腌菜在那一带停顿的次数和时间都多。腌菜去发廊、美容店的次数多了，斜仔看他的眼睛更斜了："堂堂一个有钱的大村长就那么饿得慌么?"

斜仔的后一句话让腌菜听了挺受用："瞧，我这儿姑娘有的是，丑的俊的、高的矮的、胖的瘦的，随你挑!"

腌菜半开玩笑半认真地接茬说："挑回去陪睡觉、干家务、干农活、做孩子妈的那种哦。"

"不是这种还是鸡啊? 我这里招的全是正经姑娘!"斜仔不但眼睛斜了，嘴巴也歪了。

腌菜听了，丢下一句话："事成了不会让你白忙活的。"临走时，又回过头加了一句："缸儿也要一个。"

"缸儿我可不敢包。"斜仔笑着搓搓满是油腻的手，送腌菜出了门。

不到两天，斜仔托村里人捎话给腌菜，让他去饭馆一趟，还特别提醒带上缸儿。

腌菜上了山，直接把缸儿拽到了县城。

斜仔把他俩拉进了一个小包厢，炒了几个菜，让四五个服务员轮流端菜、敬酒，还怂恿腌菜和缸儿跟那些服务员聊天。腌菜很自然、大胆，有点嬉皮笑脸地同每位服务员扯着话儿，缸儿坐在旁边只是不自然地笑。

一顿饭下来，足足吃了三个多小时，吃到太阳在灰蒙蒙的雾气中像要掉到山的那边去，腌菜才拍着肚子，把碗一推，笑着站了起来。

回来的路上，腌菜问缸儿看中了哪个。缸儿还一直当他是在开玩笑，便随口也开了个玩笑："都看上了。"

"你胃口还蛮大的嘛，我看中的那个你可不能跟我抢哦。"腌菜认真地说。

第二次去饭馆时，斜仔早已与那几个服务员沟通好了，本着自愿的原则，菜还没上，两个姑娘就与腌菜和缸儿"配"坐在了一起。

与腌菜配对的自称叫赵小英，瘦高瘦高的，每说一句话，腰就轻微地扭一下，没说上两句话，腌菜早把她的腰搂得紧紧的。

缸儿问他旁边的那位矮胖矮胖的叫什么名字，还没等她回答，赵小英提着酒壶一边麻利地给缸儿斟酒，一边替她回答说，"叫葛根。"缸儿再问她姓什么时，她紧抿着嘴，低着头硬是不开口。

赵小英也不说："回到家钻进被窝里再问吧！"然后吃吃地笑了起来。

走出饭馆，腌菜塞给斜仔八百块钱，赵小英早已跨上了腌菜新买的摩托车的后座。

缸儿怔在那儿："真的带回家啊？"

"还有假？我们的介绍费都给他了。"腌菜朝缸儿旁边的葛根努了努嘴，葛根和缸儿一起搓着手，不知所措。

还是斜仔眼尖，拦了一辆邻村的手扶拖拉机，就把缸儿和葛根往手扶拖拉机上推，还一边说着："回去好好过日子。"

寻找女儿美华

9

两个姑娘就这样被拉进了大山。日子有了女人,突然就像太阳冲破了久阴的云层,骤然变得明亮骚动起来。特别是腌菜,更是又体会到了生活的甘甜。

赵小英很招他喜欢,她不仅热辣,而且手脚麻利;她不仅把家里家外收拾得干净利落,而且还做得一手好菜。而葛根则不同,她不仅说话慢条斯理,而且神情还有点傻乎乎的;她不仅做事有点笨手笨脚,而且饭量还挺大。但是缸儿似乎很满足,不管怎么说,家里有人替他烧锅做饭看孩子,家外偶尔也能帮衬他,陪他老老实实干活说话,其实已经不错了。

腌菜家的田里重新热闹了起来,而且似乎比以前还多了一些笑声,田里的杉树苗也借着笑声直往上疯蹿;缸儿家的山楂树叶儿渐渐黄了,山楂好像特别怕羞,过一夜,脸红一圈,被矮胖矮胖的树儿托着,把枝头压得弯弯的。

入冬第一次打霜的早晨,村里来了两个警察。他们在村口哈着热气冲蹲在村口洗衣服的一个妇女嚷嚷:"村长在哪儿?去把你们村长叫来!"妇女见来了一个大盖帽的,以为出了什么大事,顿时紧张了起来。她慌忙站起来,唤过来一个十二三岁的男孩子,催他"快快快,快去叫腌菜村长来!"男孩子"嘿"的一声,撒开腿跑出几米远。

不到五分钟,腌菜骑着摩托车灰头灰脸地赶来了,他见了警察,哈下腰,拼命掏烟,手脚抖了起来:"打霜的天,冷,手也不听使唤了,嘿嘿……"

警察用严肃的神情把腌菜的笑和烟挡了回去:"你是村长?"

"我是我是。"腌菜又往警察手里塞烟。两个警察又用手拨了回去,另一个警察问:"你叫腌菜?"

"是啊,我的大名叫陈农光,小名腌菜,嘿嘿。"腌菜想把烟放回口袋，但怔了一下，抽出一根，自己点上了。

"听说最近你和一个叫缸儿的村民带了两个女的回来，是吗？"

"是啊是啊，先培养培养感情，试着过过呗。"腌菜有点尴尬。

"你是村长，国家的政策你又不是不知道，先给她俩办个暂住证吧，拿照片去乡派出所走一趟，真要在一起过一辈子，还得补办一张结婚证！"

"我晓得，我晓得。"

10

日子不管有没有人刁难，它总是一如既往地往前走。村里人跟着日子不紧不慢地走着，却仍一如既往地看着腌菜和赵小英、缸儿和葛根的日子会怎么过下去。

人们估摸着这两对也该打结婚证时，一天，村里人发现赵小英出事了。

腌菜家的赵小英是被警察带走的，谭村人见呼啸的警车开进村，那凄厉的叫声把心都吊到嗓子眼上了，场景跟电影电视里演的一模一样。

赵小英耷拉着头，戴着副锃亮的手铐，被警察推上警车。腌菜先是去拦警察，但马上发觉无济于事，因为警察说"你再妨碍公务连你一起带走！"说着，真的掏出了另一副锃亮的手铐在腌菜的面前晃了晃。

腌菜就一个劲地摇头，"真没想到，真没想到。"然后眼睁睁地看着警车载着赵小英呼啸而去。

警察说赵小英是网上通缉犯，半年前，她在广西老家杀了她吸毒的男人后跑了出来。

大家还没有从刚才的惊悸中回过神来，缸儿妈失魂落魄地一路跑来一路问："看见我孙子了吗？看见我孙子了吗？"

大家都摇头时，一个小孩的声音说："中午还看到葛根背着他呢，她背着他走得很快，不晓得去哪里。"

大家的心又"咯噔"了起来，缸儿妈急得直跳脚："当初我就说了别把那'现世宝'带到家来，坏事败家，要了干啥哟。"

"葛根不会是人贩子，把小孩拐跑了吧？"终于有人说出了大家的担心。

这话一出，人群中就有人嘀咕："两个女人，一个杀人犯，一个人贩子，看来都不是好东西。"

"还不快去追，迟了连小孩的毛都找不到！"有人跳出来说。

缸儿妈急得在原地打转，腌菜回过神来，发动了摩托车，对缸儿妈说："你上山去叫缸儿下来！"然后自己加足马力，朝县城方向追去。

天黑的时候，腌菜和缸儿两手空空地回来了。两个影子一样的男人傻坐着，表情木然。

谁知，掌灯时分，葛根突然满身霜花，背着缸儿的儿子回来了。

缸儿冲上去像狮子一样吼她："带他去哪儿了？"

葛根气喘吁吁地放下孩子，闷声说："他发高烧，我背他去乡人民保健院打了两瓶吊针才降下温来……"

两个男人舒了一口气。

不久，赶在年前，平日里蔫不拉叽的缸儿终于挺直了腰杆与同样有点蔫不拉叽的葛根领了结婚证。

据缸儿说，打结婚证时，葛根突然拿出身份证，仰着头，一字一顿地对民政局的人念道"我姓刘，叫刘葛根，女，一九八〇年生，湖南祁东县××乡××村人，未婚，不相信你们可以去调查……"

在场的人一听，都笑了。

几天后，缸儿与葛根办了婚事。

那一年，缸儿收获了一千多斤红彤彤、圆溜溜的山楂，和一个女人肚子里的孩子。

麻　将

1

　　程齐感觉自己快要疯了！

　　他的心灵深处张牙舞爪，四处乱抓，整个身心像悬在半空，落不下来。

　　自从被机械厂裁员，一丢下身上那件涂满沉甸甸铁屑或污垢的工作服和那把握了二十多年、发出锃亮冷光的扳手，他的心就飘了起来。

　　回到家，妻子一句"从此有的是时间睡懒觉"更是像推了他一把，他感到彻彻底底地没有依靠和支撑了。

　　程齐整个人恍恍惚惚，神游一般。

　　以前可不是这样啊！在工厂，虽然效益差点，工资少得可怜，干活也懒懒散散，但走进厂房，眼前的每个物件都实实在在呀。怎么说没了就没了呢？

　　记得下岗第一天，在送儿子去学校的途中，程齐脑子里老是想着这些，直到一声尖叫，才把他从记忆中召回——原来他领着儿子差点钻进了一辆大货车的轮子下。

　　"你瞎了眼啊！"程齐的双腿虽然吓得柔软可折，但仍不忘条件反射性地冲驾驶室骂了一句。

"你才瞎了眼!"驾驶室里伸出一张比程齐更凶神恶煞的脸,"没看见红绿灯呀!"

是啊,怎么没看见红绿灯呀。记得以前这里是没有红绿灯的呀。怎么今天横冲出一排红绿灯来了呢。

"老爸,学校考虑我们的安全,最近特地在这里设了一个活动红绿灯。"接着,儿子白了他一眼,又说,"老爸,你已经快两个多月没送我上学啦。"

这两个多月的早上程齐在哪里呢?程齐想了想,就苦笑了起来。赖在被窝里的那股温暖满足的感觉从心底里升了上来,让走在路上的程齐骨头有些酥软。

不知从哪天起,程齐竟有了睡懒觉的条件,也许是从厂长宣布厂里连年亏损,快撑不住的那天开始吧。程齐已不记得了。程齐不但坦然地享受这份懒觉,去上班的途中也是不紧不慢的。

也不知从哪天起,程齐开始有时间注意上班途中的人和景。当他开始注意这些时,感觉一切既陌生又熟悉。

程齐似乎刚刚才有机会慢慢地打量每天必经的南桥公园的面貌。

一群绕在泛着青灰色光泽砌成的大理石围墩上的人开始一天天吸引着程齐的目光。

若干天之后,他终于忍不住下了自行车走近去瞅个究竟。

程齐为自己的猜测而得意地想笑出声来。果然是在打麻将。顿时,一种熟悉而又陌生的气息随着噼里啪啦的声响冲击着他的耳膜和心扉。

程齐忍不住背起双手,伸长脖子,探出身子,睁圆眼睛,看了个究竟。

里三层外三层围着的里面是四个老头子在对垒,一局下来,程齐就知道他们的水平和赌的大小。

程齐摇摇头:"太小了,太小了!"

旁边就有人抛过来一句话:"图个乐嘛,老年人退休没事干,怎么打发时间?"

程齐侧过身一看时,又是一个老头,父亲一般年龄,只是比他父亲少了一些白发和皱纹。

父亲一生没离开过机械厂，程齐就是顶替父亲进了工厂的。程齐感激父亲的最主要的方式就是陪父亲打麻将。母亲自然也要参与的，三缺一时，弟弟、弟媳、妻子轮流"值班"。

程齐想想，他住的那一带老城区都是土生土长的本地人，别说一辈子没挪过窝，就是工作，也全是在附近的那几家老牌的工厂里。

这几年，周围的道路越修越宽，老城区的地盘越来越小，很多挤在小巷里的塑料厂、味精厂、五金厂、福利厂说不见就不见了，取而代之的是灯光惨白、人群熙攘的超市或各种健身器材齐全的广场和公园。老城区唯一增多的是打麻将的人，以前是老年人为"主力军"，现在中青年组成的"杂牌军"大有与"主力军"相抗衡之势。

程齐看到这些，既眼馋又担忧。有时迈开步想进去掺和两把时，妻子看到就骂了："打打打，总有一天有得你打！打麻将能打出全家人的饭钱？"

"赢了不就有了饭钱，"程齐本是一句玩笑话，想不到竟点着了妻子的火："就你那衰样也能赢钱？"

妻子的话语不久得到了应验，就在他刚刚开始咀嚼有关麻将的一些或远或近的记忆和情景时，程齐被厂里一脚给踹回了家。

厂里实行股份制改造，按理谁入股谁留下，有钱的出钱，有技术的算技术股，偏偏程齐跑遍了所有的亲朋好友就是凑不齐四万元的集资款；入技术股嘛，偏偏名额有限。新领导不论技术职称，偏偏选择了抓阄，两百名技术人员中淘汰二十名。程齐算是衰到家了，偏偏抓中二十名的队伍。记得把阄展开的那一刹那，程齐一下子感觉飞了起来，回过神之后，他一把抓住新领导的手，就差点没跪下来。新领导并不认识他，一边轻轻抽出他的手，一边冷冷地笑了一声说："我也没办法。"

2

回到家两三个星期，程齐的思维还没有转换过来。他反而不爱睡懒觉了，甚至时常彻夜失眠。他这才发觉以前那份懒懒散散的工作在他心中其实是非常重要的。他甚至后悔没有认真地对待它。下岗第一天，他却早早地起了床，但又不知该做什么。儿子的学校在妻子上班的路上，以前大多数时间是妻子接送。现在程齐首先想到的是先把接送儿子的活抢过来。妻子也不说话，把儿子扔在家就走了。程齐这才觉得水里加了点糖，空气中加了压，有了一点品得到的紧张。程齐把儿子的书包整得像远行者的行囊。儿子却没工夫，拎起书包，抓起一个鸡蛋就往外冲。

程齐手也来不及洗，也跟着冲出去找自行车，还殷勤地想扶儿子一把。儿子把身子一扭，侧过父亲伸来的手，双腿一跨，便稳稳地坐到了车后架上。程齐只好把多余的心思放在认真地踩自行车上了。偏偏认真不起来。程齐也不知道是什么时候走神的。等他听到儿子的一声尖叫，他才发觉自行车前轮已有半个身子探进了一辆大货车底下。儿子跳下自行车一溜烟往教室跑。程齐张着嘴，探着头望着儿子消失在眼前。然后，眼前就是空落一片，心里虚无一片。阳光打在他的身上，程齐觉得多余，想躲闪都不行。连街道都宽得吓人，程齐用车轮一圈一圈地量着这段路时，他突然想到上午有一整块时间不知如何打发。他正考虑怎么办时，来到了南桥公园。熟悉而陌生的麻将声把程齐吸引去了。程齐仍是挤进去，刚想看看麻局，赵大强坐好了位置，好像等着程齐补三缺一的漏。程齐也没多考虑，几年没有与赵大强一起打麻将了。记得那时赵大强与程齐还是邻居，赵大强在城区环卫所扫大街，后来环卫所裁人，赵大强连扫大街的资格都被取消了，再后来听说他摆了个修自行车的摊，就很少见到他了。"什么时候推我自行车上你摊上整整链条，太松了，不好踩。"程齐一边垒着麻将牌，一边对赵大强半真半假地说。"别思想了，道路拓宽，把我的摊'兼并'了。"赵大强这一点让程齐佩服。不管什么时候，赵大强都会把严重的事说得轻松搞笑。有一次，程齐跟他打麻将，不到三个小时赢了他五百多块钱，赵大强笑呵呵地说："这有什么，多加几天班而已。""这次我再赢你五百块！"程齐仍对此念念不忘。"那你要我的命。"赵大强虽然仍是笑呵呵，但从他的口气中还是听出了以前没有的沉重。围观者越来越多，程齐偶尔抬起头，看见人群中不少三四十岁人的脸。程齐先是吃惊，什么时候像他这年龄段的人也变得与他一样有空闲了呢？瞅着几张脸，还是以前的玩伴。他们泛着少年时期的神采，蛊惑似的冲程齐喊："麻将世家出来的，手气好，赢多点请客啊。"

这时的程齐已经连赢了四五局，手边几张皱巴巴的拾元钞票呼朋引伴，恨不得把别人的钞票都喊去凑热闹。程齐好久没听人说过他手气好了。他竟又回归到飘飘然的境界，心中陡生几许得意。他找到了一种实实在在的东西。他觉得应把它像工作一样做好。准确地说，是像刚进厂时一样把它认真做好。程齐的心理状态仿佛回归到了几十年前刚做工人时的紧张和激动。当他把三百块钱交到妻子手上时，妻子本能地接过，还以为是程齐的工资呢。不过，稍一怔，妻子就疑惑了："不是说厂里的钱都给结清了吗？怎么还有钱？"妻子其实根本不是把程齐当回事，她是要把钱的出处弄清楚，在她看来，每一张钞票的背后就是男人的一个秘密。这很重要。

程齐只是神秘一笑，这一笑，妻子火了："存了私房钱，终于良心发现，交出来充公，是不是？"接着一串连珠炮："我告诉你，家里哪里都要花钱，你现在没工作了，别认为就没创收的任务……"

妻子在一家没落的杂志社做事，虽是办公室员工，但杂志社经营惨淡，全社员工，上上下下，不论记者、编辑，都要出去拉广告、拉赞助，社长说每位员工每年拉不到八千元广告费，工资发百分之八十！

程齐知道，许是领导老是在她面前提"创收"，所以她把这话"移植"到教训他了，无形中，把一种生存的压力转移到了他的头上。

"打麻将赢的。"程齐老老实实回答。

"你、你、你……你什么时候又打起麻将来了？还赌博？"程齐看到妻子的眼睛越睁越大，然后越缩越小，终于连眼皮都耷拉了下来，"算了，我也管不了你了，你把自己沦为社会闲散人员了。"说完，把围裙扯下一丢，跨上自行车一路叮叮当当出去了。

程齐搭着儿子，一路骑，一路想，把儿子放到校门口，又去了南桥公园。

这次与他开局的除了赵大强，还有两个不认识的。一位花白胡子的老人，一位矮墩略胖的中年人。

两局没下来，中年人一边摸着牌一边抬起头对程齐说："我可认识你，我爸也认识你爸，不是在机械厂做技术员吗？你也有这闲心打麻将？"

程齐苦笑了一下，想回答他，结果吐出去的竟是一句："你问我，我还问你呢。"

赵大强接嘴："城管这阵子不是查得严吗？死胖子那辆自制的三轮摩托哑火啦。"

"谁说哑火啦，在晚上我照样满街转！"中年人砸出一张牌。

"那也只能晚上转转。"赵大强把牌轻轻一推，朝着中年人笑。

"总比你的摊位全端了强吧？"中年人也笑了。

气氛又轻松起来。程齐也跟着轻松地笑了起来。

也不知道从什么时候起，现场气氛发展到了高潮：热烈，还夹杂着吵闹。尽管招来一些在旁舞剑、唱粤剧的老人偶尔的白眼，但管它呢！

接下来的事情似乎不像抛白眼那么简单。

先是程齐不断地输钱，输得使他忘记了第一次赢钱时是什么心情。他只被一种疯狂推搡着，没有痛苦和悲伤，只有黑暗深处的期望，而黑暗依然是黑暗，黑暗无法见底，他不知道黑暗有多远。其实，他没有时间去想，就这样麻木地在黑暗中滑行。

直到他被对手断然拒绝欠钱，程齐才忽然被惊醒，这时，压在他身上的账目把他推向了黑暗的深渊。

程齐只有背水一战，在黑暗中往上攀援了。他的声音也变了，扯开的嗓子震动了整座公园，恨不得把临近公园的小区楼房掀翻。

程齐旁若无人，他的对手们也被深深感染，个个变成了杀红了眼的加勒比海盗，整个大浪淘天，海滚天翻。

终于有一天，谁也没有想到，谁也没有准备，一股大水迎头泼下。程齐接受的那一刹那内心闪过"大雨"两个字，但几乎是同时，他那件白色的衬衣就变成了点点梅花了，程齐呆呆地看着无数的梅花纷纷盛开，两三秒钟便漫山遍野，覆盖了他目光所及的衬衣。

程齐顺着后脑勺往前额快速一抹，一排洪水冲垮了他厚厚的一半边嘴唇，泻入他的口里，程齐再抹一下嘴时，便看见了自己的一双黑手。

凭着学生时代考试卡壳时咬钢笔的经验，程齐判断水中有墨水的成分。

程齐只"呀"的一声，其他三人几乎是同时跳开。

围观的人群中有几个抬头张望。高高的楼房除了几件迎风招展的衣物，什么人都没看见。

人群便默默散开。程齐正要走时，被对方扯住衬衣。

"没有！要衬衣有一件！"程齐把衬衣一脱，往对方怀里丢去。

衬衣溅起一串水珠，划出一道优美的弧线扑向对方。对方机智一闪，躲过，又冲上去，抓住程齐的胳膊："还钱！"

还未走远的人又聚拢过来，看着光了半个身子的程齐笑。

程齐的胳膊像一条滑溜的黄鳝游离对方的手掌："我又没说不还！明天再来！"

"明天？最后一次，不管输赢，你都得还！"

"明天还不一定谁输谁赢呢。"

"走着瞧！"

程齐骑着自行车，晃晃悠悠飘在街上。他感觉内脏仿佛被掏走了十之八九，只留下一颗心脏在无边的沼泽地里张缩。

程齐隐隐有了后悔，后悔当初赢了钱之后没去找份事做。哪怕是摆个小摊，卖点水果呀什么的，也比现在这地步强。

再想想，其实后悔也还来得及呀，明天玩完最后一把，彻底金盆洗手，做点正当事，起码能挣点小钱贴补家用。

程齐就觉得妻子最近火气越来越大是可以理解的。他还没敢将输钱的事告诉妻子，否则，妻子抽他两个耳光他都不敢还手。

"我真的比废物还废！"程齐把自行车车头狠狠摆弄了两下，咬牙骂了自己一句。

3

第二天，程齐赶往南桥公园时，感觉就像最后决战的足球运动员。准确地讲，他不期待比赛有多惨烈，也不想死磕，他不知道有几成把握能赢，只想草草应付了事。

这样想时，他又对自己的愚蠢连连自责。好在赵大强来得比他还早，他当然不是来参战的，而是来为他打气的。他挤在人群的前排，一个劲地拍程齐的肩膀。

程齐想起古罗马角斗场中的角斗士，或者是西班牙斗牛场中的斗牛。他当然明白赵大强的意思，但他无论如何也硬不起来。

这是怎么啦？程齐的心乱成一团，脑子里竟是一片空白，手中的牌好像个个是"白板"。

"哗啦"，只见对方把牌一推，程齐还以为又是"糊了"时，他发现人群四处逃散。他正要说"欠着"时，其他三人转眼溜得不知去向。当程齐还没来得及反应过来，一双大手猛地把他按住在地，程齐忍着痛被人揪着进了一辆警车。

程齐瘫软在警车里。

程齐在派出所潮湿而阴暗的置留室蹲了半个多小时后，他的头脑才慢慢清醒过来。这时，他反而镇定了许多，只等着公安来问他。

但蹲了三四个小时，就是没见公安来。

程齐的喉咙像火烤般干燥，期间，赵大强像个小偷一样溜进派出所，扔给他一瓶矿泉水，程齐正欲拾起，冷不防从阴暗中冲出来一个公安，抓起那瓶矿泉水朝正狂奔的赵大强砸去。

矿泉水炸开的水花让程齐的头脑发麻。

程齐见到的是妻子的脸，这张脸比公安的脸还可怕。接着公安把门打开了。程齐跟在妻子后面，还没走出派出所大门，妻子抛过来一句话："去挣钱，把赎你的三千块还上，否则别进家门！"

程齐怔怔地看着妻子干瘦的背影闪进炫目惨白的阳光中，很快没入街上的人流，瞬间没了踪迹。

程齐把头一扭，没理会妻子，径直向相反的方向走去。

赵大强不知从哪里又冒了出来，挡在他面前，把程齐拉到一个米粉摊前，要了两碗三两的老友粉。

程齐好像这才回过神来："我老婆要我挣钱还钱，否则不能进家门。"

"女人嘛，哄哄她就没事了，钱以后慢慢还。"赵大强呼了一口热气，抹了一把鼻子，依然笑呵呵。

程齐并不认为是讥笑，相反，他为赵大强这时表现出的轻松和潇洒又一次感到敬佩。

"借不到也不要紧，先到朋友家躲几天，等她消了气再回家。"赵大强斜睨了程齐一眼，一副满不在乎的口气。

4

一提到朋友，就拨动了程齐的思维。于是，他神经急剧运动起来，终于在岑亚北的地方停驻了下来。

岑亚北是程齐在市郊凤山县插队时结识的朋友。

岑亚北当时是凤山县毛坪公社的干部。用现在人的衡量标准来说，岑亚北当时是一个兴味索然的人，他不爱讲笑话，不会抽烟喝酒，不会与人套近乎，甚至连句吹捧人的话都不会讲。

有一次，他陪公社书记下乡考察工作，正好碰上在该村插队的程齐一伙插青。书记为了表示对下乡插队知青的关心，特地让村支部书记杀了几只鸡，安排与知青们吃了一餐饭。

席间，公社书记、村支部书记与知青们闹成一团，也许是被压抑已久的感情让知青们找到了宣泄的机会，他们很快找回了那种城里人特有的爱好热闹、自尊自信的感觉。两位书记不一会儿便被几个平时文静腼腆的知识分子灌得不省人事。

两败俱伤之中各有一人"幸免于难"，那就是程齐和岑亚北。岑亚北发现知青中也有一人与自己的脾性几乎一模一样，丝毫不起眼，不显山露水，规规矩矩的。恰恰因这种性格，使两人没有卷入这场"争斗"中。

两个最没有个性的年轻人相视一笑，从此结为几十年的朋友。

后来，程齐回了城，岑亚北当上了公社副书记；再后来，岑亚北参加了程齐的婚礼，程齐也出席了岑亚北女儿的满月宴席；以后，被社会磨得光滑圆润的岑亚北一路扶摇直上，从公社书记、县财政局副局长，直至现在的县乡镇企业局局长。每次见面，程齐都能感觉到岑亚北的些许变化，至于有什么变化，程齐也说不出来。而每次感觉他的这种变化时，程齐就嗟叹自己怎么就没有一点"与时俱进"的悟性呢。

于是，程齐更多的是埋怨自己的工厂，埋怨工厂里几百平方米的大车间。原来他以为这里的天地大，可以施展他的理想和抱负，慢慢地，他觉得与岑亚北的天地比，这里比古井还小，简直是陷阱。自己的一生被这口陷阱慢慢吞噬，当他只剩下一把日渐干枯的白骨时，单位把他踢了出来。

而奇怪的是，尽管每次见面，岑亚北都滔滔不绝地向他讲述官场中的所见所闻，但也只是使程齐咂咂舌头而已，丢下酒杯，头脑清醒后，岑亚北还是像以前那样对待程齐。

程齐找不到岑亚北这样对待他的理由，难道是因为他女儿？

说起岑亚北的女儿，程齐至今仍认为这是他人生中最大、最成功的"运作"，那就是厚着脸皮求厂长把她安排进厂里的技工学校读书。

尽管送给厂长的礼都是岑亚北准备的，但每次见面，岑亚北都提及此事，使程齐每次下乡去岑亚北那儿玩，对岑亚北专车接送、奉为上座宾、送上土特产等都坦然受之。

岑亚北的女儿读了三年中专，回到县里，先是在粮食局干了两年会计，现在税务局做起了稽查员。程齐就闹不明白，为什么连大学生都没她那么有出息呢？

当岑亚北的女儿左一声右一声叫程齐"叔叔"时，程齐便会想起他读初中的儿子，就有种莫名的担忧和迷惘。

程齐又把周围的亲朋好友梳理了一遍，也只有岑亚北了。

程齐把最后一口汤喝完后，看着赵大强掏钱结了账，从赵大强手中抽出一张二十元的人民币，直奔汽车站。

南城离风山县也就是一个小时的路程，程齐打了几个饱嗝，汽车便驶入宽宽的大道，程齐知道风山县到了。

程齐的目光沿着县郊间或出现的一两座小小的、高高的烟囱上都冒着浓烟的厂家一路寻过去，脑子里想的是岑亚北。好像看着岑亚北管辖的这些乡镇企业在冒烟，他就觉得更有把握借到这笔钱。

打了岑亚北的手机，老是占线。十几分钟后，手机才通，电话那边的声音似是不紧不慢，不惊不喜。这几年岑亚北都是这样，但他从没亏待过程齐。所以程齐从没觉得有什么不对。

而这次，见了岑亚北后，程齐才觉得真的有什么不对。

岑亚北这次破天荒没先领程齐去他家，而是用轿车把他直接送到了酒家。陪程齐喝酒的没有岑亚北的妻子，而是一个与岑亚北的女儿年龄相仿的女孩。

岑亚北也没向程齐介绍那女孩，程齐就觉得有点尴尬，好像对不起谁似的。

岑亚北举起杯子与程齐碰一下："来，半年没见面，难得一聚。"

程齐凭直觉认为岑亚北说这话是真心的，但他还是认为岑亚北有心事。

酒喝了一个多小时，程齐想，再不开口就对不起朋友了。

于是问："你有什么心事？说出来，我们商量商量怎么办。"

"哪里有。"岑亚北瞥了一旁的女孩一眼，举起杯，轻轻地与她一碰。

女孩就不失时机地贴上来，抿了一口酒，头就靠在了岑亚北的肩膀上。

程齐就隐约觉得问题严重了。

"真想'休'了她!"岑亚北重重地把酒杯往桌上一砸，顿时溅出点点猩红。

程齐的直觉变成了现实。但转念一想，那种稀奇竟慢慢地消散了。程齐知道现在一些官人的"习气"，他也知道，岑亚北先是在当财政局副局长时就暗地里与一些乡镇企业家合股办厂，至于赚了多少钱，县里早有顺口溜传："岑亚北，上千万，几辈子，花不完。"他后来之所以能当上乡镇企业局局长，也许与他同不少乡镇企业合作"赚"下的好人缘以及往上送钱送礼不无关系。

但这也只是猜测和传闻。程齐对他人品的看法丝毫没变。

一直以来，岑亚北的生活其实挺低调，这一点从程齐每次见他时能看得出来。岑亚北总是约程齐在家吃饭，说在街上吃太显眼，处处是熟人，屁大的地方，闲言碎语挺多。再则，他说大家都是朋友，在家吃饭有气氛。跟着老婆孩子一起，说说笑笑，热闹，特别是有老婆陪着，不会醉酒。

去岑亚北家次数多了，程齐与他老婆也成了朋友。岑亚北的老婆虽是个幼儿园老师，但不苟言笑，不过对岑亚北挺关心。印象中，有几次岑亚北来兴致了，有点控制不住举起杯想与程齐来一次"感情深，一口闷"，都被她轻轻地接过杯子，劝住了。劝完，还对程齐微微一笑："老程，老岑在家不是官了，得让他的胃歇歇，你是他朋友，请你不要见外，好吗?"

那口气，就像劝幼儿园两个要打架的小孩。一种温暖也充溢到程齐心上。程齐也从此改变了对她的看法。

后来，程齐就听岑亚北说，他让妻子从幼儿园里退了下来，安排她到乡企宾馆做了总经理；再后来，岑亚北又告诉程齐说他妻子不是当总经理的料，就把她赶回了家。说要她全心全意照顾他和女儿。家里又不等她那点工资用。

岑亚北的语气明显充满豪气。让电话这头的程齐赶忙捂紧话筒，生怕让一旁的妻子听到又要骂他没用。

这次，程齐却感觉岑亚北夫妻好像出了问题。

程齐又想张口说什么，马上被岑亚北制止住。岑亚北匆匆付了钱，送程齐到了乡企宾馆。

乡企宾馆，全称凤山县乡镇企业局宾馆，也称乡企招待所，为了走向市场，招待所全改为了宾馆，好像只有这样，才能营业赚钱，乡企宾馆也不例外。

乡企宾馆虽然狭狭长长地挤在乡镇企业局大院里，丝毫不显眼，但不管春夏秋冬，停在大院里一排排车辆说明顾客还是挺多的。岑亚北也不止一次对程齐说乡企宾馆是乡镇企业局下属的一棵摇钱树。

程齐在那里住过两次，有一次醉酒后岑亚北要带他去放松放松、醒醒酒。程齐以为这里是朋友的地盘，免费，正要去见识见识，岑亚北神秘一笑，补充说："洗澡按摩费我买单，小费得你自己给。"程齐问给多少？岑亚北告诉他："两到三百，随便。"

程齐一听，酒就醒了一半，想起一个月的工资才五百多，他没敢迈脚。

5

程齐看见岑亚北塞给女孩一沓钱，把她打发走，然后与程齐走进为程齐开的标准间。

"女儿都参加工作了，离婚没意思。"程齐房门一关，第一句话就说。

"连女儿都劝我离，你说不离？"岑亚北把自己重重地抛在床上，怔怔地望着天花板。

"有那么严重？"

"现在她什么都不要了，家庭、我，还有女儿。她心中只有麻将，没日没夜地打，通宵达旦地赌，每月给她几千块钱都输不够！"

程齐这才想起这次找岑亚北的目的，但不知怎地，他只是叹了一口气，没再开口。

"我知道你找我有事，说吧，只要我帮得了。"岑亚北侧过身子，盯着坐在床沿的程齐。

"没事，过来玩玩。"程齐起身去提热水瓶，他晃了两晃，热水瓶是空的。

"过来玩玩？刚才为什么不玩？再上三楼玩玩？计我的账！"

"别别别！"

"还不了解你？就谅你没这个胆量！"岑亚北翻了一下身，把头侧向另一边。

"我……我……我下岗了。"程齐抱住了头。

"我还以为什么要紧事呢，那你往后想怎么办？"岑亚北喊一声服务员拿开水来，又说，"你不会想到我们县城来再就业吧？那世界就倒转了。"

程齐不想再说这件事，把话题一岔，改成谈往事了。

岑亚北认为程齐没有说到正事，也就没了多大的兴趣。当晚，两个男人有一句没一句地扯着，只是谁也没睡，都猛抽着烟，看着电视，一直到天亮。

第二天，程齐执意要回城。岑亚北像憋了好久，才对程齐说："带我老婆到你们省城里去玩几天吧，住在你家，让你老婆还有你，陪她说说话。我想让她换个环境，希望她不再想麻将，戒掉那赌瘾。"

程齐张了张嘴，想说什么，但他见岑亚北拿起手机正在给他妻子拨电话，便把到嘴的话吞了下去。

上汽车时，程齐扯了一下岑亚北妻子的衣袖。岑亚北的妻子忙把迈上去的一条腿收了回来，刚扭头时，她看见岑亚北忍了忍，从口袋里掏出几张百元钞票丢到了她手里。她没接，岑亚北怔了一下，然后把手一甩，一沓钱就像跟着风儿旋转开了。

岑亚北的妻子低着头上了车，程齐的目光在车上车下游离着，他看着岑亚北也怔了一下，就慢慢蹲下身子去捡散在地上的钱。程齐正想着该对岑亚北说一句什么时，身子往前探了一下，汽车就发动了，程齐把身子一缩，顺势把头往座位上靠。

他靠了一下，忽然又想到该对岑亚北的妻子说句什么时，但他还来不及侧过头，就听见坐在一旁的她"哇"地哭了起来，接着就听到一句咬牙切齿的话："我走了，他好去找那个小情人！"

"可你不该沾麻将啊。"

"是他先去沾了别的女人！人家不是没事干，空虚嘛！"

岑亚北的妻子不顾一车人惊讶的眼光，哭得更凶了。

程齐急忙抽出一张纸巾，却不知怎地，竟擦上了自己的眼睛。

芙蓉开在野猪岭

1

一夜薄霜，秋天浓浓地来到了野猪岭。叶儿托不住偷偷停驻的露水，落了，地下柔柔软软地铺了白绒绒一层。

白天的野猪岭很热闹，鸟儿一群群，叽叽喳喳觅食，黄昏时，黑压压站满竹林。

野猪岭村在野猪岭山脚下，四面被山环绕，一条坑坑洼洼的小马路通向三十里外的县城。

乡里的干部难得到这儿来一趟，遇上要开会什么的，向村民捎个口信。偶尔有乡干部来，走在这条路上，会低着头，深一脚、浅一脚，口里一顿怨骂。明里是骂路，暗地里是骂村干部呢。这时，村干部个个涨红着脸，连连点头："说得是，说得是，一定要把路修好。"有村民听了，也偷偷地骂村干部："他们喝醉了酒说昏话，哪有心思修路哦。"

村民们骂是有理由的，这路实在不好走，甭说大板车走，车轮会深陷进去，转不动，就是人走路，也没有一地块能放脚的、硬一点的地皮。四五年来，这路越走越难走，村干部换了几任，问题仍然解决不了。

山里是个世界，山外是另一片天地。

野猪岭的秋天多雾。天蒙蒙亮，整个村子罩进了白纱中。白纱浸着湿湿的凉意。鸡圈里的鸡可不怕冷，"扑棱扑棱"撞着鸡圈要飞出来。

招财翻了个身，双脚动了一下，接着，踢了踢压得皱巴巴、脏兮兮的被子，然后索性把身子蜷成一团，连头也埋进被窝。

"咳——咳——"厨房里传来了几声浑浊苍老的咳嗽，像是被灶火呛着，又像在故意催促什么。

招财从被窝里探出了头，擦了两下眼睛，朝厨房的方向静听了十几秒钟。直至厨房的方向又传来几声咳嗽，他才迅速地钻出被窝。随手拎过一件棉毛衫穿上，然后探头望了望窗外，再披上一件外衣，穿了双破旧的球鞋，起了床。

躺在身边的大弟招富被惊醒了。他揉了揉眼睛，一开口，像刚睡醒的猪嚎一般："睡没睡相！起床也不得安宁，不让人睡！"

招财扭过头，想说什么，到底没开口，径直朝房外走去。

出了黑黑的房门，又进了一个房间，这是他爸和小弟睡的。小弟招宝18岁，在县城中学读高一，寄宿在校，除了星期六、星期天晚上在家睡外，这房就他爸占着。他爸便有充分的自主权，这间潮湿、阴暗的房里放了米缸、菜瓮、油瓶什么的，成了一间杂物房兼卧室。

迈出这间房，便是厅堂。厨房与厅堂没隔开，一张饭桌摆在厅堂里，灰黑灰黑，像是件年代久远的古物。

这是一个没有女人的家。招财爸正弓着腰往灶里添柴火，锅里"吱吱"地冒着热气。

"起来啦？邻家的阿崽都准备好了，快洗把脸，拣几个烤红薯赶伴儿去。"招财爸斜睨了他一眼，低头往灶里添了一把柴火。

匆匆洗完脸，招财随手从墙上取下一块搭肩布，揭开锅，迎着扑面而来的水汽吹开一道缝，飞快地拣了几个红薯，包好，夹在腋下，取了柴刀，别在腰间。正欲走，他爸喊住了："还有猎枪，别忘了带，今天吃饭的家伙，小心点，别出事！"

招财折回，取了猎枪，背在肩上，一阵风似的跑了出去。

眼下正是霜来稻熟薯收季节。山上荒得凄凉，野猪饿得发慌，常窜下山偷吃红薯，饱了，还躺在稻田里睡大觉，糟蹋稻谷。

昨晚，村里开了个会，号召每户派一个年轻人，组成捕猎队，上山围捕野猪。

招财急急跑到村口的晒场上，那里集合了十几个壮壮实实的小伙子。

2

只有一条路通向岭上，其实这条路原本是通向山脚那片稻田的，从这里上岭的人多了，便踩出了一条不窄不宽的路来，足够大板车通过。这条路弯弯曲曲，并不是捷径，可村民见了这条路，便懒得另辟新径，个个都走这条路上岭。

这几年，山上的东西毁得差不多了，大点的树被砍掉建房，没长成材的小树被砍掉当柴烧，只有一人高的灌木，蓬勃生长着，里面偶尔会藏些小白兔呀什么的。不像小时候，连野牛和狼这类动物，都常往村里跑，与村民们争着吃鸡吃鸭。招财还记得，那时，村里的李大嫂为追一只狼，被咬伤了右胸。

现在，就是野猪，也已经逼得往山下跑，无处藏身，且数量日渐稀少。而上山的人依然很多，路两旁的狗尾巴草，被路人踩得耷拉着脑袋，直不起来。

招财和十几个粗壮小伙子一路踩着露水，朝山岭疾步走去。

云朵被染成橘红色的时候，招财他们上了山，招财分在一处野猪经常出没的山坳口把守。

他隐蔽在一簇野茅草丛中。野茅草到了秋天，黄了，老了，硬了，用手轻轻一拨，拉锯一般，手掌便流出一条细细深深的血线，再被露水一沾，撒了盐般剧痛。招财咬咬牙，轻轻握紧拳头，不顶用，血从指缝里渗出来。

招财甩甩手，干脆张开。他一只手端起猎枪，瞄了瞄，再搁在一块很大的石头上，另一只手的一只手指放在扳机上，眼睛睁得圆圆，目光四处扫射。

突然，前面野茅草丛中传来一阵"唰唰"的响声。

"野猪来了？"招财心一紧，忙躺下身子，半边脸颊贴紧了枪把，屏住呼吸，做好了瞄准的姿势。

野茅草随着响声往两边倒开了……十几秒钟后，进入视线的是一位背着花布书包的姑娘。

她不是邻村木原村的刘芙蓉吗？木原村与野猪岭村仅隔了野猪岭，木原村的田跨过野猪岭，与野猪岭村的田连成一片。招财家的田与芙蓉家的田仅一坎之隔。初中时，招财和刘芙蓉是同班同学，那天，他俩一起入学报名的时候，招财才晓得，她比他大一岁。

招财松了一口气，慢慢放下端起的猎枪，这样想着，两眼却偷偷地紧盯着刘芙蓉看。

刘芙蓉的确是位好看的姑娘。招财看到家里菜园子篱笆旁芙蓉树上开出的花儿，就会想到刘芙蓉。那些片片微卷的花瓣儿，是粉红色的，他觉得，如果是黑色的，就像是刘芙蓉的头发了。刘芙蓉的头发用橡皮筋扎成了一小团，也是卷卷的，像一团花儿。

尽管如此，招财还是觉得，拿芙蓉的名字来形容她的相貌，实在太俗了。除了相貌，他还想到了气质。招财看到芙蓉花，就想到了刘芙蓉的味道，芙蓉与刘芙蓉好像是连着的，他感到了一种温温的香气和朴实的颜色，迎面扑来。有时，他觉得，生活中，他与这种气味和颜色有关，他找不到更好的词来形容这种感觉，是臆想？还是期待？有时，他会在梦中轻轻喊：芙蓉花……，但他又马上觉得有点不直接，他是想喊：芙蓉……，但他好像又怕谁会戳穿他的心事似的……他真的说不清楚这种感觉呢。

读初中时，芙蓉与招财同桌。芙蓉是班里连任的学习委员，招财是芙蓉"连任"的同桌。虽是同桌，三年里，招财不知道他与芙蓉有没有讲过话——印象中好像没有，招财也不知道为什么，越到后面，招财越不好意思跟芙蓉说话。倒是芙蓉向他借过两次橡皮和一次课外书——对这，招财倒是记得很清楚。他记得，只有这三次，他才敢认认真真地看芙蓉——也只是看到了她的手而已，她的手不白不纤细，甚至有点黑，有点宽厚，但他觉得很美。

招财家兄弟多、田地少、收入低，父亲又多病，家里穷得叮当响，还有弟弟招富、招宝要读书，何况，家中的三亩地只有父亲侍弄。想到这些，招财拿了张高中录取通知书回到了村里，修起了地球。

芙蓉以全班最高分被县重点高中录取，去了县城读书。

芙蓉读高中时，在班里还是当学习委员，她村里人议论："咱村里男的一个在北京读大学，女的就靠她了，这只凤凰不能折断了翅膀。"

当然，这些都是招财千方百计从别人那儿打听到的。他也说不清楚为什么那么关心芙蓉的事儿。

偏偏这只"凤凰"读到高二时，翅膀折断了。那年，芙蓉家盖房子，她父母坐着拖拉机上山运木材，不慎翻了车，双双被木材砸中了脑袋，都死了。

芙蓉父母出事那天，野猪岭村和木原村不少人去看了。回来的人说，真惨呀，血肉模糊的两具尸体，分不清哪具是她妈、哪具是她爸。芙蓉的奶奶哭了几分钟便支撑不住，昏厥了过去。时值暑假期间，芙蓉也在场，她一边拼命地抹眼泪，一边上声不接下声地抽泣。招财一边看着，一边在心里为芙蓉打气："你可千万要挺住呀。"

没有了父母，家里还有两个弟和七十多岁的奶奶，芙蓉咬咬牙，回了家，守着家中的四亩地，供两个弟弟读书。

命运为啥对芙蓉那么不公呢？芙蓉为啥落了个比我还惨的结局呢？招财无数次地这样想。

回到家的刘芙蓉扶犁掌耙，管田育秧，男人的活儿她都学会了。野猪岭村的三位媒婆早已看中了她，暗自说："我们村的后生若娶到了她，是我们村的福分。"

眼下正是山楂红熟时，芙蓉早早一人上了野猪岭采摘山楂。山楂采摘回去晒干，卖给县制药厂，每斤一块多钱，一天能挣近十块钱。

芙蓉环视四周，像在寻找什么，又像在提防什么，然后放下书包，脱下了裤子，蹲了下来。

眼前白光一闪，招财慌忙闭上眼睛，继而又情不自禁地睁大了双眼，毕竟是二十六岁的大后生了，从没见过这么"露"的女儿身！

只是小解，完了，芙蓉提起了裤子，站了起来。突然，在离她不远的野茅草丛中，"唰唰唰"的疾响起来，不容芙蓉回过神，一只庞然大物竖起全身的毛，连嚎几声，朝芙蓉直扑过来！芙蓉一声惊呼，吓得倒在地上！

"不好，是野猪！"招财举枪欲射，忙又放下，他怕伤及芙蓉，便猛然抽出腰间的柴刀，一跃而起，冲了上去，照准野猪的眼睛，一刀劈了过去。野猪鲜血直流，怒气冲天，扭转头，丢下芙蓉，大嚎一声，扑向招财。招财侧身一闪，机警躲过，不料，脚被石头绊了一下，一个趔趄，野猪趁机疯狗似的朝招财的胯下拱来！

招财天旋地转般的剧痛，被撩到一丈开外。他挣扎着爬起，刚好猎枪就在手边，便随手捡起，照准再次冲过来的野猪扣动了扳机。"砰"的一声，响彻山谷。野猪的脑门冒出来芳香的白烟，野猪倒在地上，四腿胡乱舞了几下，最后一动也不动。

芙蓉吓得目瞪口呆、不知所措，躺在一边。待她回过神来，招财已晕了过去。

芙蓉跑过去，扶起招财，扯开嗓子大喊："快来人啦，招财有危险，野猪打死啦！快来人啦，招财有危险，野猪打死啦！"

闻声而来的几个小伙子七手八脚，把招财抬起，背到村里，叫了辆手扶拖拉机，送去了乡卫生院。

经全力抢救，招财醒过来了。睁开眼睛，招财的目光首先与芙蓉的目光撞在了一起，招财从中读出了焦灼，然后慢慢演化为喜悦和感激。

这时，坐在门口的父亲咳嗽了一声，招财本能地抬了一下头，恰巧被父亲看到了。父亲双手撑着双膝，直起了身子走到招财床前。

"醒啦？"问着，他忙用手捂住嘴，把一声即将冲出喉咙的咳嗽阻住了，又说，"多亏了芙蓉姑娘，一直陪在你身边，侍候你。"

"好好休息，我出去给你买点吃的。"芙蓉起身，轻盈地闪出门外。

同房的病友说："姑娘在你病床边两天两夜没合眼呢，讨上这么俊俏、这么心好的媳妇，真是你的福分啊。"

听得招财羞红了脸。

是呀，招财何尝不渴望娶上一个模样俊俏、心地又好的老婆。自己一不缺腿，二不缺手，文化水平又不低，可就是因为母亲早逝，父亲有哮喘病，家里人多田少，穷，没钱娶老婆。也曾有媒人为他牵线搭桥，可姑娘一踏进他的家门，看着那几间黑漆漆破烂烂的土坯房，二话不说，扭头就走。

3

在医院里住了七八天，田里的稻谷一天黄比一天，招财待不住了："稻谷要割了，这样下去不是办法，我看明天出院吧。"招财爸一听，咳嗽了两声不说话。芙蓉埋下头："安心再住几天吧，硬撑着出去不好。"

"不碍事，我还要下地割稻呢。"招财一笑。

"唔……也好，不过，得在家调养一段时间。"芙蓉抬起头时，一旁的招财爸已正在收拾病床旁边桌上的东西了。

第二天，医生送招财出门时，表情严肃地对他说："你身强力壮，体力虽然恢复得很快，但一年半载还干不得重活，还有……"医生欲言又止，扶了扶眼镜，把目光转向芙蓉问："你们是否生了孩子？"

芙蓉脸红低头不吱声。

招财说："还没要呢。"

"哦……"医生迟疑了一下，说，"你被野猪伤着了胯部，有可能不育。当然，也不是没有治好的可能，看机会了。"

招财呆了。芙蓉哭了。

招财狠狠地捶着墙壁。芙蓉紧紧地抱着怀里的包裹。

然后，招财慢慢地走着，芙蓉在后面慢慢地跟着，嘴里念叨：
"是我害了你，我对不起你……"

招财起初不搭理。芙蓉就愈加念叨。

招财冷不防扭过身，狮子般冲她吼道："哭什么哭？是我该绝
后，谁怪你了？"

芙蓉哭声更大了。

回到家第二天，招财便下田割稻，挣扎着挑起一担谷子上了路，
任由招富在后面追着抢扁担。

与他相隔一坎、也在割稻的芙蓉瞅在眼里，急在心里。收工时，
芙蓉瞅了个机会，把招财堵在田埂上："别不把身子当回事，你家劳
力紧，我可以帮你，为什么不在家休息？"

招财把镰刀往腰间一插，不吱声。

芙蓉下了招财的田，抢起镰刀，飞快地割起稻来，眼前一行行的
稻谷服服帖帖、整洁有序地倾倒在她的手掌里。

"你家的劳力才紧，还是回你自家的田里去吧，我会注意身子
的。"招财脸上的肌肉松弛了下来。

芙蓉听了，直起腰，抬起头，抹了把汗，看了招财一眼，又弯下
腰割稻，招财也下了田……

第二天，芙蓉起得早，天边的云儿刚浸染成微白，她就泡在清凉
的晨雾里挥镰割稻。芙蓉手脚好快，一个人踩着脱谷机，"轰隆隆"
飞转。

招财在这边割，眼睛被吸引了过去。有几次，他真想过去帮她
忙，但总不好意思迈开脚。憋了半天，他终于迈出了勇敢的一步，走
到了芙蓉田里，帮她拿稻谷，递给她脱谷。芙蓉接他第一把稻谷时，
还愣了几秒钟，不过还是很坦然地接了，眼神里却蓄满了感激和
关心。

最后几天，招财还叫上了放农忙假回家的招宝，一起去帮芙蓉，
突击了三天，忙完了。

招富不满了，饭桌上，他"啪"的一声把碗筷一摔，没好气地
说："整天在她那儿干，自家的稻草还没挑回来，要累死我啊！"

"明天我和招宝去挑。"招财扒了一口饭，对招富说。"明天？哼！晚上下雨，把稻草淋湿了怎么办？"说完，招富褂子一甩，一身肌肉猛蹿起。

招财放下碗筷，拿起了扁担，走出了门。

"咳——咳！是那丫头害了你，你反而帮她。她嫁给你都报不完你对她的恩。"招财的爸在灶边一边用打火棍拨着灶里的火，一边慢条斯理地帮着腔。

"嫁给他？省省那心思吧！"招富"咣啷"把吃完饭的空碗往空盘子上重重地一扣，猛地站起，狠狠地踢开屁股下的凳子。

其实，村里人也对招财的事议论纷纷。闲言碎语像屋前屋后的小麻雀，传遍了附近的几个村庄。

木原村的人也不例外，纷纷议论起芙蓉来。

芙蓉睡不安宁，心里像浸在村沟里的麻一样，乱得很。

稻谷归仓，甘薯收完，正是农闲，一个爆炸性的新闻传开了：芙蓉要嫁给招财！

"听说招财还一个劲地摇头说不行不行，这样会害了芙蓉，这小子想吃鱼还怕腥呢！"

"芙蓉那闺女胆大得惊人，听说还不要媒婆，直接奔招财家去提亲。"

"啧啧，真不懂礼道，掉价哟。"

"芙蓉嫁给招财，这辈子算毁了，花一样的女仔，有本事也生不了孩子呀。"

"这不是爱情，芙蓉是可怜招财，想报恩，她总有一天会后悔的。"

……

尽管如此，芙蓉还是进了招财的家门，她没有收招财家分文礼金，自己拣了几身衣服，头发上扎了一个招财为她买的鲜红的发夹，就这样被招财用自行车搭进了家门。

招财家结婚仪式却一样没少：惊天动地鸣了几串万响鞭炮，借了两千块钱请了十几桌喜酒，拜天地，闹洞房，该有的全搞了。只是洞房小点，招富挤到他爸和招宝的那张床上去睡，腾出隔壁那张床，算是招财和芙蓉的洞房了。

当窗外的小鸟在枝丫上唱第一首歌的时候，芙蓉就起床了。当家公把牛从牛栏里牵出去放的时候，她已经把厨房的盆瓢锅碗勺清洗搓擦了一遍。

芙蓉给家公熬药，煮饭烧菜，浆洗缝补，养鸡喂猪。以前家公干的家务活，芙蓉全揽下来了。

有女人的家才叫"家"，芙蓉把家里家外侍弄得清爽、干净、整齐，这个家开始有了温情和生机。家公蜡黄的脸上也有了些许红润。

一天夜里，家公把芙蓉和招财招来，坐在饭桌边说："咱家现在劳力足了，总不能笔挺挺地闲在家里度秋冬吧……"

招财没说话，芙蓉看了招财一眼，说："眼看着村里人都耙田松土，想种经济作物，有的种早辣椒，有的培育杉树苗卖给县林业局，我们家也要使活点脑筋，挣点活钱用。"

"那就种早辣椒，春节可上市，正好卖个好价钱！"招财说。"还有，我觉得离家最近的那口水田可以改作池塘，既可养鱼，又可种藕。"芙蓉说。

"是啊，我以前想过，可都被招富顶了回去，他说太累了。现在我下决心了！"招财坚决地看着芙蓉。

三人你一言我一语，如蒸笼里冲出的热气，把屋子烘得暖暖的。

4

倦鸟归林，天边的云霞一点点褪成了黑色。夜，撒下了大网，将天和地牢牢地罩在网中。田野，有一种摸得着的潮湿，这种潮湿是暖气降温之后的新鲜。秋收后留下的稻草兜，张开嘴贪婪地吸着，想要发出芽来。

但尽管如此，山里的温度比山外肯定是清冷多了。

已是深夜，招财的房里还亮着灯，灯光还为偶尔经过窗外的脚步伴奏，悠悠的，于是，惊狗的叫声分外犀利。

剁完猪草，芙蓉用刀轻轻地敲了一下砧板，有点艰难地直起长久弯着的、有些酸痛的腰，然后解下围裙，拢了拢前额搭下来的一缕头发，洗了手，走进睡房。

"被窝里一个人睡有点凉了。"招财轻轻地撩开另半边被子。

"嗯？"芙蓉解开衣衫，侧过身子，她没听清招财说什么，两只乳房颤了一下。

"被窝里暖和，快进来吧，别冷着。"招财冷不防，心也颤了一下。

芙蓉脱了衣裤，双脚一抬，顺势钻进了被窝，贴住招财的身子。

招财轻轻地掩上被子。

被窝里是火燎般的热。

"芙蓉。"

"嗯？"

"悔吗？"

"悔什么？"

"嫁给了我。"

"你信命吗？"

"你不该是这个命。"

"是哪个命？"

"不该是这个命。"

"怎么啦？说这话，是我自己愿意。"

"我恨自己。"

"恨也该恨我。"

"恨你，干吗要娶你呢？"

"娶我又怎么样？你人好、心好，我愿意嫁给你。"

"你更好，我也愿意娶你。"

"别想那么多了，医生不是说，你的病有希望治好吗？"

"希望？我也这么想。"

"有希望就不要放过，对不？"

"嗯。"

"县制药厂质检科有我一个高中同学，他在省城中医学院念过书，一定可以想办法。"芙蓉把头埋进招财的胸前。

"嗯。"招财一边抚摸着芙蓉光洁的肌肤，一边应着，眼泪夺眶而出……

月亮不知什么时候钻进了云层，偶尔一两颗星星显得特别亮，感觉也不远，就在眼前。不知哪家庭院里的丝瓜藤微微地动了起来，起风了……

早上起床，芙蓉一边梳着头，一边对招财说："今天去看看我奶奶和弟弟，给他们洗被子，用米汤浆一下，天冷了，我放不下心。回来我再拿上次上山摘的山楂到县制药厂卖，给你爸买点中药……噢，张茂生告诉我，他们厂出了种新药，平喘止咳化痰的，去那儿拿几盒，他说不要钱。"

"张茂生？"

"就是昨晚跟你提到的制药厂质检科的，他爸是厂长呢。张茂生大学一毕业，他爸拉他回厂里来，起初他还不肯，与他爸吵了一架。"

"人家的东西，随便拿的？"

"那就要他算出厂价呗。"

"新药？谁试过？"

"试过不就知道？"

"你就信！"

信也罢，不信也罢，招财的爸服了芙蓉拿来的新药，咳嗽少了些，晚上，大家睡得安宁了许多。

5

趁着上头的水利任务还没分下来，上山摘油茶籽的时间还没定，芙蓉与招财商量把那口水田改成池塘，种莲养鱼，间栽套种，创造双重效益。

芙蓉与招财先是把田里的泥土挖掉，改深，然后留下松软的一层淤泥，再注水进去，最后挑些牛粪沉入塘底，既作为鱼儿的食料，也作为莲藕的肥料。

已是秋后，日子抽起了后腿，冬天的日子迈开前脚，上午 10 点多了，太阳有些热度，脚在泥里感觉冷，身上却捂着汗。

芙蓉见招财挑着担牛粪满头是汗，说："不脱衣服啦?"说着，自己倒先解开了外衣扣，穿了件棉毛衫。棉毛衫艳红艳红的，在明晃晃的太阳下很惹眼。她挽起袖子，两条光光的胳臂，在水里拨弄，晶莹翻滚，看得一旁的招富头晕目眩。

在野性难驯的招富看来，嫂子早让他心起波澜。这种感觉莫名其妙地演变成了烦躁不安、嫉恨和反抗，他动不动就在家摔盆砸碗。

一天，芙蓉对招财说："我感觉你大弟怪怪的，好像跟谁都有仇，是怎么回事?"

"他就是那么神经。"招财甩出一句。

"我怕他哪一天发大火。"芙蓉说。"怕什么，你是他嫂子。"招财说。

这天晚上，听到隔壁有了响声，猜想是招富和爸从邻居家看完电视回来了。芙蓉搂紧了招财，拿起招财的一只手往自己的脸颊上贴。

招财的注意力放在了手上，他的手轻轻地滑下来，滑到芙蓉的颈脖，再慢慢地，如游丝，蔓延向后背、臀、腿后……又由后转前，往上，揉捏着她高耸的胸脯……

房里寂然无声，只有他俩的呼吸热闹非凡，黑暗中，芙蓉合着长睫毛的眼睑，眼前一片雪亮。她的嘴极有节奏地一张一翕，仿佛要把所有自由、新鲜的空气吸进去。慢慢地，她感觉一阵酥软，像躺在一张柔绵无比的丝绸上，胸膛剧烈地膨胀，像要炸出血来。

招财此时像一只陷入淤泥里的牛，急着想往前冲，双脚却不能自拔，有劲也使不上，徒然一声叹息。

黑夜总是太长，寂凝的露水总是太凉。天干吗老是不亮呢? 天亮了便有忙不完的活：淘米煮饭、洗衣喂猪食……有了活干就没什么想头了。

　　清晨，村长挨家挨户来叫："山上的油茶籽都快被别人偷光了，今天每户派一个劳动力上山，看看还能摘多少，再按人口分了。"

　　山在邻县地界，是祖上留下的百亩山地，七八十年了，传到现在，离村里四五十里路。村里每年秋天出动劳力上山一次，少则七八天，遇到下雨，十天半个月也回不来。

　　油茶籽摘不了多少，带米带油，搭伙配厨，耽搁的时间倒不少。于是每次全村开会，年轻人说干脆别去算了。而年老者则站出来大骂年轻仔"败家子"。年轻仔反驳："你们不是败家子，你们去呀！"年老者走不了几十里的山路，自然去不了。这话说到他们的根上，他们气得不行。

　　这两年没结婚的年轻仔、年轻女仔都跑出去打工了，留在家的，大多是结了婚、生儿育女的。男的走了，女的发牢骚："为那么几十斤油茶籽，榨出几斤茶油，却耽搁了家事，不值得。"所以，上山的越来越少了，尽管村长早已发话不上山不分油茶籽，但上山的也不见多出多少油茶籽，因为被邻山的当地村民偷了。

　　"不管怎么样，祖上的东西不能卖，我们死了埋到那山上去，变鬼也要守着，看谁敢卖！"话都说到这分上了，村干部也只能吐吐舌头，不敢招惹，更甭说带头提一个"卖"字了。

　　早饭桌上，招财爸对招富说："招富，你去吧。"招富猛扒了两口饭，瞪了招财一眼，不吱声。

　　"这几天招富上山砍柴够累的了，我看还是你去吧。"芙蓉对招财说。

　　招财停了一下筷子，接着夹了一根豆角，送到嘴里，加快了吃饭的速度。他搁下碗，从墙上取下竹匾、搭肩布和扁担，冲着芙蓉大声问："我穿哪双鞋？"

　　"那双旧的解放鞋好爬山，再带一双布鞋，晚上洗脚时换洗。"芙蓉正欲起身，招财已奔入房中。

　　收拾好东西，正欲出门，招财扭过头对招富说："在家帮爸和嫂干点活，别老往县城野跑！"

"我偏不在家，我要去广东打工!"招富"腾"地站起来说。

"去打什么工?要文化没文化，卖力气又卖不过人家。"招财说。

"你管得着吗?你看村里走出去了那么多，我快憋死了，守着一亩三分地一辈子也甭想发财!"招富说。

"打工就能发大财?村里打工回来的谁成了富翁?倒是学得流氓不像流氓、瘪三不像瘪三，土不土、洋不洋的。"招财说。

"也有很多好的，出去打工见见世面也是好的。听说进东莞的电子玩具厂，按件计工钱，只要动作快，得钱也不少，附近几个村里的不少人都进了那里的厂呢。"芙蓉说。

招财瞪了芙蓉一眼，气呼呼走出家门。

招财走后三天，有人告诉他，家里出事了。

村里来接替劳力的人对招财说:"还不赶快回家，你老婆气得回娘家了。"接着，那人咽了一口唾沫补充一句:"你老爸气得都喘不过气来了。"

招财跑回家。一进门，问老爸:"芙蓉哪去了?"招财爸猛咳两声，张口就骂:"招富不是个东西!"转口才说:"芙蓉回娘家了。"

招财跑去了芙蓉家，见到了芙蓉的奶奶，奶奶的语气比想象中平静:"闺女只是说在家很烦，想在我这里多住两天。"

招财问芙蓉，芙蓉停了好久，才低沉地说:"没事，明天我就回家。"

招财松了一口气:"没事干吗这样嘛，搞得村里人议论纷纷的。"

芙蓉一听，"哇"地哭出声来，把招财惊呆了。

回到家，招财追问父亲，父亲欲言又止，一脸痛苦状，憋了老半天，才说:"有人见招富在杂物房里欺负芙蓉，当时芙蓉挣脱他的手，哭着跑了出来……"

"招富在哪里?"招财眼睛发红。

"他第二天就拎了一个包，说是去广东打工。"父亲咳嗽了一声，连忙捂住嘴巴。

空气霎时好像凝住了。

星期六，招宝从学校回来。晚上，芙蓉对他说:"怎么不见你拿衣服出来给我洗呀？"

招宝没理她，扭头钻进了房中。

"就这样对你嫂子？她哪个星期不要给你洗七八件衣裤！"招财吼道，不知是吼给招宝听还是吼给芙蓉听。

招宝还是不理。

"唉，有本事跟别人吵去，自家人斗自家人，有啥意思……"日见消瘦的招财爸声音发颤。

招宝从小蛮懂事，学习成绩也一直不错，就因为成绩好，招财、招富相继自愿辍学，供他读初中，上高中。招宝也一直很喜欢这位手脚勤快、长相标致的嫂子。嫂子也很喜欢他，要不，他每个礼拜回家，芙蓉都要为他洗衣物，星期天回校都要为他准备一罐炒好的、他喜欢吃的菜呢。

"有读书的机会要珍惜哦。"嫂子曾似是无意中的一句话，眼睛里却是充满了无限的渴望和期盼。招宝觉得这话从嫂子嘴里说出来，便多了许多复杂的情愫。

可这次回到家，听了村里人的一些议论，招宝简直不敢相信，嫂子竟然会与二哥做出那么可耻的事来……

6

晚上，芙蓉坐在床沿，半晌，说："昨天去县城，见着了制药厂的张茂生，他说认识省城医院的一个老医生，有把握治好你的病，看什么时候有空，咱俩上一趟省城……看看……"

"这阵子忙！再说吧！"招财躺在床上，背对着芙蓉。

日子容不得个人感觉，有滋有味地走来了。浓霜不铺天却盖地，芙蓉喂养的两头二百多斤的肥猪，除肉卖了一千多块钱外，剩下四五十斤，包括内脏、蹄子、耳朵什么的，挂在射过来黄黄太阳的墙上。肉揉上了一层厚厚的盐，阳光一晒，盐也不知道是蒸发了，还是渗进肉里了，而肉，实实在在变得很香很香了。

霜一浓，山上的山楂便红彤彤、粉嘟嘟起来，正是采摘的好时候。芙蓉趁农闲每天上山采山楂，山楂晒几个日头，拿到县城去卖，得的钱够招宝在学校交伙食费。

眼看期终统考了，芙蓉趁今天星期天，拿山楂到县制药厂卖，顺便搭招宝到学校。

临上路时，芙蓉执意要招宝搭。路上很滑，到处坑坑洼洼，刚出村口，由于冲得急，车就倒了，招宝腿长，支住了身子，芙蓉重重地摔倒在地。

到了县城，卖了山楂，芙蓉见日头已过了正午，便叫招宝一同在摊上要了两碗米粉。芙蓉对招宝说："冬天到了，说不定哪天就下雪了，早该给你买两双新袜子，手脚露着容易冻坏。"

招宝跟在嫂子后面。太阳暖暖地照着，与扬起的灰尘和在一起，让人睁不开眼睛。招宝半眯着眼睛，一边躲闪着各种横冲直撞的车辆，一边盯着嫂子的身子。

嫂子的确很美：长发乌黑、体形丰腴、素雅大方，又有文化。只是，如果她不与二哥出那丑事，她就更美了。这样想着，招宝心里说不清是什么滋味。

学校放寒假的第三天，铺天盖地来了一场雪，把年关逼得更近了。

大雪消融时，正是上山捡柴的好时候。枝丫有被大雪压断的，有被大雪冻断的，不用带柴刀就能背一捆柴下山。

招宝经常跟嫂子和大哥上山捡柴，他很少动手，只是挑现成的。招宝喜欢追野兔和野鸡。

野兔怕冷，又找不到食物，被人一惊，慌慌张张，从枯草堆里跑出来。追它，它没命地跑，甩开人一段距离后，它便急急寻个洞钻进去，头朝里，半截屁股却露在外头，它以为它看不见人，人也看不见它。招宝用扁担对准它的屁股用力劈过去，野兔抽搐几下，便不动了。

野鸡呢，爱躲在长满野草的荒冢里，冬天里很木讷，有时柴刀碰到它了，它还不飞。招宝专去寻这些地方，每次都有收获。嫂子和招财见了，只得无可奈何地笑，招财偶尔还骂上一句："在学校玩野了心，没出息。"

7

窗外又下起了大雪，记不得是今年的第几场雪了，大雪、小雪、小雨加雪……数也不好数，何况，谁又会去数呢？

年关一天天逼近，飘落的雪直逼得人发慌。再过七八天，鞭炮就会逼得忍耐不住，潮水般地，把孩子们烘托得活蹦乱跳。大人们计划着银行里存的钱，准备请几餐客花出去，刚娶了媳妇的，开始算计过年有多少家亲戚要走，得多少份礼物，甚至，连串亲的路线都安排好了。墙壁上晒了几个月的腊肉憋不住，急出了一身黄黄的油来，把整面墙的土坯都染湿了。小孩子踏着夕阳，帮妈妈收腊肉，在心里直流口水。

招富是大年三十的前一天从广东赶回家的。他说车上人真多，载60人的卧铺车塞了120多人，都快被挤得憋死过去了。

浑身西装革履却又邋里邋遢的招富在外头打了4个月工，只拿了200元钱回家。

"跟村里的几个青年进了绢花厂，穿花，女人干的活，哪有她们快呀，所以按件计钱，男的总没女的多。老板没人性，每天只让我们睡四五个小时，人都累垮了，明年不到他那儿干了，换一家。"招富嘴里说着挣不到钱，脸上却有光彩。

"没钱挣就不能不去？丢人现眼！"他爸用火钳猛地捣了一下烧得正旺的柴火。

芙蓉眼皮抬了一下，什么也没说。

招财双手插在衣袖里，下巴顶着袖子，眉头拧成一条绳，也不搭话，倒是火星"噼啪"，像有说不完的话。

"为什么不去？人家城里人过的日子，那才是日子呢！"招富说。

"人家是人家，我们没法比，你想过城里人的日子，就死到城里去，再也别回来！"他爸把火钳一丢，惊起一阵灰烬。

"我巴不得再也不回来呢，谁稀罕！"招富踢了一脚烧得正旺的木柴，起身就走。

窗外的雪不知什么时候停了，就像人，即使是慢跑，路程一远，也会累的。这一口气刚一透出来，新年就已过了四五天了。

太阳一出来，天地变了个样。压在雪里的生灵，便耐不住想看看天了，园里的蔬菜叶子下面，好像一夜间，不经意地就生出了米粒样的野草。笼里逃过了几经被杀的鸡鸭，扑腾着翅膀，跑出户外，雄赳赳地迎着阳光。

阳光就是出工的锣鼓。出外打工的，早两天便打听到了县城发往广东、福建车次的时间，拾起行李，赶往县城的车站了。他们个个衣着光鲜，三五成群聚在一起，叙述着回家的感受，有人连叹"在家没意思"；有人问对方在哪家厂，待遇怎么样？想不想转厂？脸上是即将出门的得意。

在家里，不想外出打工的，开始寻思着干点什么了。早有计划的，则卷起衣袖、裤脚，赶起了牛，直奔田地里。

一切都是新的：新衣新裤，牛角上因为贴了张小红纸，牛鞭上也因为扎了根红头绳，"新意"便出来了，日子也生出分新意来，心中还能不长出新的希望来吗？

近几年，村里人搞起了经济作物。特别是栽种辣椒，日子有了起色。以前，招富在家时怕麻烦，说在冬末春初栽辣椒难侍候，所以说服老爸没栽种。

后来，村公所下了硬通知，说每户人家至少要种一亩。顶不住政策，招富家种了八分地。辣椒不细心打理不成。没法，怕占了地，误了农时，只好犁了，改种水稻，这八分田算是白折腾了。

芙蓉嫁进来后，芙蓉说，今年非种点经济作物不可，便对田地进行莲塘改造。这还不算，芙蓉嫁进来半年了，年一过，她便与招财寻思着栽一亩早辣椒。

以前招富在家，招财都让着他，而父亲又有点怕招富，所以招富一句话，分量重，谁也不想去惹他。他懒得去理什么经济作物，招财和父亲也不把它怎么放在心上。

现在不同了，招富正月初一就出去打工了，倒给招财很多自由，父亲听他的，而招财，则让芙蓉出主意，他听芙蓉的。

种辣椒的事往饭桌上一摊，招财、父亲没意见，只有招宝眼皮往上翻，身子一扭，不吱声。招财没理他，筷子一放，说："要干就得赶早，这几天天气好，正好松土。"

第二天，顶着暖和的太阳，四人寻各自的家伙，去了田里。

父亲一边跟在后面，一边透出薄薄的笑："过去骂这些贼牯都没用，现在这些顽石被芙蓉软化了，还是女人有办法。"

招财正抡着锄，觉得下身隐隐作痛，痛到根里，再渐渐地，疼痛加剧，连站都站不稳，身子慢慢下蹲。

几个人忙放下锄头，看着他。

"还看个魂呀？还不背他去医生那儿？"父亲丢下锄头，对招宝吆喝。

招宝像刚醒过来，慌忙背起招财就往村里医生家跑。

医生把招财扶到一间房子里，让他躺下，摇摇头，说："落下的老病，治标不治本，难好啊，我这里没办法，去省城看看。春天来了，活多，天气也变了，这病不能再拖了。"

8

第二天，芙蓉用自行车搭了十几斤去年冬天晒干收好的山楂，往县城去。

在县制药厂质检科，芙蓉见到了张茂生。

"说了不能再拖了嘛，这年一过，非跑趟省城不可。"张茂生说。

"我想再过两天就去，只是，钱不够……"芙蓉拨弄着脖子上的围巾。

"钱好说，你先把山楂拿去称了，结了账再来我办公室，我等你，到我家吃了饭后，我带你去银行取钱。"张茂生说。

在芙蓉眼里，几年后的张茂生，早已不是学生时代腼腆的张茂生，如今已变得潇洒自然、成熟大方了。

"吃饭，还是算了吧，我家还有很多事做呢。"芙蓉说。

"你就别客气啦，我在办公室等你。"张茂生向芙蓉挥挥手。

芙蓉卖完山楂回来，张茂生递给芙蓉一只摩托车头盔，自己拾起一只，走出质检科。

"这样……恐怕不好。"芙蓉眼睛下意识地四下看了看，因为刚才去称山楂时，有几个村里人也在，她怕说不清楚。

"有什么不好？老同学吃餐饭，少见多怪！"说完，张茂生锁好办公室，跨上了摩托车，见芙蓉也坐好了，发动了摩托。

摩托"突——突"喷出两股浓烟，一阵风似的，驶出好远。

出了厂门，不一会儿，上了大街。街上人多，摩托车擦着行人的裤脚行驶得很慢，张茂生不时地用脚尖踮着地面，防止摩托车倒向一边，还不时叮嘱芙蓉："抓住我的腰，不要摔倒。"而芙蓉双手反背，抓着摩托车的尾部，一只脚不时地踮着地面。

"我看，还是下来，我自己走吧。"芙蓉说。

"到了，过了这条街就是了。"张茂生多按了几声喇叭，加快车速，驶过了一条狭长的小街。

张茂生的家是座四合院，在县城中心，四周是墙，高高地围着，闹中取静，逛街买菜又不远。

张茂生的父母听说芙蓉是儿子的老同学，对她很热情。饭桌上，几人连吃带谈。谈着谈着，张茂生的神情严肃了起来："我联系了省城那所医院，治这种病很有希望。我与那里的一位主治医师很熟，他说如果动手术，估计要两三万元。"顿了顿，张茂生放下筷子，两手支起，对芙蓉说："我看钱嘛，我这儿有一点，借给你先用着吧。"

芙蓉犹豫了半天，才说："好吧。"

回到家，芙蓉向招财说了那事。招财不接话，问："你的山楂卖多少钱一斤？"

"两块呀，咱们的晒得干，个大，当然价高。"芙蓉随口答道。

"可村里其他人才卖 1 块 1，是你的面子好吧？"招财说。

"他们卖 1 块 1 跟我有什么关系？"芙蓉有点气了。

"有人见你坐在一个男人的摩托车上，那男人是不是那个姓张的？"招财追问。

"人家是好意。"芙蓉说。

"跟小叔子的事还没了结，现在又跟起外面的男人来了，别不要脸！"招财青筋暴突，猛地站起身，"乒——乒"砸烂了一只饭碗。

"人家要钱有钱，要身份有身份，我跟人家，人家还不要呢！"芙蓉扭头进了房里。

第四天，刘芙蓉蹬车往县城张茂生处取钱。

招财借了辆自行车，偷偷地跟在了后头。

到了县制药厂。芙蓉进了办公大楼，招财远远地站着，见芙蓉走进了一间办公室，透过窗玻璃，芙蓉正和一个男人说着话。

"这王八蛋，我饶不过他！"招财暗想。

他又见男人掏出纸和笔写着什么，接着又拉开抽屉，从里面拿出本小册子递给芙蓉。

芙蓉推辞着，两人你推我让。最后还是男人把小册子收了起来，跟着芙蓉走出了办公室。

"不要脸，又要去干什么见不得人的事！"招财狠狠地在心里说。

男的领着芙蓉进了一家储蓄所，领出了一沓钱，递给芙蓉，芙蓉走出储蓄所，她眼尖，看见了躲在远处偷偷张望、怒火中烧的招财。她便大方地把那男子领到招财面前，说："张茂生借给我们钱，还为你联系好医院和医生，我们过两天就去省城。"

9

芙蓉拉招财去了一趟省城，回来后不久便怀上了小孩。村里人有的为她高兴："那是招财有福，好人最终有好报。"也有人在背后指指点点："没准是招富的种呢，谁知是啥时怀上的。"还有人说："芙蓉可没少跟县制药厂姓张的来往……"招财装作没听见，气来了，当着芙蓉的面，他没好脸色。

公公唉声叹气。

芙蓉农活、家务活照干，有时，村里人见她弯着腰艰难地给猪喂食，心疼地说："快生了，这种活留给你老公干吧。"

芙蓉一听，拢拢头发，苦笑一下，不吭声。

只有在没人、没活干的时候，芙蓉才双手轻轻放在腹部，靠墙坐着。

阳光洒在土坯墙上，溢满了，流下墙角，暖暖的，一地都是。这时，芙蓉的脸上流露出一层薄薄的、不易察觉的微笑，和着阳光，于秋日的映照下，透着饱满、成熟和丰盈……

转眼又是一夜薄霜的季节，秋天又浓浓地来到了野猪岭村。野猪又到野猪岭下的稻田里来糟蹋稻谷了吧？有几个这样的暖日里，芙蓉双手托着腹部，恬静地想着野猪出没的日子，想着她与招财那次打野猪的遭遇。

有一天早上，招财真的又上山去打野猪了。芙蓉吃完饭，照例坐下来，享受早晨的阳光，她轻轻地抚摸着肚子，想：小孩子长大了也会开猎枪打野猪吗？只是，那时候山上还有野猪吗？即使有野猪，还会有一个像她那样，唐突闯进男人眼里的冒失姑娘吗？

不知怎地，想到这，一阵风，轻轻掠过墙角，形成一个重重的回旋，卷在芙蓉的脸上，令她猛地打了一个冷战。

"砰——"这时，芙蓉听见一声闷响，她猜想，一定是猎枪的声音。顿时，芙蓉莫名地亢奋了起来，她眼睛放光，明亮异常。

几乎在这同时，一条消息从山上传下来：枪声是在野猪把招财的喉咙咬断之后响起的……

芙蓉当然还不知道，她仍然抚摸着隆起的肚子，阳光铺在她的脸上，涂满灿烂……

底 线

1

韦正被送到子山县康诚医院时就已经不行了。他蜷缩在病床上，嘴唇紫黑，细汗直沁，连呻吟都没气力。

病床被日光灯镀成惨白，沿着走廊，一瘸一拐地向前行走，四个轮子慌乱地一个向左扭，一个向右扭，总是不协调。那种因不协调发出的"嘎吱"声，听上去让人感到分外揪心。

病床每晃动一下，韦正就哼一声，妻子王勇华就看他一眼，脸上的肌肉变得扭曲了。

是的，这时，连韦正的侄儿韦军义也听得清清楚楚，那名一只手拎着白大褂前襟、一只手推着病床的护士急切地嘀咕："医生应该来了，医生应该来了，医生怎么还不来？"

王勇华看着丈夫蜷缩着的两只脚已绞在一起了，便带着哭腔说："医生怎么还不来？医生怎么还不来？我求求你们了，快去叫医生吧！"

韦军义丢掉病床，脚步慌乱，往有穿白大褂医生走动的地方去问。

韦正被推进病房，眼皮已开始往上翻了。但眼皮似乎不听从他的内心，它与他进行激烈地抗争，推开眼皮的力量慢慢削弱，变得软弱而无规则。

王勇华听着丈夫的呻吟声渐渐减弱，手抚着胸膛，大口大口地喘气。

她喘着喘着，变成了抽泣，一声声的抽泣连成了河流，不可遏止地冲泻了出来。她的哭声随着丈夫慢慢瘫软的身躯，越来越硬朗起来，她的手把丈夫的手握得紧紧的。

医生走到病床前时，韦正的眼皮已彻底合上了。

此时阳光灿烂，窗外的风吹得叶子哗哗作响。医生在窗外数不清的叶子的窥探下，用一只洗得惨白而纤细的手使劲推开韦正的眼皮，然后重重地拍了两下手，推了推尖细鼻梁上的眼镜，说："拿起搏器和呼吸器来。"

韦正睡着了，他的心弦和病房里慢慢加快的节奏唱反调，他那种"无所谓"的姿态，使妻子王勇华的哭声一句比一句高，她一边哭，一边大声喊："老韦！老韦！老韦！你醒醒！你醒醒！你醒醒啊！"

在旁的韦军义嘴唇连连抖动："快点，快点，给我叔输氧啊！"

一名护士白了韦军义一眼，把氧气管塞进韦正的鼻孔里，转过身去找胶布。

另一个医生拎出起搏器，冲两名护士说："还愣着干吗？撩开病人的衣服啊！"

韦军义一听，抢先去解叔叔的衣服。

两排肋骨推着胸脯摊在众人面前。

起搏器贴着胸腔，狠狠地撞了韦正几下，韦正除了反弹了几下身子，其他一点反应也没有。

医生丢掉起搏器，改用双手去按压韦正的胸腔。

"没有呼吸了，再不切开气管就来不及了！"韦义军喊了起来。

医生斜睨了韦军义一眼，双手抱在胸前，眼睛环视了病床一圈，护士们都看着他。

"好吧，推到手术室去。"医生好像终于下定了决心。

护士们去挪动病床。

89
底
线

王勇华的眉头皱起来，哭声变得平稳而持续。

病床又呻吟了起来，它呻吟的声音弥漫在低矮而宽阔的大厅里，然后颤抖了一下，幽灵般地跌入一个下坡的台阶，沿着长长的走廊一路返回。

半个小时之后，韦正被推出了手术室，他的颈脖被一团雪白的纱布包裹着，面容安详。

"没办法，停止呼吸太久了。"医生走出手术室，早已摘掉了口罩和手套。此时，他那双被消毒水冲刷得惨白而纤细的手插在白大褂的口袋里，头不高不低地抬着，随着直线前行的身躯不偏不倚地摆动。

王勇华脚一软，像一团泥一样，瘫在了走廊的长椅上。

"医生，再想想办法吧！求求你，医生……"韦军义看着婶婶，又看看医生，不知道该追上去，还是该坐下来，嘴里不停地说，"医生，再想想办法吧！"

"想什么办法？人都死了！"医生冲着韦军义踢踏的脚步声，又说了一句，"到诊断室来拿病历。"

2

从诊断室出来，韦军义翻开病历，上面写着："原发性弥漫腹膜炎伴感染性休克导致死亡。"

韦军义沿着这段足足有一百米长的走廊，慢慢地走着，尽管走了足足十几分钟，但仍感觉走得太快，恍若一个来回，便丢失了他心上最重要的东西。

婶婶仍倒在长椅上哭，椅子的周围站满了人。韦军义分不清哪些人与她有关，哪些人与她无关。

韦军义拿着夹在病历里的那张药费单，朝收费处晃晃悠悠地走去。

收费处是个小窗口，韦军义看到它，想起了战争年代关押革命者的监狱里那个塞饭食的地方。

韦军义头微微朝里一探，直接面对了一台电脑，屏幕上显示的是上一个人交费的数目。韦军义的头被前面的人的胳膊碰了一下，韦军义想象他是有几分"故意"成分的，因为韦军义听见他在骂："做一个阑尾炎手术要四千块钱，吃人的地方！"

韦军义把目光收回去，心里紧了一下。

"八千三百一十块！"由于急促，声音被小窗口挤成一条皮鞭，狠狠地抽打在韦军义的心上。

"什么？多少？"

"八千三百一十块！"收款员目光离开电脑屏幕，朝韦军义努了努嘴，示意他看地方。

韦军义沿着收款员努嘴的地方一看，看见了电脑屏幕上显示的那个数字。

韦军义的手哆嗦起来，他的目光四处慌乱地扫了一轮，然后猛地探进头："是不是算错了，才在这院里待了不到四个小时呢，人还没救过来……"

"人死了就不用给钱？那殡仪馆都该倒闭了？"窗口里好像有备而来，还没等韦军义的剑出鞘，对方早已出手了。

韦军义觉得脊梁冷飕飕的，说话颤抖得厉害："你，你，你这说的是人话吗！"说完，他滑出了队伍。

韦军义拐过一个墙角，顺着楼梯朝二楼走去，他想象着此刻婶婶哭成了什么样子，步子越来越慢。

结果，还没蹬上二楼，韦军义就靠在墙壁上停了下来，他伸手去掏口袋里的那一沓钱。他记得很清楚，只有三千元。

韦军义觉得身躯一点点软了下去，心却莫名地一点点硬了起来。

他又迈开了步子，几乎是疾步冲进了诊室，他冲到那个医生面前，脸憋成了紫色，他揉了揉手中的医药单，扬了扬，艰难地举起，就像举起一把锃亮无比、锋利无比的镰刀或斧头。

"八千多块？我只有三千，就三千，你们爱要不要！"说完，韦军义竟抱着头，蹲在了地上。

因为欠着医疗费，韦正的尸体不能离开医院，不能推进太平间。这是医院的规定。

韦正躺在离妻子王勇华仅三四步之遥的病床上，安静地等着妻子做决定。

四周的空气是悠然的，连空气中飘浮的粒子（或者是病菌）也是悠然的。王勇华的哭声也是悠然的。她现在的任务似乎就是全心全意地哭好。其实，她不这样做，还能做什么呢？

围着的亲戚朋友一如既往地陪着她，脸上都抹上了一层似有似无的凄然（放在平时可称得上是"严肃"），连头都不敢稍大幅度地摆动。

韦军义在婶婶旁边站了半个多小时，或许他觉得婶婶实在太可怜太累了，他终于打破了近半小时不变的局面。

"各位身上带了点钱吗？"韦军义又补上一句，"我这儿只有三千块钱，要八千多块呢。"

"八千多!?"韦军义感觉人群整体晃动了一下，是一片低声的"哗然"。接着，声音渐次弱了下去，像积蓄、酝酿已久的潮水，在一片期待之中刚刚掀起高度，便陡然跌下，恢复了平静。

韦军义想到了有这种反应。

人群中有一个声音说："大家以为是一个小病，来时没想到带钱。"韦军义虽然有一点失望。但是他不怪他们。

韦军义的三千块钱也是上午单位发的年终奖。他也以为不会是什么大病，没有想到要准备太多的钱。他的钱都是由妻子管着的。单位发钱从不给现金，都是把钱打入存折中，存折在妻子手里。

上午刚领了钱，就听得县里的婶婶打电话来说，叔叔住院了，他赶紧从市里直奔到医院来了。

今年，单位破天荒发现金。一个大大的红包，领时，每个人把欲望撑得大大的，都觉红包小，太少了！往年哪年没高于一万啊！最低也是一万！

大家议论纷纷，语气激愤。有人还明显夹杂责难。说什么领导无能，把个好端端的报社折腾得一年不如一年。

寻找女儿美华

3

韦军义从上海复旦大学新闻系毕业后分配到报社，在这家报社整整待了二十三年。二十三年，他经历了报社从繁荣走向衰落。现在报社效益不好，像韦军义这种资历的员工就显得特别失落。想想以前的年终奖，都是一万五、两万多，最多时达到了四万。可到现在，一路走低，从五千元到三千元。

韦军义一直在努力将一颗下坠的心提起来，但无济于事。他的心被不断下降的钱数一点点地拉扯下去。他心里很清楚，那些钱数与他的生存休戚相关。一旦降到某条线以下，他家的生活虽然受不到太大的影响，但可能会削弱他大男人的尊严。

现在，他妻子的心下坠得似乎比他还快，她整天在他面前唠叨的是：猪肉多少多少钱一斤了，米又多少多少钱一斤了，连青菜都多少多少钱一斤了。那些东西都是他开门要第一面对的。这些东西价格与他的收入像赛跑一样，比增长速度，而且，一再冲破他心理的防线。他感觉就要崩溃了。

也不知具体从哪一天起，生活的重担让他一个人扛了。他的肩上陡然一沉。

妻子跟他在同一所中学同一个班读书，同时考到上海念了大学。所不同的是，妻子读的是财经学院，毕业后分配在银行工作，而韦军义则到了报社。记得当初他俩还没有正式上班，就把同学羡慕得要死。两人因为拥有着一份同样令人羡慕的工作而走到了一起。

韦军义想想前十几年走过的路，顺利得要笑出声来，他先是干了五年记者，又干了五年"社会新闻"版的编辑，接着，又到"经济新闻版"做编辑。韦军义知道，这一系列看似平常的变动其实是与领导的赏识分不开的。他也沉得住气，在工作上暗暗使着劲，心情也舒畅，过着坦然、舒心而知足的日子。

工作第十一个年头，他当上了副主任；三年之后，当上了主任。

当上主任后，韦军义的步子慢下来，甚至停滞了下来。"像我这种没有家庭和社会背景的，要再往上爬就很难了。"韦军义有自知之明，他觉得在主任这个位置心满意足了，就尽心尽职地干着吧。

正因为有了这种心理定位，不论报社鼎盛得牛气冲天，还是发行量和广告额一落千丈，韦军义都能迅速适应。他感觉这些年来，自己就像一株随遇而安的杨柳，不管身边的河流有多少水，只要渴不死，他就在不同的季节呈现不同的生长状态。

但现在，他也开始有困惑了：这下滑势头怎么没个底呢？当初，领导在得意时，欲望为什么深得没个底呢？在年广告额上亿元的时候，整个班子疯了似的，又是投资房地产，又是收购外省的杂志，甚至仗着市里的关系，到湛江、海南倒卖小轿车。当时，看着领导们大量的时间在外，竟没有一个人提意见。记得当时，韦军义心中埋伏着淡淡的隐忧。他认为：领导们只能办报，对办报外的其他产业心里不一定有底呀。但他也没有把隐忧说出来。他认为社委会决定的事，不可更改。

后来，就像一阵空闹浮躁的海浪之后，海边一片狼藉，报社像一个个莽撞冲向大海的人，输得连裤衩都没了，羞于上岸。

韦军义觉得自己是在岸边替他们守护衣物的人，先前说捉一条大鱼或捞一颗珍珠来犒劳他的许诺，被退潮的海水冲刷得无影无踪了。

但领导终归是领导，他们上岸后，洗了个淡水澡，换了一身崭新的衣物，又心安理得地坐到单位办公室里来了。

韦军义奇怪那一段时间的心竟然那么平静。他害怕自己的生命会因此戛然而止，就像没了电池的钟摆，会突然停下来。

他分外珍惜这种生活，与其说是生活，还不如说是生命状态。在韦军义看来，真真实实做新闻，老老实实做人，尽职尽责做事，就可以了。

4

韦军义这种心态长期被妻子看不起，被嘲讽为不思进取。

韦军义的妻子性格外露，表现在工作上，是近乎疯狂。好在疯狂得到了回报，她由一个小小的信贷员一步步升到了借贷处的处长位置，据说是建行在这座城市中最年轻的处级干部。那一年，她刚32岁，丰熟如桃的年龄。

韦军义从妻子日益神采的脸上觉察到了她无穷的能量和雄心。

韦军义丝毫不怀疑妻子有这种能力，他想的是适时用冷水令她冷静。

一天，韦军义值完夜班回到家，妻子也刚刚回来，两人刻意不惊扰睡着的儿子，轻轻地拉着衣柜，寻找换洗的内衣。

韦军义见妻子一边找着一边打呵欠，便拿着找好的衣物坐在床沿："你先去洗吧。"

妻子软软一笑，韦军义发现，妻子笑起来的时候，脸上的皱纹不知是哪天爬上来的，一道接着一道，很细密，划着锐利的痕迹。

"你劳累过度了，该注意休息了。"韦军义不忍心说妻子老，那是个世上所有女人都不愿意碰的字眼。

两个月后，妻子突然从处长的位置下来了，原因是银行将多达十几亿的资金贷给了房地产商，没法回笼。妻子虽受行长之命，但责任难逃。行长被拘捕审查，她也被停职。

"有几次我想跟行长说，这贷款不用还啊，怎没个底呢？到时还不上，不成无底洞了吗？但我到底什么也没说，其实，说了又有什么用？还不是他一个人说了算？"妻子像是自言自语，然后话锋一转，"没事，没事。我办个内退手续，回家侍候你们父子俩。"

妻子的话虽然有某种参悟尘世的淡然，但韦军义听了，除了感动之外，还有些别扭。

不久，妻子真狠了心，辞了工作，回到家做了全职太太。

韦军义却觉得委屈，为妻子感到深深的委屈。妻子也曾表露出想到某家私企谋一份事做的想法，但她眼界高了，说："我是当过处长的人了，要去，至少给我一个副总经理或财务总监之类的职位。"

韦军义认真地说："还是算了吧，你还不知道做账是怎么回事？我可不想让你再替别人背黑锅。"

妻子笑笑："没事的，以后我懂得，守住那条线就行了。"

韦军义说："你说守住就守住呀？是你一个人的事吗？"

妻子又一笑："我说不过你，反正现在我是一个犯过错的孩子，你怎么说都有理，我也没资格跟你争了。也好，你以后养我吧。"

韦军义说："那有什么办法，谁叫你是我老婆。"

妻子轻轻地点了一下韦军义的鼻子："我也不会让你从今天就开始养的，我以前还有一些积蓄，我只是提醒你，现在我们家只有你一个拿工资了。以后花钱要节约点。"

韦军义叹了一口气，说："反正都这样过呗。"

妻子看出了韦军义的情绪变化。"现在家里指望你那份工资生活呢，你可不能萎靡啊。"说完，她还是笑。

韦军义不知被谁推了一把腰杆，不由自主地挺了挺，脸上竟也浮上了久违的自信的笑，同时，肩上陡增了几分重量。

"这样也好，我能养活你们。"韦军义对四十三岁的妻子说。

5

韦军义说这话时，想起了他叔韦正。

他不知道他叔韦正有没有信心对他婶王勇华说这句话。

叔婶一辈子没离开县城，虽然县城靠近韦军义所住的省城。

韦正是县二运的长途客车司机，从开衡阳产的老式车到韩国大宇的双层卧铺到苏州的豪华快巴，韦正一直熟练地掌控着那个半径一尺的方向盘。

但他握豪华快巴方向盘不到一年，公司说要改制，挂了几十年的市"第二运输中心"的牌子换成了"快德运输责任有限公司"。

牌子换就换，只要有车开，韦正原来是这样想的。但后来越觉越不对劲，因为这次似乎是要动真格的，领导说原运输中心的司机如果还想开车，就要承包经营。每人先交十万块钱押金，四个人联合承包一辆豪华快巴，每年交一定数额的承包金给公司。

韦正想：甭说拿十万块钱了，就是拿五千也拿不出。

韦正的妻子王勇华早八九年前就从县棉纺厂下岗。下岗了不要紧，重新找份事做，哪有饿死勤快人的。偏偏一场黄疸肝炎降临到了她身上，有半年多时间，王勇华整天躺在床上还喊吃力。那段日子，韦正晚上出车，白天奔波在家里和医院两地，侍候一对双胞胎儿女上学和妻子的吃喝拉撒。

当时，王勇华下岗，每月领最低生活保障金两百五十元，韦正的工资五百多一点，两人的钱加起来不足八百元，连付王勇华两个星期的医药费都不够。

后来，王勇华的病好了，但欠下近万元钱的债。

现在公司改制，韦正不想失去手中的方向盘，但到哪里去筹十万元钱呢？

王勇华说："你怎么不找找你侄子帮忙呢？"

韦正想了想，眉头还是舒展不开来，他说："只听说过有救急的，没听说过有救穷的。何况，他借给我们，我们什么时候还得清呢？"

韦正到底没向韦军义开口，但这话不知怎地，传到了韦军义的耳里，韦军义与妻子商量，好不容易匀出两万五千块钱给叔送去。

韦正拿着两万五千块钱找公司领导左求情右求情，才买得半个承包权，总算保住了手中的方向盘。

五十二岁的韦正这一次重握方向盘，有种劫后余生的感觉，心头涌动的除了淡淡的自豪外，就是感觉喘不过气来的负荷。

韦正出事那晚没有丝毫征兆，韦正当时也是像无数次经过那里一样，双眼圆睁，死盯着前方的。

韦正每次经过那里，都不敢疏忽。那段路旁竖着高高的栅栏，栅栏密密实实的，漆成一片白色。客车疾驶时，像一块白色的铁皮立在旁边，有时超车的灯光一打，他的眼立马就花。

事故发生后，韦正把原因归结为年老眼花，而交警的结论是：注意力不够集中，或疏忽大意所致。

韦正苦笑一下，全然不理会他们怎么说。最重要的是韦正踩急刹车时旅客没有受伤。尽管他的左肩胛骨造成了软组织受伤，甚至瘀成了一块一元硬币大的紫黑伤疤，他全然不在乎。

韦正忍着伤痛向车上惊魂未定的旅客打躬作揖："各位对不起了，实在对不起，实在对不起。"脸上挂着浓浓的、憨憨的笑。

对于韦正而言，客车远比自己的身体重要。回到客运站，韦正首先向同事借了五百块钱换了撞坏的灯，而对于左肩胛隐隐的、深入骨髓的疼痛，他咬牙忍着。

后来，事情的发展都与这个左肩胛软组织挫伤有关。

回到家，妻子王勇华看到了丈夫韦正左肩上的那块瘀紫，问明了情况后竟哭了："年纪那么大了，开车怎么还像年轻仔那么疯狂。"

"不是疯狂，是后面那辆车疯狂，他超我的车，而且挨得太紧。"韦正的表情紧了一下，接受着妻子敷上来的热毛巾。

再接下来，双方为该不该去看医生发生了争执。

"看什么医生，买两块创可贴一贴就没事。"

王勇华则坚持要去看医生，但她拗不过他。最后，争论的焦点集中在买什么牌子的创可贴。

王勇华说："邦迪好，外国的，消炎化瘀快，还不渗水。"

"邦迪太贵，听说几块钱一块呢，国产云南白药还治不了一块瘀伤？"

王勇华懒得与韦正争论。几十年了，韦正听她的时候少，抗她的时候多，好在丈夫怎么抗她，出事的次数也少，王勇华越来越没有底气。

有些问题是掩不住的，它迟早要时不时地冒出来，阻碍生活进程。

比如韦正左肩胛上的那块瘀伤。事实是，后来用了药膏也不管用，韦正一直感觉它痛又不是很痛，刚好在可以忍受的最高点上。这种感觉让韦正一直挺了过来。

直到半年以后，它像火山一样爆发了，"砰"的一声就越过了那根可以忍受的临界线，剧痛铺天盖地而来，把他全身的痛感神经都得罪了。

韦正感觉要被算总账了，心中急剧不安，额上沁出的汗珠配着"举手维艰"的动作，让在旁边看着的王勇华牙咬得比丈夫还紧："你看你看，实在挺不住就去看医生。别图省几个钱！钱重要还是人重要？"

"钱和人都重要。"韦正挤出了一丝笑。

但这一次，韦正想：别再与妻子顶了，听她一次，到医院去看看，不就是一块伤吗，花不了几个钱，让妻子放心一次吧。

韦正带着这种还债的心理走进医院。

医院叫康诚医院，名字听起来很吉利，离家又近，拿几贴药膏就回来，下午还可以出车。

但天底下似乎所有的医生都耐性十足。医生是位看上去二十七八岁的小伙子。只要是个医生，对付一个小外伤应该是绰绰有余吧。韦正一坐下来就与他聊起天来："在医院上班多久了？"

小伙子露出了行业上少有的腼腆而害羞的笑容："才两个多月呢。"

"有没有看上哪位漂亮的护士啊？"韦正平时是不大爱开玩笑的。但这次开了，连他自己都吃惊自己有这份心情。

也许是韦正的笑博得了小伙子的好感，医生竟没有给韦正开各种各样的化验单，只是简单地问了几句，便直接在处方笺上开了药。

6

王勇华接过处方，脸上终于露出了微笑。她步履轻快，几乎是小跑着奔向收费处。

药费却不便宜，两百多元钱，但王勇华似乎并不特别在意，毕竟来这种大医院的机会并不是很多的，想想十年前她因黄疸肝炎住院花了近万块钱，丈夫几乎天天侍候在床前，与那比起来，这算什么？

这样想着，王勇华的心里也有种还债的感觉。

但这个数字却让韦正睁大了眼睛："早知这么贵，还是自己买几块药膏算了。"

王勇华说："膏药你难道少贴了吗？有用吗？舍不得小钱，赔了大钱吧。"

韦正嘀咕："让医生开膏药兴许就有用呢。"

嘀咕归嘀咕，两人拿了药轻快地回了家。

这世上，真实的事，有时会给人不真实的感觉，甚至你目睹了它，也会怀疑它的真实。

王勇华就有这种感觉。她上午与丈夫回到家，倒了开水，拆了药，遵医嘱"监督"丈夫服了药，却听到丈夫喊肚子痛。

王勇华的心缩紧了起来，她太了解丈夫了，丈夫不是痛到实在忍不住，是不会喊出声来的。而现在，她听着丈夫的喊声一阵比一阵高，她的心一点点吊起来了。

"要不，再去医院看看吧？"王勇华说。

"有什么用。"韦正看着慌乱的妻子，缓了口气，"也许是药的副作用吧，再等等看。"

第二天上午，疼痛仍像挺实而锋利的刀刃刮扯着他的每一寸肌肤。王勇华彻底手足无措了。她的哭声伴着团团乱转的脚步在灰暗的屋子里回旋。

"老天，你的嘴唇都紫了。"

王勇华的哭声惊动了邻居。邻居以为他们夫妻吵架了，赶到王勇华家一看，韦正正蜷缩着四肢躺在床上像只抽搐的乌龟。

"快打你侄子的手机，叫他来帮忙！"有一位邻居想到的是韦军义。

王勇华手忙脚乱地翻出了一个破旧的本子来，她听到另一个声音说："我去外面叫车！"

一个多小时后，韦军义打了一辆出租车赶到了。他看到叔叔时，叔叔正被众人抬进出租车，韦军义对着围观的邻里匆忙说了一声"谢谢"，急急坐在叔叔韦正的身旁，催出租车快赶往医院。

出租车上，韦军义说："去县人民医院。"

一个人接口说："康诚医院离这里近。"

韦军义想了想，说："那，那就去康诚医院吧。"

出租车直奔康诚医院。

这样的疼痛持续了近四个小时，尽管丈夫没有在家时喊得那么大声，但王勇华看着他越来越紫黑的嘴唇，知道疼痛在丈夫的身上已经像洪水一样泛滥了开来。

王勇华还知道，丈夫在强忍地憋着，全身的疼痛像洪水般都来冲击他嘴唇这道堤坝。韦正只是抿着嘴唇，紧紧地抿着。他实在忍不住想大声喊出来时，他发觉自己已经没有力气了，或者说无法使上力气呼吸。

韦正依稀听到妻子在他的耳旁撕心裂肺地呼喊，他很想对她说句什么，但什么也说不出。这时的他，昏昏沉沉，感觉咽喉被一股生硬的拉力撕扯了开来……

王勇华透过手术室的玻璃，看到丈夫的眼神慢慢游离开。接着，她看见丈夫的呼吸道恍若一块褶皱的布，慢慢撕裂开了一道口子。凄厉的、破碎的声音不可思议地向她的心灵深处飘来。她本能地喊了出来，她觉得是替丈夫喊了出来。她认为只有这样喊出来才能减轻丈夫的痛苦。

事态的发展沿着最恐惧最绝望的深渊滑去。不久，韦正的生命走到了终点。

现在，对韦军义而言，他刚从一个极度残酷的事实中回过神来，便又掉进另一个困局中。这会儿，他一直站在走廊，看着婶婶一直舒缓地哭着。韦军义想象那是一条广阔的河流，河里的每一滴水都是痛苦碾磨成的粉屑，她要把它们痛痛快快地全倾泻出来。

韦军义扭过身子，又冲进了医生办公室，把病历和处方笺、医药单往办公桌上一砸："你们用了什么药？你们采取了什么抢救措施？

竟要八千多元钱!"

医生的目光从另一本病历本上移开,推了推眼镜,以使头能抬高一点:"注射、输氧、手术等都是要花钱的。"

韦军义的舌头打着结:"我……我知道要钱啊,但也不需要这么多吧?短短四个小时啊,人还不在了……"

医生的目光又回到了另一本病历上,他的语气淡得好像不是针对韦军义的:"我们收费是按国家明文规定的标准。"

"只有三千,爱要不要!"韦军义扭头走出了医生办公室。

韦正的尸体还放在医院的走廊上。几十分钟了,他像个局外人,被遗忘了似的,静静地躺在走廊上。

终于,围在王勇华周围的人群中有了一些老一点的男人脱离了人群,朝站在不远处的韦军义走去。

"你叔老放在这里也不是办法,看看是不是先把他推到太平间去?"男人见韦军义没什么反应,便擦过韦军义的身子,向医生办公室走去。

不一会儿,韦军义听到医生办公室传来了一句骂声:"你们医生的良心都给狗叼走了!人活着时你们吃活人,人死了,你们还要吃死人!"

韦军义听到这骂声,忙跑到医生办公室,把正骂得唾沫四溅的男人拉了出来。

拉出来之后,韦军义心里好受多了,语气也平缓了下来:"舅公,我寻思着该不该给。"

人群朝韦军义这边慢慢围过来。大家你一句我一句地议论开来了。最后汇成了一句话:最多给三千,多一分钱也不给!

"最多给三千,多一分钱也不给!"韦军义的心也汇聚到这句整齐的话中,同时,他听到婶婶哭得更伤心了。

7

想法集中后，聚成了一股团结的力量。韦正的尸体在这种高度统一的想法支使下，被抬上殡仪车。

韦军义不想交钱，韦正不能在医院久待，他被抬到殡仪车的过程中，没有一个医生和护士前来帮忙或者阻拦。所有看到这一过程的医生和护士都用一种平时惯常的目光匆匆地瞟了一眼，便继续脚下或慢或快的步伐，就像赶早班的人，经过某个菜市或牛奶屋，看到有人正往三轮车上装菜或装奶一样平常。

韦正被堂堂正正、从从容容地从医院里抬了出来。

王勇华的哭声这会儿近乎号叫了。韦正被放在车里，王勇华抱着他的尸体，众人怎么拉也拉不开。

王勇华是县郊江南乡人，十八岁时顶替她妈进了县棉纺厂做了一名纺织工人。记得韦正娶她时，韦军义见她很土气，他替叔高兴，因为他认为像叔那么老实善良的人，就该娶一个朴实的老婆。老婆朴实，便不会嫌弃不显山不露水的平淡日子。他觉得像叔那样性格的人，这辈子是注定要过不显山不露水的平淡日子的。

这个社会，平淡日子大多只存在于那些老实善良的人那里。

后来事实也正是如此。韦军义几乎没看到过叔婶之间发生过什么过激行为，没有，即使他俩对别人也没有。这让韦军义很羡慕。

这会儿，王勇华伏在丈夫身上，好像要把积攒了几十年的情绪一下子全释放出来。她披头散发，一把鼻涕一把泪的样子让韦军义感到很陌生。

是的，很陌生，韦军义像是在梦里。对这两天发生的一切，他都是这种感受。

韦军义目送着殡仪车像幽灵一样，吐出一缕若有若无的烟尘，悠悠地滑向街道的远处，自己才上了一部出租车，说："去火葬场。"然后又改口："去殡仪馆。"

司机嘀咕了一句："还不都一样。"

韦正去世的消息不胫而走。第二天，县殡仪馆便自发聚集了上百号人。最显眼的是韦正公司里的领导，可能是第二号，也可能是第三号人物，又或者是类似工会主席的人。他的手一挥，带来的三四十人便依次排好队，人人在化好妆的韦正面前鞠两躬。他们脸上的哀思和沉痛都是认真而严肃的，韦军义还见有五六位二十来岁的女孩子抹着眼泪。她们大概曾在韦正的车上做过"巴姐"吧？韦军义这样想时，便确定叔叔在世时，是给周围的同事留下过好印象的。

三四十号人，每人两鞠躬后，单位的专车已开到了追悼会现场大门外的台阶前，韦军义又看到他们依次排好队，一一上了车，人人脸上恢复了自然。

葬礼有条不紊地进行，节外生枝的事是所有人不愿看到的，因为大家都有很多事情要做。

所幸从化妆到租借花圈，再到用悼念场地和火化，殡仪馆一路绿灯。骨灰盒也以七百块的便宜价格买到，火葬费经过韦军义的好说歹说，以打八折不开发票一千五百块钱谈妥。

如果有谁了解殡仪馆或火葬场的真实情况，大家应该为韦正这么顺利地走进了骨灰盒里而感到欣慰。事实上，从走出医院后，众人都挺满意的，除了忙着打理的韦军义，大家都沉浸在同一种气氛中，好像尽职尽责的剧务人员，在韦军义的指挥下，齐心协力推动着剧情的顺利发展。

从左肩胛痛，到肚子剧痛，再到奄奄一息，直至死亡——这个生命结束的过程，只用了不到两天的时间；从一具消失生命的躯体到化成一缕青烟——不到一天的时间，从此，一个叫韦正的人在地球上消失了。

在殡仪馆，韦军义把身上的三千块钱替婶婶垫上，打理完了叔叔的后事，心里并没有丝毫的轻松。

"小韦啊，你叔怎么短短的两天就没了呢？"从殡仪馆回来的路上，王勇华耷拉着头，有气无力，眼睛红肿、半开半闭着说。

韦军义宁愿婶婶蓄在眼眶深处的眼泪流出来，韦军义觉得心头软软的、酸酸的。

"你可要为你叔说说话啊,你觉得医生那样是救人吗?死了一个人,最起码应该道个歉吧?"

"是应该道个歉。"韦军义又补充一句,"这是最基本的。"

8

第二天,韦军义一到单位,领导把他叫到总编室。

"市辖子山县康诚医院刚才打电话来,说你欠了人家八千多块钱医药费,怎么回事?"总编站起来离开办公桌,示意韦军义坐下,自己也跟着坐到了沙发上。

韦军义动了动嘴唇,没说话。

总编向韦军义凑过来,问:"听说患者是你叔,病好了吗?"

韦军义头一扭。

这个动作被总编看成是"不满",总编的话也被传染了这种不满:"我这样说你两句你就有了情绪?"

韦军义的嗓音冲了出来:"他死了。"

总编被这三个极为清脆、极为情绪的字震得有点蒙了:"死了?谁死了?"

"我叔。"韦军义把头埋在两手之下。

总编的语调低沉了下来:"难怪……医院那边欠的医疗费怎么处理?"

韦军义突然把双手摊开,脸涨得通红,说:"老总,我要派一位记者去采访,把这件事原原本本写出来,在我们报纸上披露,让市民来讨论医院对不对,为死者讨个公道!"

总编的脸微微沉了下来:"这样做也未必不可以,但一定要公正客观——真实是新闻的生命嘛。不过,你一向为人做事很平稳啊,怎么会有这种想法?"

"我不会干涉记者采访,也不会妨碍新闻的公正性,我只派记者去采访，了解情况，然后客观地写出来……"韦军义很激动。

总编按下手，示意韦军义停一停："我看还是要经过社委会讨论一下，听听别的同志的意见。OK？"

韦军义不等总编请出，他离开了总编室，当天，他就派了一个手下的记者下去采访。但他没有把新闻登出来，他的想法是：通过采访，给医院施加压力。

那名记者向韦军义汇报说："我先找到了院办。院办主任好像事先知道这件事。他一脸的严肃，把我一个劲地往门外推，还说，如果患者家属不把钱交了，他们下一步就要把你告上法庭。"

韦军义派去的记者是位二十四五岁的年轻人，刚刚去掉"见习"二字，听院长这样一说，心里很清楚主任为什么派他来采访，他马上仿佛成了当事人，挺了挺腰，扶正了鼻梁上的眼镜，说："难道你们医院没有失职吗？"

院办主任一听，"嚯"地站起来，把记者往门外推，一只手还在前方引路，脸上满是不耐烦："去去去，具体情况，你找主治医生谈，他的看法代表我们医院的看法。"说完，把门"砰"地一关。

那名记者见了主治医生，说明来意。主治医生好像早有准备，把他像个病人似的，上下打量了一番，然后极其认真地翻开一个小小的本本："你看，我们对他诊断的结果是原发性弥漫腹膜炎，病人送到医院时已经十分严重，通过检查，我们发现他已伴感染性休克……"

那名记者打断他的话："病人家属认为你们没有及时抢救。"

"什么算没有及时抢救？"主治医生"嗤"了一下鼻孔，继续说，"医生治病是按程序来的，先观察，然后诊断，再抢救……"

"病人家属说你们没有立即抢救……"

"怎样才算立即抢救？我们检查没做，还没有确定病情，如何实施抢救？"医生脸上的肌肉抽动了一下，惨白的日光灯泼在上面，镀上了一层清冷的光。

"你这样说，我只能按你所说的原原本本写出来。"记者说道。

"悉听尊便！"医生想了想，口气软了点，"不过，你告诉病人家属，让他再去找找其他原因，你想想，左肩胛软骨挫伤怎么会这么严重？怎么会引发腹炎？我们医院认为病人向我们隐瞒了什么……"

9

记者把到医院采访的情况向韦军义汇报完。韦军义说："他们最起码应该赔个礼，道个歉，否则，我就把它发表出来！"韦军义停顿了一下，对那名记者说："你打个电话去跟他们沟通一下？看看医院里是什么意见。"

那名记者说："好的，我马上打院办的电话。把你的意思向他们说一下，我想没问题的。"

晚上七点多钟，韦军义接到一个电话，是康诚医院的。

打电话的自称是办公室的，一个女的，口气是不卑不亢，公务性质的速度："请问是韦主任吗？……"

韦军义也不卑不亢地接上一句："是的，请讲。"

"关于你叔的事情，我们该讲的都讲了，你爱怎么样就怎么样，我们奉陪到底！"

韦军义放下电话，他对康诚医院感到非常失望，他只有把在康诚医院就诊的病历、处方拿到市卫生局去鉴定了。

对于康诚医院，韦军义是很熟悉的。它是一家私营医院，院长叫胡红生，是福建人，曾在部队里当过特种兵，跟他打过交道的人都说他练就了一副天不怕地不怕的张狂个性。十五年前，退役的他去了子山县城，先是在城北开了一家"康诚诊所"，在报刊上铺天盖地地做广告，广告上说"专家坐诊，专治癫痫病、不孕不育症等疑难杂症"，懂内情的人都知道，诊所里几位所谓的"专家"，是他花钱从蒲田老家请来的几位江湖郎中。

韦军义在经济新闻部做编辑时，就接到过县医疗卫生系统通讯员写来的新闻稿，报道的是"康诚诊所"非法行医，被医疗卫生部门查处，并勒令关门的事。报道中写道："当卫生执法人员上门查封该诊所时，门口一位保安狠狠地说'你们想死啊？我们老板是有背景的！'"

韦军义正要编发这篇报道，临排版，值班的副总编却要他把它撤下来，说是市府主管科教文卫的林副市长的意思。

当时，韦军义奇怪：一家私人诊所竟有如此大的能量，他随后感到很气愤，但也只能无奈听从。经过这事，韦军义对"康诚诊所"有了印象。后来，他一直关注这家私人诊所的发展。

他得知，"康诚诊所"几年后竟然发了，而且还开药店，几年之后，七八家"康诚大药房"遍布县城的东西南北。近两年，还发展到了市里。胡红生成了县城的纳税大户，成了县青联委员、县政协委员，而且被评为市"优秀青年企业家"。

韦军义到社会新闻部做编辑时，还接到市民来电，举报"康诚大药房"违反医疗保险制度，保健品也刷医疗保险 IC 卡。韦军义安排了记者去采写，后来又有市里的人打电话来交代，"康诚大药房"的事不能报道。此事又不了了之。

现在，康诚医院倏地被拉到他面前，感觉是一个先前离他不远不近的难题，今天突然又放在他面前，要他必须做出解答。

韦军义很清楚面对的是一个怎样的对手。

韦军义把他叔所有的病历和处方笺认真梳理了一遍，并且复印了一份，然后找到医疗卫生监督所。

接待韦军义的是一位四十多岁的女同志，她坐在办公室靠窗的位置。韦军义进去的时候，她侧着身子在看一份《健康报》。韦军义把报告书和病历、处方笺的复印件递上去，她摘下眼镜，两道光从韦军义的脸上移到她旁边的一张桌子上，然后努努嘴："我们所长出去办事了，你先放在那吧。"

韦军义想说话，女同志的话送他到门口："你明天再来吧。"

第二天，韦军义见到了所长，韦军义这次改变了策略，他先递上了名片。所长一看，脸上便抹上了一层薄薄的笑："你昨天来过的，是吧？烦你多走一趟。"

韦军义赔着笑："不麻烦。"

所长嘱托那位女同志："王玉珍啊，给这位主任记者倒杯茶。"

那位被唤作"王玉珍"的女同志忙丢下手中的报纸，弯腰往旁边的茶几上拿纸杯、抓茶叶。

韦军义啜了一口茶，语气低沉地把事情的经过讲了起来。

所长拧着眉歪着头听着，一双眼睛在报告书上瞅来瞅去，双手不停地翻那几页纸。

想必所长已看过纸上的内容，韦军义便避开纸上的内容不谈，重点讲了两家医院的医药费太贵。

看着韦军义越来越激动的样子，所长与女同志交换了一下眼神，不约而同地泛上了笑。

韦军义捕捉到了这种笑，他突然觉得，如果再继续讲下去，双方都会觉得索然无味的，于是刹住了话头，站起了身。

"我希望卫生监督所组织医疗专家为病历及处方进行论证和鉴定，看是否有不妥之处。"韦军义把报告上的主题重复了一遍。走到门口又扭过身子问："请问所长，大概需要多长时间？"

"我们尽快点呗，好吧？"所长象征性地动了一下腰，像要站起来，但并未起身。

10

报告送到卫计委卫生监督所后，韦军义隔一两天就去一次电话，韦军义听出接电话的是王玉珍，她总是说："我们卫生监督所没有权力命令医学专家，只是组织他们，但总是凑不齐三个人，你说怎么鉴定嘛。"

语气好像带着委屈的样子，让韦军义的心情也觉得越来越委屈。

两个半个月后，韦军义急上了："这是你们的职责，你们应该当件事来办吧？"

这次是所长接的电话："你怎么能这样说话呢？我们怎么没当件事来办？我们已经把病历、处方笺给医学专家了，估计马上应该有结果了。"

十四天后，所长打电话让韦军义去一趟。

这一次是韦军义主动坐了下来，还自己倒了一杯水，他喝了两口，见没人理他，他把屁股下的凳子移到了所长的身边。

所长才把脸转向他："鉴定已经出来了，倒是韦正在前一天去康诚医院就诊时有点问题。专家们一致认为那天用药有点不妥。例如患者告之有胃溃疡病史，但医生还是给病人注射了丹参塞地米松，这种注射液对消化系统有很大的副作用，这可能是引发病人剧烈腹痛的原因，至于韦正抢救的那天，医疗专家倒没发现有什么明显的不妥……"所长的手顺着文字慢慢地滑下来，韦军义的心随着所长的手一路紧缩。

"还有，医学专家们认为，芬必得与痛血康是不能同时服用的……而处方上同时出现了这两种药。"所长说着说着，韦军义的胸口感觉发闷，他想哭了。

"关键是……"所长的脸皮收紧，接着说，"据查，病历上写着的那位医生只是一名实习医生……"

"就是说，他根本没有行医资格？"

"理论上讲，是这样的。"所长说。

韦军义一听，像被谁推了一把，心踉跄了一下，便掉到了一个冰冷的窟窿里。

走出所长办公室，韦军义急着找厕所，进了厕所，却什么也没拉出来。

回来的路上，韦军义越想越堵得慌，他好不容易缓过神来，接着，思量该不该把这一份冰冷分给婶婶王勇华。

韦军义想象着婶婶王勇华此刻正在县城建华路电影院门口一个用薄膜纸铺成的地摊上摆卖着一些落满灰尘的小商品，那些小商品是一些女孩的发夹、纽扣呀什么，每件都不超过两块钱。

摆这个地摊是她执意要求的，她原想是卖一些枕巾、毛巾呀什么的，丈夫替她出主意说，这样成本比较高，还不如卖一些女孩子用的小玩意儿。

王勇华想了几个晚上，择了那个地方摆了个那样的摊。

王勇华在摊前蹲了几天，腿一天比一酸，每天总共卖不出十块钱的东西。

她琢磨着是不是这些小玩意太老旧了，人家女孩子是不是根本不喜欢？想着想着，琢磨着琢磨着，事实也似乎证明了她的判断，因为买她小玩意的大多是因为等公交车时发现没零钱才让她找零的。

这会儿已是夜里十一点四十分了，从电影院里走出来的人像挤牙膏一样，有一点没一点地出来，且都是衣着光鲜、搂得像两团面条似的年轻情侣。他们一到王勇华摊位旁，便分开身子，要么去发动摩托车，要么改成手挽手，避开她，越过马路，走到对面的街道上去。

王勇华想：我的摊是不是占了他们的道呢？这样一想，她的脸有点挂不住了，她支起有点酸痛的身子，眼睛瞅着仅四五步之遥的公交车站牌看去。这会儿，它像个孤单的老人，立着僵硬的身躯，默默地在惨白的灯光下发着凄清的光芒。

王勇华一边嘀咕着，一边去收拾薄膜布上的那些小玩意儿。她的心随着街上逐渐稀释的凉气也阴凉了下来，她褪下右臂上的袖子，里面一小卷一小卷一毛、两毛、一块、两块的纸币便滚落到了她的左手心。王勇华两只手仔细地把那一卷卷小纸币一一展开，一张张扯平，然后叠成一小堆，再对折了一下，腰身微微挺了一下，侧着身子，右手攥着的那叠小纸币便小心地装进了腰间的口袋里。

王勇华把东西收拾好，踩着三轮车回到家。两个小孩正在看电视，但显然困了，眼睛根本没停留在电视荧屏上，但都在等他们的妈妈回来，都不敢去睡，规规矩矩的，一声不吭地坐在电视机前。

王勇华用铁链把三轮车锁在楼下的自来水管道上，许是"哗哗啦啦"的链子声提醒了孩子，他们把油黑的纱窗推开，贴上脸庞，冲窗外叫了一声："妈，回来啦？"

王勇华本能地应了一声，锁好三轮车，用帆布把那些东西卷好提进了家门。

刚一进家门，韦军义的电话就打来了："姊，医疗卫生监督所那边的鉴定结果出来了，康诚医院有大问题，那天给叔叔看病的医生是新来的，根本就没有行医资格证，他开给叔叔的那些药是乱开的，是他害了我叔的命!"

"一个好端端的人,我说呢……"王勇华的气接不连贯了。

"我明天就写诉讼状!"

"你说,现在他爸走了,我每天挣那几个钱,学校在催交学费了,我怎么办啊。"王勇华边说边拧鼻子。

韦军义补充了一句:"我们要康诚医院赔偿我们的损失!"

11

韦军义又去了县城,他径直往建华路方向走,快到电影院时,韦军义远远看到姊姊王勇华单瘦的身躯蹲在街边的人行道上。正在她不远处,立着两排公交车牌,公交车牌下站了五六个人。

韦军义叫了一声"姊",然后说:"姊,我想了想,也找了很多熟人,他们说还是先找医院协商解决,我们可以向医院提出索赔。你觉得二十万合适吗?"

"人都死了,多少钱能换回来一条命?"王勇华像是自言自语,然后抬起头,拢了拢蓬乱的头发,对韦军义说,"你做主就可以了。"

"姊,你也说个数,我可以代表你去跟医院说,跟医院谈。"

"你说医疗费、安葬费医院应该出吧?将来几个孩子还不知怎样呢,昨天学校又来催要交学费,说再不交,下个星期便要赶出学校……"王勇华低下了头,眼泪滴了下来。

"不能少于二十万,少于二十万免谈!"韦军义的口气被拧了一下子,硬了起来,声调提高了几分。

"你先去帮我催这两个月的最低生活保障金吧,我都没领到。"王勇华对韦军义的口气并不在意。

韦军义赶到姊姊所住的居委会,居委会潮湿阴暗的办公室里嘈杂一片,一个背驼得像张弓一样的老人,扯着鸭公似的嗓子在和居委会的人吵着什么。

"老人家,不是我们不给你,而是因为你不是县城里的人,乡下人是不能领取残疾人保障金的，这是规定。"一位年龄约莫五十岁的妇女说。

"哪里的规定？我在这里住了七八年了，我儿子娶媳妇生孩子了，我还是乡下来的人？你们不讲理！"驼背老人说话一颤一颤的，背也跟着一颤一颤地拱起、倒伏，拱起、倒伏。

"你才不讲理呢！"坐在一张上面放着"副主任"牌子办公桌前的男子"呼"地站起来，手一挥，"出去出去，别在这里妨碍我们工作！"

驼背老人念叨着什么，背一拱一拱地走了出来。

韦军义迈进那间办公室，心里也是一拱一拱、七上八下。他镇定了一下，对冲驼背老人挥手的人问了一声好，然后看着他坐了下来，才说："我婶王勇华说她有两个月没领到最低生活保障金了，不知……"

"我们每个月都准时发放，不可能没领到！"那男子说完，支着下巴，眼睛看着门外，好像对驼背老人的气还没消。

"麻烦帮查一下，看是不是漏发了。"韦军义又说。

"怎么会漏发呢，我们是统一发放的。"男子侧了一下身子，把脸别向对面桌的同事。

"最起码你该查一下嘛，我婶没领，领了总有什么证明呀。"

男子仍不见有什么动作，只是说："你先回去吧，我们查一下。"

"我婶叫王勇华，住 C 区 8 栋 5 单元 109 房……"

"知道了知道了，你先回去吧。"男子又是那个熟悉的挥手动作。

12

韦军义从居委会出来，先前心底里的那些自信和"想当然"又抽走了一半。他一直被某种无形的力量牵着鼻子走，似乎一点办法也没有。他感觉到一种从未有过的自卑和慌乱。他越来越明白，想把婶的事解决，就要做好打持久战的准备。

当务之急是要先把婶的两个小孩的学费问题解决了。他拨通了记者刘艳的手机。

刘艳原在韦军义手下，后来离开了经济部，去了要闻部，专跑教育线。

刘艳听到韦军义的声音，先是有点惊奇，因为在她的印象当中，韦军义很少主动打过电话给她，即使是当年在他手下。这一点让曾在韦军义手下干过的人都感到满意。韦军义实行的是自觉管理，他认为报社的规章制度明摆在那儿，大家都不是小孩，用不着他来强调，而且报社对记者、编辑的工作量和工资、绩效奖都有严格的记分标准，干多得钱多，干少得钱少，谁都懂这个道理，哪个不希望多写点稿，多编些版，多得点钱？作为主任，韦军义是这样想的：他把好版面关和稿件关，至于记者、编辑怎么跑新闻、怎么策划，他尽量放手让他们去做。所以，凡是在韦军义手下干过的记者、编辑都说韦军义自由民主。

刘艳热情地问："主任，什么事？"

韦军义心里暖了一下，反而不知怎么开口了。

"韦主任，什么事？"刘艳又问。

"是这样的……子山县二中的校长你认得吗？"

"认得啊，怎么啦？要我做什么？"

"唔，是这样的……我婶有两个小孩在那里读书，但他们家暂时没钱交学费，学校催了好几次了，说再不交，就不能上课了……"

"我打个电话跟他们校长说一下……"

"看能否宽限一段时间再交。"

"没问题。"

放下电话，韦军义凭空想起昨晚妻子对他说的话："你这是怎么啦？好像你叔的身后事全摊在你一人头上了？"

韦军义回答："不摊我头上，还能摊谁头上？"韦军义又说："我是替婶分担，婶婶的娘家人都在农村。他们没有什么文化，又没有什么社会背景，何况自家的事情也多，这可以从当初叔叔死后可以看得出来，人一断气，他们巴不得马上把他火化了。再想想我婶，她如今累得喘不过气来了。"

"我只怕你婶不这样想，人家还认为你只是想争回她欠你的那几千块钱呢。"妻子口气漫不经心，但世故味十足。

这对韦军义刺激很大，韦军义听了很不舒服，他干脆顺着妻子的意思说下去："难道你不想把我们借给她的那几千块钱要回来？这有什么错？"

"为了那几千块钱，你这样劳心费神的，值得吗？"

"什么值得不值得，你怎么这么说话？欠康诚医院八千块钱怎么办？康诚医院的责任不用负了？我叔叔的命就这样白搭上了？"

"但是，你不能影响工作呀。"

"我怎么影响工作啦？你怎么连我的工作也管？怎么像我老总的口气！"

"就是你们老总这么说的，他早上打电话来，让我劝劝你，不要因为家里的事影响工作。你们老总说，有什么困难可以向报社提，报社委会研究讨论，并给予适当的帮助，不要整天想着赔偿的事。"

"帮助？人命关天的事，报社能帮我什么？要是想帮，早帮了。"

"领导的意思是，让你不要再纠缠下去了，他暗示，市里有领导来过你们单位了，说是要调查你……"

"调查我？我一没贪污受贿，二没损公肥私，任他们调查吧。"

"唉，他们也只是借口，你可要注意身体，我见你这几个月下来，头发都白了许多……"

13

韦军义拿着康诚医院的病历、处方笺复印件和市里的卫生监督所的鉴定报告赶到康诚医院，已是下午三点多钟。与街道上的相对平静相反，医院里这会儿正是人声嘈杂时，住院的从午休中醒过来，去探视病人的人鱼贯而入；就诊的人忙着拿结果、到收费处交费、到取药处取药。康诚医院夹在两幢居民楼之间，狭长的一个地方，这会儿川流不息的人流和闹哄哄的声浪像要把周围的楼房撑爆了。

韦军义在来之前打过四次电话，院办先是说院长和副院长今天都不在，说市里有个卫生工作会议。如果非要见院长或副院长，只能改日再约。

　　韦军义问要开多少天会。对方说不清楚，因为领导没对他说。

　　韦军义又说："我是市报的记者，听说贵院前不久获得了'双效'医院，我想去采访一下。"

　　对方马上缓和了口气："噢，这样啊，那我打个电话跟院长请示一下。"

　　回复马上来了，说在下午四点钟，刘副院长在办公室接待记者来访。

　　韦军义走到问询处，问询处一位穿着白大褂的女孩一听说他是记者，而且是找刘副院长的，马上警觉地上下打量了韦军义一下，正迟疑着该如何应付时，韦军义微微一笑："我跟刘副院长约好的。"

　　许是韦军义脸上的微笑让她得到了某种暗示或保证，她也马上泛上了一层浅笑，她举起右手做了一个标准的指引动作，说："一直往前走，穿过这幢门诊大楼，后面有一幢办公大楼，二楼，楼梯右边的第二间便是。"

　　见了刘副院长，韦军义单刀直入地说："刘副院长，请看。"说完，将一大摞复印的纸递到刘副院长手上。

　　刘副院长微笑着一张一张地翻着，但每一张目光都停留不到三秒钟。

　　"你的意思是……"

　　"我的意思是，你们医院聘请没有行医资格的人来看病，把人治死了，你说该不该负责任？"

　　刘副院长对韦军义"文不对题"的造访显然有点不知所措，他脸上的肌肉抽搐了几下，阴沉地说："你把材料留下来，我们要认真调查，调查清楚了我们会把处理意见告诉你的。"说完，他马上不耐烦地站起身，一副要送客的样子。

　　韦军义伸手把那一摞材料夺过来，翻了翻，把其中的一页撕下来，递给刘副院长："就是那位叫黄专的医生。他开的药，上面有就诊日期，你们可以去查一查。不过，希望尽快给我答复。"

医院方面似乎很沉得住气，隔了七八天愣是没有动静。韦军义往医院打电话，这次他是直接打给了刘副院长。

刘副院长听韦军义报上姓名，口气很冷地说："听说上次你们派记者来调查过了，我们医院的意见是统一的、坚决的。"

"那就是说，你们医院没有任何责任了？"韦军义说。

"我们医院也有一定的过错。这样吧，你说一个数目，我们考虑适当给你一点赔偿。"

"二十万元，这是底线。"

"我做不了主，我只是转达意见，医院会讨论的。改天再联系。"

"你做不了，那就叫胡院长跟我联系。"

"好的。"那边就把电话挂了。接下来的等待好像进入了一场耐力赛。

韦军义终于忍无可忍，他冲进了医院，医院方只有办公室的人出面与他谈。

"我们院领导说我们承认有医疗过错，我们只承担 1 万元左右的赔偿金。"办公室里是一个四十上下的肥胖女人，她的话不卑不亢。

"那你们等着瞧！"

韦军义跑出医院，他被一种愤怒堵在胸口，他的心又硬朗了起来。

14

韦军义觉得，事情的解决还得回到起点上来。他想到了要省级报纸记者去康诚医院采访写一篇报道。他想到了大学同学吴子诚所在的媒体《南方早报》。韦军义想：既然自己的报纸发表不了，既然他在市里有后台，那我就要省级报纸去监督它，那就在省级的报纸上发表。

大学同学吴子诚也是在社会新闻部当主任，级别比韦军义高一级，属正处级。韦军义倒没觉得有什么差别。但这次找到吴子诚，吴子诚显得比韦军义底气足多了，他说："放心吧，你们市报只敢管一些小鱼虾米，我们省级刊物才敢捅大鱼呢。康诚医院谅他也不敢把我们怎地。"

一番话，说得韦军义这才意识上，报纸的级别也是很管用的，他庆幸找对了人。

他马上约见了同学吴子诚指派的记者，把材料提供给他。许是那位知道韦军义与他的主任吴子诚的关系，向韦军义了解了一些基本情况后，便坐车去了康诚医院。

第二天，一篇三千来字的新闻见报了。记者的立场站在中间，但从字里行间摆出的事实，对韦军义是非常有利的。

韦军义很满意这篇报道，要约同学吴子诚和记者吃顿饭。吴子诚说："这饭一吃，就显得我是向着老同学的。我只能做到这一步了，你也不要太乐观，要防备医院在诊断书上做手脚，你要证明你手上的诊断书和处方是唯一正确的。他们只承认有医疗过错，但不承认是医疗事故。"

韦军义第二天正想拿着《南方早报》去与康诚医院再次交涉时，《南方晨报》的一篇报道让韦军义气得半死。

因为当天，韦军义在《南方晨报》看见一篇与《南方早报》观点和事实完全相反的报道。《南方晨报》是韦军义所在报社的子报，韦军义马上打电话询问采写这篇报道的记者。记者说是他们的主任刘真吩咐他去做这篇新闻，并且改定刊发的。

韦军义放下电话，冲进刘真的办公室。

"刘真，你还有没有良心？你竟然指使记者去写一篇颠倒黑白的报道。"

刘真说："记者怎么写，那是他的事。"

"可你，也不能光站在医院的立场说话啊，患者总归是弱势群体，你们这样替医院撑腰，我这官司怎么打？"

"打官司是你韦主任的事，可康诚医院给了我们十多万元的广告费。你让我怎么做？"

韦军义再也忍耐不下去，他冲过去，一把抓住刘真的衣领。

"韦军义，你想干什么？"刘真屁股下的座椅"吱嘎"一声怪叫，他本能地一甩头，座椅的轮子转动了几圈，刘真从座椅上弹了起来。

"叫我韦军义？你当年还不是我手下的实习生？现在爬到与我同级了，就不认人了。"韦军义刚说完，手又扯到了刘真的衣服。

刘真想摆脱韦军义扯他衣服的手，那件衣服极不对称地扭曲了起来。刘真低头看衣服，鼻梁上已经吃了一拳。

拳的力量不大，可能是眼镜缓冲了力量。眼镜抖了一下，当它往下掉时，被鼻尖挂住了。

刘真眼前混沌一片，他撑着说："韦军义，你竟然敢打人！"他一边说着，一边往墙角退，身子却挺得直直的。

韦军义还想逼上去，却被一双手抱住了腰。原来是隔壁社委办的小覃听到动静，赶过来了。

小覃的力气也不大，韦军义往前逼时，小覃就像拔河一样，手中的目标一点一点地被拽出去。小覃既像在喊，又像在为自己鼓劲："喂喂喂，怎么啦怎么啦，想干什么，想干什么？韦主任，你怎么不听劝？"

韦军义像根本没听见似的，仍往前冲。

小覃的声音愈加大起来了："韦主任，别打了，别打了！"

其他办公室的人也来了。他们看到韦军义一副气势汹汹的架势，他要冲上去将刘真一顿痛打，而刘真，一副眼镜架在鼻尖上，双手护在胸前，被逼到墙角，完全一副被动挨打的样子。

事实似乎再也明白不过了。几乎所有的目光都投向韦军义，韦军义不看也知道，他们的目光全是谴责和惊异。

老总严厉地批评了韦军义，而且要他在中层干部会上公开向刘真赔礼道歉。

15

开完中层干部会，韦军义径直回了家，推开门，看见妻子穿着一身睡衣，侧着身子坐在椅子上。电视是开着的，妻子的眼睛却没盯在荧屏上，而是扳着一只脚趾在剪趾甲。

妻子见他进来，忙起身去厨房洗手，然后给他端上饭菜。端第二个来回时，她斜睨了丈夫一眼，小心地问："从单位回来的吗？"

韦军义不吱声。

妻子叹了一口气："事情不知啥时有结果，我看你去与你婶商量一下，看是不是缓口气再说。"

韦军义没有去瞅饭桌上的饭菜，而是仰头躺在长椅上，仍不吱声。

"现在的社会你又不是不知道，不要因为私事而影响了正常的工作……"

"你又来了，我什么时候影响了正常的工作啦？"韦军义猛地把头抬起来，逼视妻子。

妻子走过去，拍了一下丈夫的腿："老韦啊，我知道你是为了你婶，但这并不是你一个人在短时间内所能解决的。何况，你为这还与单位领导闹得不和……"

"别说了，我反成了人人唾弃的坏人了？"韦军义想了想，又说，"我总算看清了一些人和事。"

"看清了就好，人家说，宁肯花一百万元去搞定各方关系，也不会给我们一万元钱。"妻子说这句话时，口气比韦军义还平缓，这让他听起来既吃惊又寒心。

"谁说的？"韦军义本能地问。

"谁说的？你没听到？我听到了。"接着，妻子往丈夫的身边靠了靠，"你们单位的老施，认得吗？"

"哪个老施？"

“具体名字我哪知道，听说是为你们老总开小车的。”

“施展培啊。”

“你知道他老婆在哪工作吗？”

“不是在市第二人民医院当药剂师吗？”

“人家去年退休后被康诚医院聘去了。昨天，她从县城回来，晚上，我同她在一起打麻将，她主动问起你与康诚医院的事，那神情，得意得好像是天王老子，谁也动不了的样子。这话就是她告诉我的。”

韦军义一听，更是啥也不想吃，只想去睡觉。这时，电话铃响了。

是婶王勇华打来的，韦军义一听到王勇华苍老的声音，心里就不知是什么滋味。

电话那头的王勇华支吾了半天，才说：“赔偿还是别要了，没用，总让你操心，在那里耗着总不是事儿。”婶婶那边的鼻子酸酸的。像被传染了一样，韦军义这边的鼻子也胀胀的。

“我就不相信人就这样白死了！”韦军义安慰婶婶。

“道理是这么说，可人家有后台，你怎么办？”

“那我就跟他斗到底，看他后台究竟有多硬！”

16

韦军义的事惊动了不少人。随着时间的推移，他的心愈加焦灼起来。而且，这件事慢慢地占据了他全部的内心，他反倒觉得应该全力以赴了。

但他越这样，就越觉得失望，心也越来越凉。他开始可怜他婶婶，接着，他开始可怜自己。

现在，韦军义排遣失望和郁闷心情的途径便是偶尔跟几位报社的同事去吃饭了。

说是出去吃饭，其实是去聊天，轮流坐庄，饭钱每人掏一次。其实，说聊天也不是太准确，准确点说是发牢骚。都是一帮在报社奋斗了几十年的老报人，跟着报社从起家到发展，从发展到繁荣，从繁荣到鼎盛，接着又跟着报社像坐山地车一样一路直滑了下来。他们都不甘心，难免诉诉苦，发发牢骚，甚至喝了点小酒就气鼓鼓说出"假若我来当老总该如何如何"之类的豪言壮语。虽然当场会招来不冷不热的讥笑，但最后是一片沉默。

可这聚会不知怎地，竟让老总知道了，老总给他们的聚会定性为"聚众谋反"，这就是有点"乱我朝纲"的味道，严重到如此地步，这是他们一伙万万没想到的。

后来，聚会成了"肃反"，他们把两三个怀疑是告密的人清除出了吃喝队伍，新加上群工部的符主任，最后只留下现在的六七人。聚会的次数也由原来的每周一次，改成每月一次。

此后，大家讲话似乎没有以前那么自然而自由了。先是有人摇摇头，笑着说："人心险恶啊。"

第一次参加聚会的符主任端起酒杯对着韦军义说："韦主任，你最近的心情我理解。我有一位朋友，他与康诚医院的胡院长是铁哥们，我要我朋友去探探胡院长的口气，让他把这事尽快了结，拖下去对谁都没好处呀。"说到这，符主任又说："不过，韦主任，还是实际点好。"

两天后，符主任打电话对韦军义说："我朋友好说歹说，胡院长同意给你一万元。"符主任又补充："胡院长特别声明说是给，不是赔偿，而且要你立个字据，写明钱到手后再不能找医院的麻烦，更不能去告医院。"

"一万元？"电话那头的韦军义鼻子里哼出了声来。

"就这一万元，也是好不容易争来的。你想想……"符主任还想说什么，但他忍住了，没说。

"他当是打发叫花子，一条人命只值一万元？"

"胡院长心硬得很，说如果不看在铁哥们的面子上……"

"别说了，谢谢你。"

17

第二天，韦军义还没起床，王勇华一个电话把她惊醒了：

"快来康诚医院，我老家的人和医院的保安闹起来了！"王勇华也不知是在哪里打的电话，话筒里"咔嚓"响，杂音十分刺耳。

"怎么回事？"韦军义对着话筒大声问。

"我老家的人跟康诚医院的人可能要打架了！"王勇华重复了一遍。

韦军义急忙赶到康诚医院，只见医院门口还围着一圈人，圈外停了一辆110警车。

韦军义拨开人群，挤进去一看，见一堆人推推搡搡，乱成了一团。韦军义在旁看了几秒钟，场面才理出了个头绪，他首先冲着乱成一锅粥的人堆喊："大家不要冲进去，不要打人，要讲道理。"

"省卫生厅调查组在医院里，我们坐在这里，等他们说句公道话！"人群中有人对韦军义说。

韦军义一听，说："你确定吗？"

"怎么不确定？听说是报上的文章惊动了省里，省里指令卫生厅专门派人下县里来调查。"

韦军义想了想，缓了缓语气，说："这下有希望了。我们不要乱来。"

人堆慢慢不骚动了，人与人之间的距离也慢慢拉开了。刚才几个闹得正凶的人转过身，见是韦军义，神情也松弛了下来，往韦军义这边移动步子。

人堆一散开，分成了两拨人，"阵线"一下子分明了起来。公安人员把韦军义扭住，说："你跟我们到局里去！"

围观的人群又开始骚动起来，像摇摆的醉汉，不知道要倒向哪边。

"你们想造反？"一名公安怕控制不住局面，拿起步话机请求增援。人群引起了更大的骚动，骚动中，人群分开一条路来，几个人从医院大门走了出来。

人群中有人嘀咕："调查组的人出来了。"

18

有一个人停下了脚步，在现场简单地了解了情况，然后说："《南方早报》和《南方晨报》上的两篇报道都报道了你们的事，省里非常重视，指令我们卫生厅到康诚医院来，就是要深入了解真实的情况。不瞒大家说，我们之前也不断接到群众的投诉，反映康诚医院的各种问题，这次来，我们的确发现了一些问题，回去我们会认真研究处理，给你们一个满意的答复。"

三天后，市长秘书小丘打电话给韦军义，说："你叔叔的事我们市里知道了，市长对这件事极为重视。《南方早报》和《南方晨报》上的两篇报道，我们都去进行认真核实了，康诚医院的问题也一一浮出水面，康诚医院的法人代表被立案侦查。我们为你叔叔的去世表示同情。我们不管他有多硬的后台，只要损害老百姓的生命安全，我们都会依法严肃处理的。主管科教文卫的领导目前也正在做检查。总之，百姓的事比天大，特别是看病、饮食、房价等关乎国计民生的事。现在是法制社会，你们也要相信法律的力量呀，有什么难处，我们会尽力协助的。不过，话又说回来，再大的事情你们也不要闹成这样，你看，造成多坏的社会影响呀。你叔叔的事，建议死者家属向法院提请诉讼，如果死者家属经济确实有困难，可寻求法律援助。具体有什么要求，可直接找市府法制局的局长高晖。"

高晖很热情，这让韦军义有了勇气。

韦军义先是叹了口气，然后不紧不慢地说："前不久，我叔得了点小病，谁想，到两家医院治疗后，不到两天，情况急转而下，去世了。我到市医疗卫生监督所去做了鉴定，他们认定是医生的过失。一是医生没有行医资格，二是乱开药方。我现在想告医院，但我婶下岗了，家里没收入，又有两个孩子要读书。我想向法院提请诉讼，不知你们有没有什么好主意？"

高晖马上"哦"了一声，说："这事惊动了市里，领导对这事极为重视。"

韦军义说："康诚医院后台很硬呀。"

高晖说："法律面前人人平等，再硬的后台，违法乱纪也要揪出来。这次省里责令市里一定要把这件事调查清楚，你把材料交到法律援助中心，他们会为你依法办理的。"

韦军义来到市法律援助中心，将他婶婶家的事情说了一遍，末了，他又说："我婶下岗在家，还有，几个小孩的学费都交不起……"

接待他的工作人员说："我们接到市府法制局的通知了，我们很重视维护弱势群体的权益，你只要到原告所在的居委会开一张领取最低生活保障金的证明，交给我们就行了。我们会委托最好的律师为你们打这场官司。"

19

韦军义走出法律援助中心的办公大楼，街上的喧嚣好像在为他打气。他疲惫又兴奋，在街上拼命地往前走。慢慢地，他强迫自己头脑冷静下来。

两天后，韦军义找到了指定的律师，他的决心变成了理性。这种理性是建立在有了医学专家的鉴定报告书之上的自信。

在那位律师的办公室里，他把案情的来龙去脉详详细细地说了一遍。

律师说："我明天就去医院了解案情，还要到有关部门去调查取证。"

"那我们要做什么?"韦军义问。

"你们只要把康诚医院的病历、处方笺复印件和市里的卫生监督所的鉴定报告准备好就行了,我们将与康诚医院在法庭上见!"律师说。

哭泣的垃圾

1

不知什么原因，这个小区自成立以来就在垃圾回收上纠缠不清。据说每隔一年半载就要换一茬垃圾回收工人。更让人不理解的是，每换一茬，每个月的工资都减了一百，而应聘的工人却一点不见减少。

韦家英是知道的，上一茬垃圾回收工人每个月能领到五百块钱，他们也没有说不干，但物业公司却要把她们换了，理由好像是他们不称职。很多业主反映：回收工人不务正业，小区成了垃圾厂。

韦家英想不明白，为什么收个垃圾还不好好干呢？又不是什么难度很大的技术话，以前他在纺织车间的时候，十几台机器一转就是四个小时，哪台的线丝粗了哪台的线丝细了，要想着调好；哪台的线丝断了，要在两秒钟之内接好。收垃圾不会有纺纱织布那么复杂吧？

再说到累，韦家英觉得那时管着十几台纺织机要来回地跑，算起来一天走五六十里路，天天这样忙忙碌碌地走，走了二十多年都没觉得累，收个垃圾围着两幢楼房每天走两次能累着？韦家英不相信。

做了快一辈子纺织女工的韦家英相信她是能胜任垃圾回收这份工作的。哪怕是这次应聘的工资减到每个月四百块钱，韦家英也觉得她迫切地需要这份工作。

韦家英这个念头一出现，便自个儿把它否认掉了，她在内心里马上觉得是这份工作需要她。她自从老城区拆迁搬到这个小区来，她发现这个小区的卫生状况明显的越来越差。

韦家英的纺织厂倒闭后，她在离退休的年龄差五岁的时候下岗回到了家。她原来的家在城市中央的一条老得泛着青绿霉味的小街上。空气虽有点阴森，却也活跃而热闹，凭着几十年积攒的左邻右舍，那里颇有人气，甚至弥漫着淡淡的温暖和祥和。

韦家英回到家，把以前在厂里得的一大摞奖状压进了箱底，还朝灰暗的箱里叹了一口气。几天后，韦家英把她家正对着小街的那扇窗拆掉了窗帘和窗棂，从里面伸出一根棍子来，棍子上挑着一块硬盒纸，硬盒纸上写着六个歪歪扭扭的字：缝衣服、挑裤脚。

字是她上高二的女儿写的。女儿写这六个字的时候是不情愿的。她一边看着毛笔软绵绵地在墨汁里游着，一边嘀咕："现在谁还缝补衣服……"

韦家英听得很清楚，女儿的话像一根茅草刺了一下她的鼻孔，韦家英抽了一下鼻孔，说："晓得我们艰难就要读好书啊。"

招牌挂出去后，街坊邻里不知是真的需要还是故意帮衬她，有些人拿衣物给韦家英缝缝补补，每当韦家英认真地问对方什么时候要时，对方总是漫不经心地说，"不急不急。"或者说，"无所谓，反正又不赶着穿。"

韦家英也就不好意思当面说价钱，在对方来取衣物问起多少钱时，才说，"随便给。"

"随便给"的结果是，韦家英每次总能得到两块三块钱不等。

韦家英觉得够了。

女儿考上大学那年，老城区改造拆迁，韦家英所在的小街不到一个礼拜就被夷为了平地，韦家英被安置到现在的小区。

韦家英原想，到了新的小区，除了原来的老邻居，再加上其他人，她的生意理所当然会好些。谁想在分房时，原来的那些老邻居被拆得零零散散，有的在 A 区，有的在 B 区，还有的在 C 区。大家虽然在同一个小区，但失去了音讯，很难再有联系，更别说帮衬她的生意了。

韦家英搬迁到 C 区 8 栋 1 单元一楼。她所在的 C 区总共两排楼房16 栋。她家在中间的那栋，刚好又挨在通道旁，通道的另一边也是一排总共有 16 栋的楼房，也就是说，韦家英家算是两排楼房的正中央了。

韦家英觉得这个位置不错，她冥冥之中认为是老天见她母女可怜，故意给她安排一个好地方，让她继续做"缝衣服、挑裤脚"的老行当。

小区真热闹啊，往来的行人、摩托车、自行车流水一样从她家窗前经过。韦家英一边激动地看着闪过眼前的行人、摩托车和自行车，一边使劲地拆着窗棂。

招牌挑出来不到十分钟，就遇到了麻烦。一个保安像专门候在那里一样，翻身下了巡逻车，指着"缝衣服、挑裤脚"的那张硬壳纸说："小区内不准乱晾乱挂，知道吗？"

那口气不轻不重，韦家英听了，有点不舒服。她缩了缩手，把招牌拎了进去。招牌在韦家英的手上犹像了一下，被小心地搁在窗沿上。

韦家英的脸仍抹着一层薄薄的笑，她坐在那架陪嫁时买来的缝纫机前，望着窗外。窗前修剪得整整齐齐的青草的味道飘进来，与韦家英脸上薄薄的笑酝酿、发酵，捧出淡淡的希望。

但希望却在韦家英薄薄的笑中越变越淡，甚至稀释得像烟一样飘散了。一天、两天、三天，往来穿梭的人没有一个驻足把生意从窗外伸向韦家英，甚至很少有瞅向韦家英的目光。大家神色匆匆，眼睛永远向前，好像有什么东西等着他们去抢。

总算有一个抱着小孩的老太婆踱到了韦家英的窗前，韦家英的笑瞬间挤得浓浓的。

老太婆朝窗里探了探头，眼睛不在韦家英身上，嘴却说话了："现在的人哪还兴缝补衣服哦，穿得半新不旧的就丢了。挑裤脚也很少，年轻人都是带着身子去买裤子，穿得长一点短一点也不在意。"

老太婆这句话终于把韦家英回旋在心中的那个想法拉到了现实。

韦家英的心觉得好像被老太婆掏了一下。

韦家英把头稍稍一扭，又别到正面的位置来，她朝窗外深深地吸了一口气，但马上又觉得这口气太浅，便改成呼出了，她听到一声低低的"唉"声，她怀疑这声响是不是自己发出的。

韦家英站起身，慢慢走到大厅，她想了一下，还是把灯拉灭了。她原想让灯亮着，兴许能吸引人来，现在看来要以节省电费为主了。她知道再过几天就是月初了，月初听说要交物业管理费，还有水费和电费。前几天，女儿开学，她把所有的箱底翻遍了，才凑够了学费，现在，她实在想不出家里的哪个地方还放了钱，她想到了还有每月三百块钱的最低生活保障金，以前是在街道办事处领，可现在搬到这里来了，原来的地方又拆了，该去哪里领呢？

韦家英想找个人问问，但原来的街坊四邻都散失了，她手上又没一个电话和手机号码，韦家英感到不知所措。

韦家英寻思着去干点别的什么，但眼下又想不出干什么合适，她只能坐在缝纫机前想。她有时一边想着，一边侧着耳朵听门外有人上楼下楼的声音。她透过窗外，看见下楼外出的人手里大多拎着一包垃圾，随着门的"咣当"一声响，那包垃圾也"啪"的一声丢在了地上。

韦家英有时也会站起身朝窗外看，走道上东一堆西一堆丢着袋子，有的袋子没绑好，里面散出的东西被太阳一晒，散发出不酸不甜不苦不辣不香不臭的怪味。

韦家英心里就更加不舒服。有时，她实在看不惯，又不好意思说，便走出去，把乱丢的垃圾收集起来，放在一块。

有一次，韦家英拎起一个大大的袋子，却不重，袋子也不是普通的薄膜袋，而是很漂亮、很结实的有提带的袋子，袋子上印着某种品牌裤子的名称。

韦家英扒开袋子一翻，里面全是衣物，她一件件地扯出来，全是半新不旧的，有裙子，有裤子，还有一个粉红色的文胸。韦家英轻轻地沿着边上摩挲过去，光光滑滑的，她知道那是质地上等的蕾丝。

谁也不知道此刻的韦家英是一种什么样的心情。她慌忙把那些衣物一一折好，塞回了袋子。她把它拎在手上，她要走进家门？她的手一触到门锁又收了回去，她把袋子放在自家的门外，人还是走进了家门，她从里面往窗外探了探头，她在缝纫机前打转。

中午做饭时，她才下了决心把袋子拎到了房中，放进了衣柜的底层。

此后，她仍坐在缝纫机前，她的目光仍看着窗外，她的眼睛没法不注意那些乱丢的垃圾。她有好几次去把乱丢的垃圾一一拎起，收集起来，放在一块。

后来，有人出来争着与韦家英收集垃圾了。所不同的是，他们只是把垃圾袋提起来，换一个地方，然后放下来，解开袋子，在里面翻着。有的干脆把袋子倒过来，弄了个底朝天，把垃圾倒在地上，用脚踢着把垃圾弄散开来。

韦家英有时看到一些酒瓶子或易拉罐之类的东西快活地从里面滚出来，但还没滚多远，便被人敏捷地抓住，装进了另一只袋子。

每当这个时候，韦家英双手摩挲着，站在一旁看，她有时也想冲上去，但她就是移不开脚。有一次，她见一个老太婆把四五只袋子乱翻了一气后丢下一地的垃圾头也没回就走了。韦家英心里来了气，她一边嘀咕着，一边去为她打扫战场。这时，一位回收垃圾的工人踩着垃圾车来了，她翻身下车，一边扫着地，一边冲着韦家英说："年纪轻轻的，做什么事不好，学着那些垃圾婆乱翻东西！"

韦家英一听，怔在了那里。

再后来，韦家英家窗旁的走道边放了一只垃圾箱，但地上的垃圾袋丝毫不见减少，而且大多数袋子被丢在垃圾箱外面，翻得乱七八糟。

韦家英还注意到，刚开始时，早晨六点多钟，她还在床上的时候，就能听到"沙沙"的扫地声。有一段时间，它成了她的定时闹钟，"沙沙"声穿过她卧室的窗玻璃，像砂纸一样摩擦着她的耳膜，竟让她生了几丝痒痒和羡慕。

后来，"沙沙"声越拖越迟了，韦家英的耳朵好像被它拉得越来越长，总是在被期待得快要断裂的时候才响起。而且，"沙沙"声似乎也没有以前干脆、有力，而是像个迟归倦人拖着的影子，冗长、疲惫、无力。

韦家英第一次注意到"沙沙"声异常时，她看了看闹钟，已是七点二十多了，是她正常的起床时间。她穿起衣服走进洗手间，一个四十来岁的妇女踩着一辆垃圾车停在了她家的窗口。

韦家英没有蹲下身子，她拧着裤子偷偷地看着那个回收垃圾的妇女。

妇女翻身下车，从车上捞过扫把，直接走到垃圾筒前，用扫把捣了几下垃圾筒，垃圾筒翻了几个跟头——里面是空的。然后她又去注意那些四处乱丢、敞开胸怀的垃圾袋子。妇女把扫把往车上一丢，一边捡着那些袋子，嘴里嘀咕着什么。

韦家英从妇女紧绷的脸上猜出她绝不是一般的发泄不满，而是在骂着什么。韦家英把头往窗口贴紧一点，想听清她骂的是什么时，韦家英看见妇女拎起一袋垃圾狠狠地往车上一丢，把一道狠狠的目光丢进了韦家英的家。

韦家英躲在洗手间的暗处，虽然是避着妇女的目光，没有受到正面攻击，但她感觉心还是被扎了一下，哽得难受。

韦家英不敢再看那个妇女了，她蹲下身子时头脑里就再也赶不走那个妇女不停挪动的嘴唇和丢进她家的目光。

韦家英都不想往下使劲了，她感觉那个妇女的目光停留在她身上，她怕一用力，厕盆下会发出某种声响，招惹来妇女更恶毒的谩骂。

韦家英一直暗暗地憋着劲，盘算着妇女走了，她才轻轻地提起裤子，偷偷地扭过头往窗外看。

垃圾车不见了，地上的垃圾袋没有了，但仍有散落的一些水果皮和类似菜汁的水样物静静地躺在地上。

韦家英想象着不一会儿，太阳猛烈一点的时候，苍蝇们会像服了兴奋剂似的疯飞狂扑赶来，围着那些东西"嘤嘤嘤"地得意叫嚣，快乐飞舞。韦家英的喉咙仿佛被什么推了一下，低下来呕吐时，却什么也没有。

韦家英开始感觉不好受，先是为妇女迟到的扫地声，再是为妇女回收垃圾的不彻底，再就是那个莫名其妙的眼神，还有那些四处散落的水果皮、类似菜汁的水样物。

后来，她竟哭了。

她一个人倚在洗手间那扇门上哭，她是不是想把内心的话说给别人听听？不知道，她越哭越大声，把个空寂的两室一厅填满了忧伤和悲戚。

2

韦家英在竞聘新一批垃圾回收工人时，决心好像比谁都大。其他人在填了表格之后，叽叽喳喳地向物业公司提意见，无非是工作量大，工资要提高之类的。

韦家英一声不吭地在表格的各栏里写下相应的文字后，便坐在了角落的一张椅子上看着物业公司主管卫生的副总经理的脸，那张脸随着各种各样的意见忽而转向这儿忽而转向那儿。

然后，副总经理的脸许是转累了，需要歇息一下，他歇息的时候把脸转向了韦家英。

副总经理见韦家英也怔怔地盯着他，突然像平静的水面上投了一块石头，他泛着笑纹问韦家英："你呢？有什么意见？"

韦家英心里微微一热："没啥说的，给我干我一定干好！"

副总经理的眼睛扫了大家一圈，脸上很严肃了："你们晓得不，很多人争这份工作连头都挤破了。你不干有别人抢着干，讨价还价的人我们坚决不要！"

副总经理的话等于为韦家英网开了一面，坐得远远的韦家英摩挲了几下屁股，便发现有不怀好意的目光射过来，她忙扭了一下腰，把身子放正，一动也不敢动。

入选名单公布之后，叽叽喳喳声仍不见平息，而且有意见的还是一些入选者。韦家英却一声不吭，她看见他们虽然嘴巴皮子不停地动着，手上也不停，有的去墙角拿扫把，有的去抢垃圾车，就抿着嘴偷偷笑了。

韦家英穿上那件橘红色工作服时，心里莫名地激动了一下，她想起了三十多年前的某一天，她第一次穿纺织女工的服装时的心情，那天，她为成为工人而激动不已。

韦家英清楚地记得，那天，车间主任板着严肃认真的脸对她说："从今以后，你就是一名工人了，你就做了国家的主人了。你要向你妈一样，任劳任怨为厂里干一辈子……"

韦家英第一次听到"任劳任怨"这个词时，虽然不十分清楚这个词的意思，但她明白绝对是表扬的话，因为是用在了她的母亲身上，她知道母亲是个什么样的人。

穿上纺织女工的工作服后，韦家英感觉日子光芒万丈。但荣耀了几十年后，随着她容颜渐衰，日子也渐渐失去了光彩。近几年，领导换了几茬，厂里的效益每况愈下。韦家英有时下班回家，站在厂房门口回头看着曾经"轰隆隆"热闹非凡的车间，感觉它成了一个皮肤干枯、老态龙钟的妇人，退缩在周围全是高楼大厦的一个低矮的角落，少有人问津了。

有时候她回到家，翻出那些奖状，她甚至能闻出上面有对她寄予希望和鼓励的厂领导手指间留下的温暖的气息；特别是她翻到那两张省市"三八红旗手"的奖状时，耳旁犹闻哗然响起的掌声。

再后来，韦家英的母亲病倒了。母亲病倒的时候，也是厂里的效益开始走下坡路的时候。

韦家英发牢骚说："以前厂里怎么对你的，逢年过节都有领导提东西来看望、慰问，现在反倒鬼都不见一个。"

母亲抓着韦家英的手说："人要懂得在不同的世道过日子。"

韦家英还未来得及仔细体会这句话的深意，几天后母亲就去世了。

母亲去世时，没有一个厂领导来，韦家英知道，厂里正在改制，领导的心思全在上面呢，哪管得了一个老工人的死活。

改制的结果是四十五岁以上的工人一律下岗回家。韦家英拿着一万五千块一次性补偿金回到家后，躺在床上足足三天，但合眼的时间不到八个小时。她想得最多的不是与她离了婚的丈夫，也不是上学的女儿，而是母亲的那句话。人要懂得在不同的世道过日子。

是啊，想想也奇怪。以前风风光光做先进工作者，整天意气风发泡在厂里时，她丈夫说她不梳头不洗澡把身子全交给了工厂，没生活情趣，坚决与她离了婚。那时她没觉得痛苦，办了离婚手续照样没事似的去上班。现在没了工作，回过头去想想以前的经历，她都不知道是怎么走过来的。

"人要懂得在不同的世道过日子。"韦家英觉得这句话是很熟悉的，这种想法她以前早就有的，只是日子在过时，她没有去琢磨，更谈不上提升为"理论"。

韦家英信日子是"做"过来的，不是什么"理论"撑起来的。如果每个人都去空谈理论，儿女们谁来养大？小区里的垃圾谁来回收？

韦家英在小区第一天上班，她特地穿了双黑色的平底鞋。黑色耐脏，平底好走台阶。

韦家英负责两幢楼的垃圾清理，每幢楼五个单元，每个单元八层、十六户人家。要一层一层地跑，每级台阶每级台阶地扫。按物业公司的规定，早晚七点钟之前要完成一次回收和打扫。两幢楼之间和两户人家之间的过道的卫生也是她负责。

那又有什么呢？韦家英一点也不担心。她轻捷地跳上垃圾回收车后才发觉物业公司发的两只橘红色的袖筒还搭在肩上忘了套。

韦家英笑了一下，左手一摸，右手一摸，两只袖筒在双手上好像刚换了个位置，便爬上了她的两只胳膊上。

韦家英想起了三十多年在纺织厂的经历。三十多年，凡是上班时，她每天都这样套上袖筒，不管寒暑，从不觉得累赘，现在更不！韦家英的心仿佛从被人遗弃的角落一下子拉到了金光大道上，她踩动垃圾回收车时，不由得哼出了什么声来，韦家英知道自己在哼什么时，又笑了一下。

韦家英把头上的尖篷斗笠推上了一点，刹车档"哐当"一拔，垃圾回收车就轻快地朝她的负责的楼房滑行了。

八九月的天，这会儿早已大亮了，但小区内除了偶尔划过的摩托车的声响外，还可以说得上是静谧。不知谁家阳台上的鸟儿或是靠近哪家阳台位置的树上的鸟儿却醒了很久，这会儿叽叽喳喳地叫开来了。

韦家英已经好几年没这么早起来过了，却不想鸟儿好像知道她来似的，也跟她一起唱起了歌呢。

韦家英竟冲着鸟儿唱歌的方向做了个逗嘴的动作，尽管她没有看见鸟儿停在哪个枝头。

韦家英把垃圾回收车停下来，先用双眼在地上扫了一遍。她发现这一块地与她家那里一样，也是垃圾乱丢。韦家英也知道，垃圾显然被人翻过，因为大多数袋子是"开膛破肚"，有的垃圾还泻出袋子，散乱地撒在地上。

韦家英拎起第一袋垃圾的时候犹豫了一下——或者说是怔了一下，那袋垃圾停在韦家英的手上一秒钟，接着潇洒地划了一道弧线，飞进了垃圾回收车。

韦家英为自己的犹豫感到不能原谅，自己现在还有什么不好意思呢？现在是一个堂堂正正的物业公司聘用的垃圾回收工人。垃圾回收工人捡垃圾有什么可犹豫的呢？不捡垃圾才是不称职，才羞耻呢。现在不比以前，现在穿着物业公司工作人员的服装，现在捡垃圾是很件光荣的事情。

想到这，她的脚下轻快无比，她的手也加快了动作，一袋袋散乱的垃圾争先恐后地朝垃圾回收车飞去。

韦家英爬到八楼的途中，她在心里大概地数了数，只有四五户人家的门口放有垃圾，韦家英来不及细想，从八楼开始把垃圾放在随身携带的筐里往下搬。

楼道相当的安静，流动的空气像酣睡人的鼻息，在韦家英的眉间、发梢，甚至耳根轻轻拂过。

韦家英一层一层地往下走时，不知道到了哪一层，耳畔一个粗粗的声音吓了她一跳。韦家英侧过身子刚想扭头时，一个男人拿着顶摩

寻找女儿美华

托车头盔从她的旁边擦了下去，粗粗的声音也像猛然刮起了一阵大风擦过韦家英的耳朵："好好放在门口的垃圾，为了省力气，硬是往下扔，扔得'啪啪'响，还要不要人睡?!"

韦家英好像被那个声音塞了一口气，她把装有垃圾袋的筐换到男人走过的那边位置。那个男人扭头看了韦家英一眼，白了她一眼："我又不是说你!"

不管说的是不是韦家英，韦家英的心情不深不浅地沉了一下，她闻着楼道里流动的空气好像一下子不正常起来。她猛地吸了一口气，不知是筐里垃圾袋里散发出来的，还是人家门口放垃圾的桶子里的残渍溢出来的。总之，韦家英闻到了空气中的一种怪味。

幸好，这种怪味在她继续往下走的时候慢慢地冲淡了。当她在一户人家门口拎起了一个重重的袋子时，她的心情才好受些。

韦家英把那只袋子拎着走下了几级台阶，然后把筐放下，腾出那只手来摸了摸袋底。她摸到了一个瓶状的硬物，凭直觉，类似的瓶状硬物不止一两个，韦家英兴奋地想着，把袋子的结迫不及待地打开。果然，随着几声"叮当"，三支啤酒瓶互相推操了一下，欢快地滑入了韦家英的视野。

韦家英虽然有好几年没买过酒，但这种牌子的啤酒她在电视的广告片和商店里见过。她把那三支啤酒瓶捉住时却不知道把它们放在哪里。她刚想到把它们放在筐里时，又怕里面的垃圾弄脏了它们，再放回垃圾袋里吧，又怕薄薄的垃圾袋承受不了三支啤酒瓶走更远一点的路。

韦家英把那只垃圾袋扎好，放在筐里，一只手提着筐，一只手的手指夹着三支瓶子慢慢地往楼下走。

韦家英蹭着垃圾回收车往小区尽头的垃圾中转站走的时候，这才注意到其他工人的车旁都挂着一个大大的编织袋，编织袋里装得沉沉的。

大家聚到一起时，一个工人问韦家英："捡到什么值钱的东西没?"

韦家英把放在最上面的那三支啤酒瓶小心地放到地上来。

"以后你在车边挂一个编织袋，有什么挑出来的东西可以装在里面呀。"一个工人对韦家英说。

韦家英一笑："我晓得。"

还有一个工人把口罩一扎，舒了一口气，对韦家英说："最好戴个口罩，你不觉得气味难闻吗？"

韦家英又一笑："有点。"

那个工人又补充一句："鼻子不闻心不烦。"

韦家英还是一笑："晓得。"

收晚上那一趟垃圾时，韦家英的垃圾回收车旁挂上了一只编织袋。

楼下乱丢乱放的垃圾袋比早上多多了，韦家英把它们一一捡起，把地面打扫干净，便照例直奔八楼。韦家英上去时，就有人家"咣当"拉开门，冲韦家英嚷："你们也应该早点来呀，我们把垃圾一放在门口，总是有一些垃圾婆不等我们前脚迈回家门，她们就来乱翻乱丢了，你们怎么就没她们那么积极？！"

韦家英的脚步停在那户人家的门前，怔在那个女人的声音里，直到那个女人"咣当"一声关上门，她才继续走上去。

韦家英这才琢磨着楼下的地上为什么有那么多垃圾袋，敢情是有人赶在垃圾回收工人之前早已来扫荡一遍了？

韦家英想到她家门前的那一袋袋散乱的、敞开口子、流出残渍、发出难闻气味的垃圾来，她总算有点明白了。

爬到第六层时，韦家英抬头一看，上面是黑的，韦家英本能地跺了一下脚，仍是黑的。

韦家英加大了力度又连续跺了三四下，声控灯一点反应也没有。

韦家英爬到第七层时，见黑暗中蹲着一个小小的影子。韦家英起初还以为是一个小孩蹲在角落里屙尿，她咳了一声，影子慢慢地站了起来。韦家英走近一看，是一个老太婆。老太婆看见韦家英来，忙把手上的一团东西揉了揉，韦家英听出那声音好像是一团报纸呀什么的。

老太婆蹒跚走下楼的时候，韦家英见地上有一团黑黑的东西，她用脚轻轻踢了一下，是一袋垃圾。韦家英摸到袋子的时候，袋子里只装了一部分垃圾，其他的散落在地上。

韦家英想着要把它们打扫干净，但发觉没有拿扫把，她犹豫了一下，伸出去往地上摸。她一摸，摸到一团软软的东西，韦家英意识到是什么东西时，手上沾满了，她把手往鼻子上一凑，一种臭味扑了过来。

韦家英后悔下午只带了编织袋，没戴口罩。

韦家英忽然想起了刚才那个矮小的影子，她猛地站起来，想冲她骂上一句什么，但当她看到那个老太婆手中握着那团纸颤巍巍一步一步往下走时，韦家英什么也没说，黑暗中，她倒被自己重重的一声叹息感到了无奈。

三

后来，韦家英从其他工人的口里知道，垃圾回收绝不是光回收垃圾那么简单。

小区的垃圾回收是一件"美差"——每个人都是这样认为，可真正做起来，其实是"苦差"。韦家英听的最多的就是工友们这样发牢骚。

起初，韦家英还不解，怎么是"美差"呢？

"不但是"美差"，很多人还说是"肥缺"，他们认为垃圾里全是宝！"一个工友说。

另一个工友马上接口："物业公司的人说每个人每个月光在垃圾里翻出的东西就有四五百块钱收入，你说我们是不是肥得流油了？"

"所以，就有一些人与我们抢着在垃圾里寻宝。有工友接嘴。"

"她们也不嫌脏。"韦家英说。

"你以为小区的人个个生的命比我们好？你不知道有很多人比我们日子还苦呢。年纪轻的找不到工作或不想去工作，只好去赌博；年龄大的认为自己一不偷二不抢，在小区的垃圾里翻翻找找就能赚钱，谁不干？"这句话从那个工友嘴里说出来，韦家英怎么听都觉得她是替那些人说话似的。

韦家英觉得自己好像被无数双看不见的手推着往前走，她不赶路，别人就要把她推倒，让她头破血流似的。

韦家英甚至觉得这种推法表面上推的人是在后面，她是在前面，但她看不见对方在哪，实际上那些人是走在她前面，而且神不知鬼不觉的。

总之，说"推"只是给她精神上的安慰，其实，她是处于被动的、落后的位置。

韦家英感到了一种比以前在纺织厂还残酷的竞争压力。

但韦家英不甘落后的思想在工友们的谈话中潜滋暗长，而且那些工友中有很多不是第一次受聘做垃圾回收工人，而是做了几届，所以或许可以从她们那里可以学到对付这种压力的办法。

韦家英自言自语："那我们怎么办？"

一个工友咬着牙说："只有抢在他们前面！"

韦家英又问她们："以前每个月五百，现在一个月四百，为什么还做？"

那些工友回答的意思是：不做做啥？我们能做啥？谁有我们贱？言外之意，韦家英是体会得最深切的：像她那些年龄在四十五六岁的妇女，有一份事做已经不容易了，哪还轮得到她们挑三拣四的。

而物业公司的人认为：让你们回收垃圾，是丢下无数的宝贝让你们捡呢。

韦家英在开会时不止一次听到物业公司的人的话语中流露出这种意思。

起初，韦家英牙齿咬得吱吱响：这帮人说话怎么那么不讲良心呢？我们脏的、累的、苦的时候你们全看不见了？

韦家英想时，见到其他的工友笑嘻嘻地各自逗着，压根就没在听物业公司的人说话，韦家英也懒得开口了。

以后开会，她也学着工友们，一坐下来便互相说着笑，把物业公司人的话当成放屁。

但她内心的那种冤屈感却隐隐地越长越粗壮，好像要从她身体内的某个部位随时冲出来。

但韦家英实在没办法。她只能学着其他工友们，早点出工，早点去回收垃圾。

早上，韦家英五点半就起床了，蹬着垃圾回收车到达楼下时，比以往提前了半个小时。

韦家英提着那只大筐手麻脚软地爬到八楼才发觉，这半个小时算是白提前了。她看到那些垃圾早已像以前的那个导演摆弄了一遍似的，以各种凌乱不堪或零散破败的姿态存在着。

但韦家英还是在把每一个垃圾袋放进大筐之前轻轻地揉捏了一两下，有时凭直觉伸进袋子翻一两下。

整个早上，除了满满的一车垃圾外，挂在垃圾车旁的编织袋里空空如也。

韦家英蹬着垃圾回收车，一边擦着汗，一边回过头瞅两眼车厢，她看见那只编织袋像一个乞丐在跑烂了无数双鞋、磨破了无数张嘴仍一无所获后搭在肩上的那个米袋子。

韦家英没有意思地为自己悲凉起来。

下午的时候，韦家英像跟谁赌了一把气似的，比以前提前了一个小时。

韦家英爬到六楼的时候，一扇门好像专候着她一样，她的脚步刚从台阶上蹬上那一层的平地，门就打开了，里面跳出一张因夸张而变形的脸，连声音都是夸张的："捡到便宜又来了，是吧？"

韦家英把筐放了下来，不知怎地，不敢走了，她怔在那个夸张的声音里。

那个声音见镇住了韦家英，憋了一下，接着更猛烈地喷射了出来："小孩放了双鞋在门口，不到十分钟，就被收走了，想抢是不是？什么是垃圾都分不清？！"

"我没来……"韦家英刚挤出三个字，那个声音就把她顶了回去："你没来？我小孩刚开门，就见一个戴着口罩、提着一只编织袋的人往楼下跑了。"

"真的，我没来……"韦家英摘下口罩，轻轻地跺了两下脚。

"干脆到我家来搬电视机得了，你们这些收垃圾的，巴不得每个垃圾袋子里翻出一两粒钻石来……"

韦家英的火气刚烧上来的时候，那扇门"咣当"一声关上了，把那张夸张的脸也隔进了里面。

门一关，没有助燃的氧气，韦家英强忍着，没有让心头的火焰烧起来。

接下来，韦家英整个下午的动作幅度都变得比较大。好像所有的垃圾袋子都加了码，韦家英用在下面的力气都重了几分，那些垃圾袋回到垃圾车上时都经历了摔打，有的还被韦家英无故地撕扯。但它们都没喊出来，谁让它们是被无情抛弃的垃圾呢？或许它们喊了，但人们听不见，或不屑于去听，还是那个原因：谁让它们是没有价值、人人可欺负的垃圾呢？

韦家英把一车满满的垃圾卸在中转站往回家的路上走时，小区里的路上已经安静了下来，大家被打打杀杀、缠缠绵绵的电视剧吸引在家里柔软厚实的沙发里。

韦家英双脚发软，楼间草地上的路灯有一盏没一盏地亮着，像染得浓淡不一的白布铺在地上，有一种滑滑的感觉。

韦家英快到家门口的时候，看见窗旁的那只垃圾桶趴在那里，三四只老鼠围着一堆垃圾狂咬乱啃。

韦家英摸到家，灯也没拉，一头扑到床上，"嘤嘤"地哭了起来。

第二天，物业公司分管卫生的副总经理找韦家英谈话。说接到业主投诉，把人家放在门口的鞋子都拿走了。

"不就是一双小孩的鞋嘛，我跟她说是不小心当垃圾收了。你还回去就是了。"副总经理翻着本子向韦家英翻了一下眼皮，说。

"我没收她的鞋，我没收她的鞋!"韦家英丢给副总经理两句话，跑出了办公室。

工友们好像都知道了这事，一个工友劝她："有什么好气的，以后不收她家的垃圾就是了。"

"那她家门口的垃圾不堆成山了？"韦家英听了工友的话，心里好受了一点，但还是忍不住问。

"你就把她家的垃圾当作她家的主人，从楼上狠狠地丢下去！如果还不解气，那就再使劲地踩上几脚，咒她以后变成垃圾婆！"

韦家英听了，一笑："好舒服，但我做不到。"

韦家英觉得唯一能做到的就是提前去回收垃圾。她仿佛把这当成一场公平、公正、公开的合理竞争。但那个看不见的竞争对手却总是赶在她前面，十几个回合下来，韦家英精疲力竭了。

韦家英有一天突然觉得，应该把逮住那些回收垃圾的"非正规军"当作首要任务，她要当面警告他们。

警告他们什么呢？韦家英接下来又犯了难：警告他们抢了她的饭碗？警告他们乱丢垃圾？都靠得上，但似乎都站不住脚。

终于有了一次机会，韦家英晚上七点爬上楼的时候，看见二楼有两个人在拉拉扯扯，起初韦家英以为是在打架，刚想劝几句，其中一个年纪轻的女人一边扯着年纪大的女人的衣服，一边咬着牙说："你还敢抢，是吧？就是不给你！"

韦家英这才注意到那个年纪大的女人右手挣着年纪轻的女人的拉扯，左手拎着一只袋子在膝盖处晃晃悠悠。

韦家英第一反应是冲上去，一把夺下年纪大的女人手中的袋子，然后推了她一把。

韦家英也吃惊她这一推怎么有那么大的力，那个年纪大的女人一个趔趄，脱离了另一个女人的拉扯，却朝一边的墙上倒去。

年纪轻的女人把韦家英夺过去的袋子夺了过去，还白了韦家英一眼，说："个个都是收垃圾的，没一个是正经的！"说完，把那袋垃圾提进了家门。

那扇门被关上后，韦家英扭头才发现那个年纪大的女人已经瘫在墙角没有动静了。

韦家英拨了几下她的脸颊，像一块塌软的糍粑，没有反应。

韦家英的魂一刹那好像被拨了出来，她把筐一丢，没命地往楼下跑。

女人还没送上救护车，周围就站满了小区的居民，有三四个人围住了韦家英，自称是那女人的子女。其中两个男人一个向韦家英的头部挥拳，一个朝韦家英的下身踢腿。

韦家英的斗笠被打飞，口罩被扯落，她抱着头蜷缩在草地上。

其中又有两个女的冲上来，她们一人撕扯着韦家英的一只袖套，韦家英像一只被宰杀的猪一样，被张开双臂提拎了起来。

韦家英冥冥之中仿佛听到一声厉叫："走，到医院跟我妈奔丧去！"

韦家英被拖到医院，韦家英没有奔丧，那个女人被医生掐了几分钟鼻子，弹了几下起搏器，醒了过来。

医生说："只是轻微脑震荡，休息几天就会没事的。"

但那个女人在医院住了十几天却不肯出院，那几个子女说："反正我们都没工作，我们天天来医院伺候老娘，反正有人付误工费。"

最后还是物业公司的副总经理提了两斤苹果到医院把那个女人劝回了家。

接着，还是经过那位副总经理调停，韦家英答应付给那个女人医疗费和精神损失费共计四千五百六十元整。

韦家英把钱送到那个女人的家中去时，女人的儿女说："以后我们娘有什么后遗症，还会去找你的。"

这是韦家英在做了三十二天垃圾回收工人时发生的事情。

韦家英像大病了一场，她想了几天，走进了副总经理的办公室，说："我不干了。"

副总经理又习惯性地翻开一个本子，头也不抬说："不干？好啊，那你把物业公司为你垫付的四千五百六十元的医疗费和精神损失费还了吧。"

韦家英不再说什么，走出办公室，蹬上了那辆垃圾回收车。

日子一天天过去，工友们发现韦家英上班的时间越来越早，有时见她三四点钟就在居民楼走上走下，不到五点钟就收了一趟垃圾回来了。

工友们还看到韦家英挂在垃圾车旁的编织袋越来越鼓囊。韦家英的脸上却没有什么表情。

"看她那副样子，不会是疯了吧？"有的工友说。

但疑问毕竟只是疑问，没有谁去细究。

韦家英仍是一次比一次早。韦家英的"积极"似乎也带动了其他工友，她们也加入进来，她们的编织袋也与韦家英一样鼓了起来，她们脸上的笑意因困倦个个显得疲惫不堪。

但小区里乱丢的垃圾越来越多，有的丢在家门口，有的散落在楼下的空地上，还有的遗弃在垃圾箱四周。它们顽抗地坚守着自己的地盘，直到舍身就义，发出越来越难闻的味道……

副总经理接到业主的投诉后，他在小区里走了一圈，才认识到了问题的严重性。第二天，他提出要解聘这批垃圾回收工人，重新竞聘上岗，而且把每月的工资降到四百元。

据说应聘者还是有很多。而且，韦家英成了第一个报名者。

牛建南事件

1

张城君在第二天早上打开手机，方知牛建南昨晚在短短的不到两分钟时间连打了他五次手机。张城君一次次地按着通话记录中的"未接电话"，每显示一个，张城君就充满着一次快感。

这个坏女人！张城君一边在心里骂着，一边盘算着牛建南连打了他五次电话的时间。

应该是他送走她的一小时过后。她又想要我做什么——一定是要我用摩托车送她回去。这个坏女人，约她单独去吃饭她不去，非要说请她朋友一起去。

张城君想起昨晚把她送到桃花路口，目送她健硕而充满诱惑的屁股一扭一扭煽动他激动的心渐渐远去时，他对着她的背影，也是这样狠狠骂着一句：这个坏女人！

当时，牛建南仿佛听到了张城君内心深处的谩骂，不合时宜地转过头冲张城君媚然一笑。张城君马上也换了一副笑脸，但内心仍是恶毒地骂她。潜伏的欲望却愈加明显起来。

张城君慢条斯理地拨通了牛建南的手机号码。

电话那头果然心急火燎："你在哪里啊？昨晚打你的手机打烂了

都不回!"

"什么事呀?"张城君把语气降到关心她的音调上。"昨晚一回家就把手机关了,然后上床睡觉了。到底发生了什么事?"

"我朋友被人打啦!被警察用砖头砸啦!满脸是血,在医院抢救,缝了十几针,现还昏迷着。昨晚打你手机,要你到现场来看,在媒体上给曝曝光,主持公道,你又不来!"

"怎么会这样?"张城君那种莫名的快感又冲向心底。他只差点没把"活该"两个字像一盆脏水一样泼向她。

"三更半夜的,劝你别出去喝酒,你就是不听。你那帮什么朋友啊,净是你家乡的打工仔、打工妹,警察一定是把你们当作聚众闹事的闲散人员打了。"张城君说。

"闲散人员怎么啦?我们是吃夜宵,合法消费。甭跟我说那么多废话了,你过来一下,了解了解情况,把这件事在报纸上报道一下。"牛建南像是给他下一道命令。

张城君只得去。

牛建南啊牛建南,张城君一想起这个雄性十足的姓名,就想起了南昌开往南城的火车,以及软卧上肆意摆放的两条白花花的大腿。

2

张城君是一家报社的记者,他写的新闻不仅限于本县,所以总往外跑。严格地说,张城君不太适合当记者,更准确地说,他更适合当个作家。他骨子里那股浪漫得毫无边际的想象很多时候折磨得他忘了现实,没了见地。

每次外出采访,他总爱"单打独斗",而且从踏上路途的那一刻起,就彻头彻尾地想着有艳遇。

而上帝总让他得逞,比如那次在南昌开往南城的火车上,让张城君遇上了牛建南。

其实,最先吸引张城君目光的不是牛建南的那两条大腿,而是待他放下行李上了趟厕所折回后，竟发现从车站带上车随手丢在卧铺上的那本《小说选刊》不见了。

"你要看吗?"对面软卧上一个身子侧过来，把杂志递给张城君。

张城君沿着杂志、手臂、腋窝、颈脖一路向对方看过去，一张夸张的脸让他乍看起来十分的吃惊：宽宽的前额和嘴巴，大大的眼睛和鼻子，偏偏眉毛极弯极细，若不是淡淡地画了两条细线，定是判不出有的。

说完一句话，她嘴巴微咧一下，眉毛一挑，算是主动与张城君打招呼。

张城君这才开始全方位地打量起她来。当他把她全身看完后，才发现她长得一点也不夸张，她的每个部位（当然是外在的，能看得见的）都很和谐地统一在一起。说得直白一点，她的每个部位都很夸张。这是一个健硕的女人，特别是那双大腿，那条短裙完全"统治"不住，随着她不时地变换姿势，故意溜出来。

张城君的目光急剧地在她的脸上和腿上游离。

看她的脸无非是一种掩饰，掩饰他看另一个地方的真实目的。那双白花花的大腿令他都眩晕了。他身上的某个部位开始膨胀着，迫使他哪儿也不想去，他坐在卧铺上，严严实实地盖着被单。

张城君从对方的身体语言中判断她不是个矜持的女子。如果与他生活在同一座城市，如果她出差去南城，或许是更远一点的，桂林、或者是柳州……别想那么多了，当务之急，是先问她姓名，住在哪里。

孰想，对方比张城君还主动，张城君刚想开口，一张薄薄的、白白的名片就递了上来。最先跃入他眼帘的是"牛建南"三个字，当张城君确认不是别人（特别是她丈夫）的名片后，竟笑了。

"像个男的名字，是吗？很多人都这样说。"对方揣摩出了张城君笑中的意思。

名片上写的是长沙某制药厂驻南城办事处的销售员。

张城君一阵狂喜。他开始发挥他嘴皮子的功力了。

牛建南一听他是南城县县报的记者，眼睛也明显地亮起来，脸上的某些部位这时才开始生动得有些夸张起来。

火车车轮的节奏开始轻快而兴奋起来，张城君感觉牛建南裸露在外的那双大腿也活动得更频繁了，它变换的每一种姿势都让张城君的心加快了许多。

张城君生怕自己的心蹦出胸腔，跳出窗外。他看了看时间，离终点站南城站还有七八个小时呢，他把那本《小说选刊》往枕头边一丢，干脆与牛建南聊了起来。

气氛出乎意料的好，似乎很快进入了熟稔状态。牛建南干脆坐起来，正对着张城君，鞋也不穿，两条大腿晃来晃去。张城君顺着两腿间的缝隙看进去，却什么也看不见。愈是这样，他愈不甘心，以至于她要求他办的事情想都没想就答应了下来。

3

当然，张城君完全有理由点下头来。牛建南无非是问他是否认识县里几家大医院的领导，以及是否可以引见一下一类的问题。

张城君在县报跑的就是医疗卫生系统这条线，县里十几家大医院从院长到院办主任甚至什么科的主治医生的办公电话和手机号码都在他的电话本上记着呢。

等他静下心来，他信心十足，感觉手上掌握着战胜对方的有力武器。

怎么是战胜呢？是征服。一想到"征服"两个字，张城君又莫名地兴奋起来，目光更肆意地向牛建南射去。牛建南大胆地迎接着这种目光，很坦然地吸收、消化，变成一种在张城君看来是近乎"挑逗"的眼神。

张城君这才不失时机地掏出名片，递了上去。

张城君不是猴急的人。特别是追女人，张城君认为性急了不但夹不住，而且会烫伤嘴。

几天之后，牛建南果然主动与张城君联系。张城君觉得机会到了。已是深夜十二点多，牛建南选择在这个时间约张城君出来，令张城君产生无限的遐想，以致他的喉咙堵得慌，掌控摩托车的双手也微微颤抖。

两人在街上瞎逛了足足一个多小时，时间正愈来愈陷入浓重的暧昧之中，空荡的街道和愈来愈凉爽的空气使张城君的内心愈加蠢蠢欲动起来。

张城君适时地选择了一家熟悉的酒吧。熟悉的是其中昏暗的环境和严闭的包厢。张城君甚至能准确地捕捉到包厢中那股潮湿的空气，仿佛翻涌之涛冲击他肆无忌惮的心房。

几首歌下来，几杯酒下肚，微微的红霞飘上牛建南的双颊，像等待谁去采摘。

张城君假装寻找另一只麦克风，他的终极目标显然不是麦克风。他时而用手摩挲着沙发，时而低下头往茶几下瞅，同时，他还不失时机地开开玩笑，双手也在牛建南的身上积极配合这种玩笑。

他的手游弋到牛建南的后背，一边说麦克风被你藏着吧？一边撩开牛建南的衣服，顺着她光滑的脊背往上进攻。牛建南把身子一扭，像一条蛇摆脱了另一条蛇的侵袭。

"听我说，我是第一次约我丈夫以外的男人单独出来。我觉得你是个好人，才敢单独约你出来。我们才第二次见面你就这样，我觉得不太好，你说呢？"

张城君的双手只得从她的双手中抽出来，坐正了身子。

牛建南则把身子偎依过来："一个女人在外面，很空虚无聊，平时就是跑跑业务、看看电视。偶尔也去花情歌舞厅跳跳舞。"

"花情歌舞厅？那里太低档，去的人都是些下岗的中年妇女和老头子。"张城君突然对她有点鄙夷。

"那你的意思是说我档次低？"

"不是那意思。我只是提醒你，那里泡一壶五块钱的茶，可以坐一晚，女人不要门票可以疯一夜。不怀好意的老男人很多，在女人身上揩一次油两块钱，你可得小心。"张城君的目光又不安分地盯着牛建南。

"嘿，康健医院的院长你熟吗？我打听到那里需要一批有助儿童消化的药。我们药厂的这种药疗效好，价钱便宜，但就是打不进去。院长说要阳光采购，理由冠冕堂皇，还不是暗箱操作。"牛建南岔开话题。

"熟啊，明天我打个电话给他。"

"三七开，我给提成。"

"我又不缺钱，你对我还谈这个？"

"这是规矩。"

4

第二天，张城君给康健医院的院长打了个电话。院长与张城君挺熟，对牛建南也有印象。他先是满口答应没问题，接着干笑两声，问："她是你什么人？"

"我一朋友。"张城君说。

就这样，张城君先后三四次向牛建南提供了几家医院领导的电话号码，也打电话去打过招呼。牛建南每次求张城君办事的时候都是在中午或下午刚上班的时候。张城君想约她出来，牛建南总是说："你先忙着吧，我会约你的。"

张城君只有等。

终于有一天，张城君把前后的过程贯穿起来一想时，禁不住有些火了，他发现好像这几个月被她牵着鼻子利用了！

所以当出事那晚牛建南约他出来时，他是准备与她进行"告别演出"的。

又是这么晚约出来，又是打扮得那么暴露，可当张城君看着她渐行渐近的身子，心中的怒火却莫名地慢慢熄灭了。

她又是夸张地向他一笑，把本来就短的裙子往上拉了拉，张开双腿跨上他的摩托。张城君看见她两腿间一团如火的红色闪过，这又燃起他心中的另一团火。

151
牛建南事件

"约了一帮家乡的朋友，在江堤喝啤酒，你去不去？"牛建南把下巴往张城君的肩膀上一搁。

"不去！"张城君把牛建南放在桃花路口。这次，他没多看牛建南的背影一眼，掉头就走。

想不到，他走以后发生了这么大的事。

张城君有种莫名快感的同时，还有一种捏了一把汗的侥幸。如果他也参与其中，说不定也会被砖头砸得头破血流。最要命的是，让他老婆知道他是跟一位湖南妹仔喝酒闹事，说不定警察没给他定性，她先闹得天翻地覆呢！

但他听说警察打人，还是替牛建南鸣不平。先不管打没打人，把事情弄清楚了再说，说不定真是一条绝好的新闻线索呢。何况，他还对牛建南有着一种不达目的誓不休的念头。

5

赶到牛建南约好的地方时，牛建南身旁又多了一个女子，挺着大大的肚子，这立马让他想起南极养尊处优的企鹅。一头湿漉漉的头发好像打泼了摩丝瓶子。一股浓浓的气味把张城君熏得不由自主地后退了两步。这种厌恶的神情也带到了他的问话中："怎么搞的？"

身旁的女子忙递给张城君一张皱巴巴的纸。

"这是昨晚事情的经过。我哥额头上缝了十几针，现在还在医院昏迷着呢。"女子眼圈立马就红了。

"你再把事情的经过在报上写细点，发表出去。警察怎么能随便打人？"牛建南气愤地又说，"我算是万幸了，她哥才惨呢，挨了一砖头，还不知醒过来后会不会变傻。"

"情况是这样的，昨天晚上我们在江堤吃夜宵。刚一坐下，隔桌就走来四个男的，他们先是嬉皮笑脸地邀我们陪他喝酒。我们不理他们。他们见不答应，认为不给他面子，便恼火冲过来要打我们。其中一个人对牛建南说：'看你们像是外地来的吧？我是某某派出所的警察，以后有什么找我。'牛建南当场回敬他说：'我们又不犯法，找你干吗？'那警察一听，火了，冲过来就打了牛建南一个耳光。我走上去想劝开，另一个男人拿了瓶啤酒，揪着我的头发就往我头上倒啤酒。牛建南甩开那警察的手，正想拎起塑料凳砸去，警察朝牛建南又一阵猛踢。我见势不妙，掏出手机与我哥联系，我哥马上领了三个打工仔赶到。把他们拦住问：'你们凭什么打人？'警察什么话也没说，捡起一块砖头就朝我哥头上一阵猛砸，然后扬长而去。"

张城君耐心地听完牛建南身旁的女子讲完后，附在牛建南耳边低声问她："你朋友是干什么的？"

"在南城开了一家小饭店，他哥是厨师。"牛建南说完，继而用一种奇怪的眼光看着张城君："怎么啦？我们到这里来开饭店也犯法？就该挨你们的打？"

"什么我们你们？好像是我打了你们一样。我这不是在了解情况吗？"张城君有点不情愿地掏出了采访本。

"最近你们不是正在做"树公安形象"的系列报道吗，什么公安形象，写出来，不丢公安的脸？"

"正是因为处在这样的时期，才不好写，报纸不好发表……"张城君一想，犹豫了一下，把采访本收了回去。

"那我们就去公安厅督察处告他们，我就不相信没个说理的地方！"牛建南竟莫名其妙地笑起来，让人怀疑这句话从她嘴里吐出来有几分认真。

张城君想起他曾认识县公安局宣传科的一名新闻报道员，觉得有必要让她知道这件事。

电话那头的他一听，十分紧张。她恳求张城君先别把它报道出去，她可以叫那位警察所在的派出所所长了解情况，并把情况尽快告诉张城君。

所长在不到五分钟后就给张城君打了电话，叫他带上牛建南她们一起去派出所，当面与那位警察对质、了解真实情况。

"怕什么，去就去！"牛建南说着，就去拉张城君的衣袖。

6

一到派出所，牛建南的朋友就冲向一楼张贴的"警务公开栏"，指着墙上一张照片说："就是他，蒙仁良。昨晚我把哥送到医院后特地赶到他提到的这家派出所来，果然有他的照片！"

牛建南的朋友补充："就是他，烧成灰我都认得，昨晚他穿一件红T恤，沙滩裤！"

走进预约的办公室，张城君感到气氛有些不对，三张桌子分别坐着所长和另外两名警察。张城君第一次在现实生活中见到这种架势，竟感到有几分紧张和恐惧。

"蒙仁良为什么没来？"牛建南还未坐下，就先问了。

"你们先坐下嘛！"所长上下打量了一下两个女人，眉头慢慢地皱了起来。

"姓名、年龄、联系地址、电话……"旁边的一位警员已摊开了笔录本，有板有眼地问了起来。

牛建南和她的朋友不慌不忙地回答。当问到联系电话时，牛建南岔开了话题："我觉得你们应该先去问问蒙仁良，问问他昨晚做了什么。"

"警察打人，以为我们外地人好欺负……"牛建南的朋友微微甩了一下头，不知是显得不自在，还是紧张。

"外地人？你们是哪里人？"

"我们是湖南人，来这里做生意的。"

"做生意？做什么生意？"

"开饭店的。"

"开饭店的还去别的地方吃夜宵？"

"朋友聚聚，法律规定开饭店的就只能在自家饭店吃饭喝茶喝酒？"牛建南的朋友这时昂起了头。

"你呢？也是开饭店的？"警察把目光转向牛建南。

寻找女儿美华

"我啊，搞药材批发的。"牛建南挪了挪身子，把压在椅子下的裙子扯了扯。

"有什么证明吗？"

"随你去查。"牛建南白了一眼，突然提高声音，"难道到你们这里来做生意也犯法？"

"我们不是这个意思，牛建南，牛建南，我们欢迎您留下来建设南城嘛。"所长开了一句玩笑，脸上的肌肉放松了下来，他示意在旁的警员停止记录和问话，并且缓和了口气，"还是把昨晚你们被打的经过详细地说一遍吧。"

牛建南突然捅了一下她的朋友，斜睨了所长一眼："你去问蒙仁良，他最清楚！"

"他有他的说法，我们现在要听听你们的。"所长欠了欠身，语气骤然一紧。

"那就去问夜宵摊的服务员，他们都看见了，也清楚。"

"这种态度就很难办了。"所长旁边的警员合上笔录本，明显生气了。

"说就说！"

现场其他人一片静默，只有张城君在采访本上偶尔记上一两句什么。

许久，所长才踱到牛建南身边："麻烦你俩先到外面坐一会儿，我与这位记者说两句话。"

张城君看见牛建南把挂在胸前的坤包托了托，极不情愿地站起来。

张城君看见她临出门回眸一眼中写满的蕴意。她的眼神由妖媚变得怜惜，怜惜中又有股傲气。

张城君把握不准她的眼神里是否就是这些东西，即使是，他担心在三个威严的男人面前能挺多久。

这时，他突然感到往日的那个牛建南不见了，仿佛另一个牛建南向他走来，让他觉得陌生。这种感觉使他一瞬间知道自己该做什么。或者至少不该做什么。

"我觉得应有蒙仁良在场，他们可以当面对质，显得透明些。"张城君抢先对所长说话了。他只是把刚进门时想说的话终于说了出来。

"关键是蒙仁良与她们说的完全不一样。他说他当时喝醉了酒，睡觉了，什么都没做，什么都不知道。"

"那你们应该马上去找宵夜摊的服务员调查情况呀。"张城君觉得他也应该想到，当他说出来，甚至觉得这是一句废话。

"这个，我们下一步会做。"

"何况……你觉得身为公安人员喝得大醉，不有损形象吗？"

"我们对他们下班后的管理松些。"旁边的警员凑上来答话。

所长顿了顿，想了想，还是说了："刚才你也看到了，她们那一身打扮……当然，她们的身份，我们要做进一步调查。"所长马上又转换了话题："蒙仁良只是我们所里的一名协警，发生这种事，我们一定会开除他的。但是，现在社会上对警察执法有一种误解……"

"这恐怕与执法是两码事……"张城君惊讶自己的勇气。

"但不管怎么样，我希望你先不要把这事报道出去。我们会尽快给你一个满意的处理意见和答复。"

张城君从中读出了某种逼人的威胁和隐隐的妥协。

牛建南再走进房间时，张城君瞥见了她眼中对他的仇恨。他把身子坐正了些，目光不知该停留在哪里。

"我们会尽快给你们一个满意的处理意见和答复的……"所长回归了严肃。

"尽快？最快多少天？"牛建南站着。

"警察破案不是工程建设，说多少天就是多少天。这把握不准。"

"哇"的一声，惊天动地，在场的谁也没料到，恐怕就连牛建南自己也没做好充分的准备。眼泪像断线的珠子哗啦啦从她的脸颊滚下来。她脸上的每一个部位都跟着同一种情绪走：和谐而统一，团结而坚定，整体地夸张起来，把"夸张"掩埋得干干净净。

"你们欺负外地人！我们要告你们！到公安厅去，公安厅告不倒，我们到商贸大楼门前去散发传单。反正在你们眼里！我们不要脸，我们就不要脸，我们什么都干得出来！……"

伴随着眼泪，牛建南的话语如一颗颗连发的子弹，一阵扫射过来，把现场所有的人都惊呆了。仿佛在看一场精彩绝伦的表演。张城君盯着浑身颤抖的牛建南，即使两条往日在他认为无比诱人的大腿此时也在抗拒所有的力量，变得坚硬无比。

张城君一时感到脸红。

7

这件事之后，张城君再也没去找过牛建南，不知为什么，他一直没有勇气去问她事件的结果如何。而牛建南也没联系过张城君，这使张城君庆幸没有去问。

张城君感觉到从他跟所长单独交谈的那一刻起，牛建南就对他产生了某种看法。

但在张城君的记忆里，牛建南就像相机里的一件物体，当他慢慢对好焦距看到最清晰、最佳状态时，他却不敢按下快门，他害怕照片洗出来后不知该用怎样的目光和心情去面对。

派出所也没给他任何消息。这让张城君不安。

一段时间里，张城君老是想着这件事。有几次，他竟冲动地逛到商贸大楼门前，期待着某种场景的出现，但这里除了摩肩接踵的人流和急剧飘浮的空气外，什么也没有。

印象最深的是最后一次去，张城君在那里四处张望，冷不防撞上一位衣着性感暴露的女郎。

女郎不但不闪，还向他抛来一个媚眼："靓仔，想请我上楼吃夜宵？"

张城君顺着她猩红的小嘴一路看下去，一双白花花的大腿眩得他头晕。

他想迎上去，但脚下一个趔趄。

当他调正步子，再看她时，女郎却甩给他一个鄙夷的目光，扬长而去。

追家产

"说说那一条项链、两枚戒指和三个银元吧,它们是我父亲当年留下的全部家产,你不能霸了我的家产,好歹也要吐一点出来呀。"陈广贤记不得是第几次来到陈广全家,对陈广全说这样的话了。

"你是第八次到我家来了,我是第八次说这句话,我没拿你家的项链、戒指和银元,我一辈子都没看过项链、戒指和银元。"陈广全说完,抢起斧头,对着松了关节的犁铧敲了起来。

"你没拿它们自己会飞走呀,它们会变戏法变不见啦?"陈广贤走上前,去扶陈广全的犁铧。

"老天,我真的没拿你家的东西,一根毛都没拿,拿了天打雷劈。"陈广全把斧头一丢,说。

"你没拿还有谁拿?当时那么多'造反派',都分到不同的地主家抄家,村里人都说就你一人到过我家。"

"你哪只眼睛看到我到过你家?村里哪个人看到我去了你家?"

"你趁我们全家到街上游行示威时去的,你到我家去偷去抢不是?"

"你说话要负责任,乱说话我可以去告你。"

"你现在什么都可以赖,我爸我妈当年被你们整死了,死无对证,你现在什么都可以不承认,你有一天也会死,去了阎王爷那边,我爸我妈会找你算账!"

"就是叫阎王爷来审我,我都敢说没拿你家的东西。"

"阎王爷不会瞎了眼睛的。他瞎了眼，天下就没有公理了。"

"几十年前的事了，你老是来缠，我嘴都说破了，我没拿你家的东西，一件东西都没拿。"

"你以为我吃饱了没事干？我没事干宁肯去洗砖，都不会来找你陈广全！"

陈广全的儿子陈志昆找到陈广贤的儿子陈志远时，陈广全已躺在棺材里。躺在棺材里的陈广全终于摆脱了陈广贤的第十七次纠缠。陈广贤的头发也在一次次地找陈广全的过程中，渐渐变白了。陈广贤每去一次，岁月就是一支没有沾墨的雪白的羊毫，在陈广贤的头上抹上一缕。

但陈广贤还是说："只要有一口气，我就要来找你。"而现在，陈广全先他而去了，陈广贤短暂地失去了目标。

不过，他很快找到了方向。陈志昆来找陈志远时，陈广贤知道他来是为什么。陈广贤坐在门槛上，此时日头正如一竿高，温度正煨着他的额头，他的眼睛半闭半开着，嘴角有一弯不易察觉的弧度。

陈广贤先是说，陈志远不在家，去上海做小工了。他几乎想都没想，接着说，"他一两个月回不来了。"

陈志昆向陈广贤递去一根烟，陈广贤摇着拐杖不接。陈志昆蹲在墙角，自己点了一根烟，望着屋前莲塘里奄拉着脑壳的莲蓬，说："我昨天还看到他在田里打农药呢。"陈广贤把头斜向陈志昆："你哪只眼睛看到陈志远在田里打农药？"陈志昆说："我不跟你争，我晓得你有气，但你的事是和我爸的事，都隔三四十年了，总不至于扯到我跟陈志远身上吧？"

陈广贤说："父债子还，既然你把话挑明了，我就干脆说到底。你爸有没有拿我们家的项链、戒指和银元，你可能也晓得。"

陈志昆丢掉烟头，站起来，说："我怎么晓得？"陈广贤说："你爸爸是啥个人，你会不晓得？"陈志昆说："他后生的时候做的事，我怎会晓得？"陈广贤说："晓不晓得你心里头晓得。"陈志昆说："他现在躺在棺材里，啥个事都不晓得，我只晓得晌午埋了他，明天要立碑。我问了，方圆七八里路，就陈志远会这门手艺，我预约一下，叫他明天开始，抽空跟我做三四天工。"

陈广贤说："他真的没在家。"陈志昆拍了两下屁股，说："我晓得陈志远在哪里做事。"说着，朝村外的田野上走去。

"我查了以前大队的事，把以前在大队做事的人都问遍了，他们记得，当时好像是收缴了项链、戒指和银元。我也不说是你私下里得了，我只问你，拿后，交到了谁手上？"

"几十前年的事，我记不清楚，那时乱哄哄的，每天都要抄家，每天都要上交东西，我只记得拿了陈广福家的一面铜镜，后来不是还给他家了吗？"

"你是不是不敢说？卢克义已经死了几年了，你说也没关系，我找他老婆去，拿了人家的东西总还藏在哪里吧？哪怕卖了，我也找得出一点线索的。你说吧，你说了，我不会说是你说的。卢克义当时是大队书记，又是'造反派'头子，东西都放在他那里。"

"几十年的事，我真的不记得了，打死我也不记得了。我是交了东西到卢克义手上，但真的不记得有没有交你家的东西给他，其实，当时也不只是我一个人到过你家……"

"还有谁到过我家？我听说就你一个人，还有谁？"

"人没死，我不敢乱说，都是同一个村的。"

"你现在才说不是你一个人，你说，你说出另外还有谁？你说出来了，我就相信东西不是你拿的。"

"我不会说的……"

"你不说，证明那东西就是你拿的，就是你偷的，就是你抢的，我爸我妈临死时都说，是你拿的，是你偷的，是你抢的！"

"随你怎么说。反正你也不是第一次这么说，你已经是第九次、第十次……我也不晓得是第几次对我这样说了。我听得耳朵都起茧了，你说得嘴皮子都磨破了，但有什么用呢？你有本事拿证据出来。"

"你以为我愿意找你说呀？你以为我吃饱了饭没事干呀？你就是

铁也该熔化了，现在志远要读高中，志远他妈也住院了，两头都等着用钱，那条金项链，那两枚戒指和三块银元，是我爸我妈留下的东西，也算是上辈人的家产，三样东西，你吐出一两件来我也心甘呀，总能卖几个钱，解决点困难……"

"我没拿你家的东西，怎么交出来呀。如果你实在等钱用，我宁肯借几百块钱你。"

"那几件东西就值几百块钱？"

"你这样一说，我连借都不敢了。"

陈志昆见到陈志远时，陈志远正在马路旁的沟里洗喷雾器。沟那边的辣椒地里青绿一片，一些叶子上，隐隐有白斑的水滴点点。

陈志昆递上去一根烟，塞到陈志远嘴上，陈志远起先有意无意歪了一下，然后转正了嘴，那根烟不知是咬还是粘在陈志远的嘴上，一副摇摇晃晃、似掉非掉的样子。陈志昆忙打亮打火机，把火苗凑上去。

陈志昆见陈志远把烟吸着了，便蹲下来，低头看着自己那双被灰尘蒙得灰白了的草鞋，说："中午我爸就要下葬了，明天得立碑，这门手艺饭只有你吃得到……"

陈志远还是不说话，他背起喷雾器，捡起一只农药瓶，只顾往前走。陈志昆往后面追。陈志昆说："我也不晓得我爸究竟有没有拿你家的东西，如果真拿了，他临死的时候总会告诉我东西放在哪儿吧？这种东西生不带来死不带去的。他没告诉我，就表示真没有拿你们家的东西。"

陈志远斜着嘴，把烟吐进旁边的水沟里，说："今天不是说这事的时候。"陈志昆连忙点头说："是是是。"

陈志远说："是他拿的，就是死不承认，也还是他拿的。现在问他是不是他拿的，他都进棺材板了，问也白问，问也没意思。"

陈志昆又点了两三下头，说："是是是。"

陈志远说："你想立多高、多大的碑？"陈志昆立即又递上去一根烟。陈志远摇了摇头。陈志昆把烟塞进口袋，挺了挺身，说："就立那种普通型的，别人家立多高，我也立多高；别人家立多大我也立多大。"陈志远说："你另外还要安排五六个小工，拌浆，挑土，递砖，少不了。"

陈志昆又连连点了三四个头，还说："主要是找到了你这个最重要的人。"

四天之后，村子里立起了一块碑，碑后是一堆长长的、尖尖的泥土，泥土微湿，便显得更红，泥土被青砖围着，整座坟墓便成就了一片高高的疆土。

陈志昆立在父亲碑前，点着三炷香，鞠了三个躬。鞠完躬，他抬起头，无意中，他看到，后面那座坟的墓碑，好像比他眼前的高了一些。

他不相信自己的眼睛，他找了一根皮尺，量了一下两块墓碑，发现，父亲的墓碑矮了两寸。

他觉得不对，又量了两块墓碑，父亲的碑的确是矮了两寸。

陈志昆扒开父亲墓碑的基座，有一段两寸长的位置，深深地吃进了泥土里，像一个不为人知的、永远的秘密……

蚂蚁杀手

　　狗务农，没日没夜地面朝黄土背朝天，从年头到年尾，没剩几个钱。跟他同年纪的都发了，只有他闹穷。狗想不出哪方面不如人家。

　　"我真的那么命苦吗?"狗这样问自己。他决定去掐个卦，求证命运吉凶。

　　算命先生是个双目全瞎的老头，戴着一副墨镜。他语含玄机魔光四射，口沫横飞地把摊前几个男女，诌得不住地点头。

　　算命先生摸着狗又大又厚的手掌，又揉了揉他的手背，然后说："守薄田，不剩钱，一生劳碌没吃甜。上无父母下无妻，最愁金钱把心悬。"

　　狗一拍大腿："先生，你算得真对，我确实这样。对极了，对极了。"

　　算命先生接着说："破房屋，破被窝，样样不如人家火。年头年尾大奔波，挣来仅是烂铁锅。"

　　狗又拍腿叫："准，准了，神了，我狗确实如此，不偏一分。"

　　算命先生收回手，扶了扶墨镜，故意摇头叹气，说："唉，可惜可惜，你命犯大煞。"

　　狗怔了："什么命犯大煞?"

　　"你活不久矣，有一种虫要杀你，这虫克你命。"

　　"什么虫?"

　　"蚂蚁!"

狗这次不相信了，他想："蚂蚁这种不比米粒大的小虫，凭什么杀死我一个大活人？这算命先生前几项还说得不错，就这项说得不符合事实，不对了。"

　　先生不理狗的话，又说："你命确实与蚂蚁相克，信不信由你。不过，如果你相信的话，我倒有个办法帮你逢凶化吉遇难呈祥。"

　　"什么办法？"

　　先生听了，舒了一口气，轻松地说："你拿三三九升米，三三九个猪头，三三九十块钱来，我帮你遣魔解凶，保证你大吉大利化凶为祥，还能娶得个好老婆发大财呢。"

　　狗不相信。

　　狗走在回家的路上时，日头正烈，就找个阴凉树下歇息。

　　天气热得狗汗流浃背，狗把衣服脱了，又脱了脚上的解放鞋。狗夏天脚爱出汗，一脱鞋就闻到一股浓浓的臭味。

　　一会儿，狗觉得脚趾一痛，低头一看，只见一只黑色蚂蚁正紧咬住他的脚趾向后挣扎着拖走。狗顺手用指头一弹，把黑色蚂蚁弹飞了。

　　歇息了一会儿，狗又觉得后背有什么若有若无的小虫在"点"着，他以为是蚊虫，顺手向后背一拍，"啪"地一声，落在手掌上的不是蚊虫，而是一只黑色大蚂蚁。

　　狗见到手掌的黑色大蚂蚁，就忽然想起刚才算命先生说的话。

　　狗望着掌上被拍死的黑色大蚂蚁，心想："难道蚂蚁真的是我的杀手吗？"

　　狗正想着，脚趾又痛了，他发现几只黑色大蚂蚁正"贪婪"地咬他的脚趾。

　　狗一惊，咬紧牙关："这小小蚂蚁想杀我？我先杀它们。"狗想着就手指一碾，把几只黑色大蚂蚁碾成碎末。

　　不足一个时辰，狗在树下歇息，就碾死了十几只正在觅食的蚂蚁。

　　从此，狗恨蚂蚁，一见蚂蚁必杀。

　　第二天一大清早，狗把镰刀磨得十分锋利，准备上山割柴草。

狗正走在山路上，忽然看见一群黑色蚂蚁，正热热闹闹地搬运一只被人踩死的大蝗虫。狗不由恶向胆边生："你们能搬走这只死了的大蝗虫，还能搬走我身子吗？"

狗握紧镰刀把，用柄端照准蚂蚁——狠狠扫去！

听得"嚓"的一声，一颗人头落地，鲜血四处飞溅……

原来狗用镰刀柄狠扫蚂蚁，却忘记看镰刀口正对准自己的脖子。他这狠狠一"扫"，把自己的脑袋活活割下来啦。

血滩上、尸体上的腥味，招来了一群又一群贪婪的黑色蚂蚁。

患者

住院部来了一个患者，有人说她得的是老年痴呆症，有人说她失忆，还有人说她摔断了腿……

人们来来往往，在医院骨伤科的住院部走廊上，各种各样的眼神，各种各样的臆想，各种各样的语言，撒在老人身上。老人干枯的骨架子在聒噪声中"嘎嘎"作响，伴随着她连绵不绝的唉声叹气，像随时要崩塌下来。

关于她83岁，关于她是市某所中学的退休教师——有意的听者能从议论的片言只语中捕捉到，仿佛寒风中瑟瑟飘着的叶子，被人捡到一两片，便马上不屑地随手丢弃。

他们只注意她是一个患者，一个不同于别人的病患者，说得明白一点，是一个不同于别人的精神病患者。

"你不认识我呀？我是你学生！李老师好！"一个住了两个多月院、靠着保险公司的赔偿金一直待在医院"保养"的手臂伤者，一只手放在胸前，另一只手扶着老人的病床大声喊。

"对对，你是我学生……你是我学生……"老人两眼霎时放出光芒，慌忙用瘦骨嶙峋的手攀附着床沿，挣扎着要坐起来。

手臂伤者猛地把老人按下，他首先大笑起来，大家便哄笑起来。

骨伤科的一天就这样开始了。

"什么时候把你的儿子介绍给我？听说他是一家公司的老板，我很想早日与他见面哟——"一位穿着白大褂的女的飘然而来，随之飘来的是一句问话，她把最后一个字拉得尖尖长长的，仿佛公园里一条别扭小径的大写意。

　　"好，好，好！但我儿子这几天没空，改天到我家去坐呀。"老人热情认真地说。

　　凡是听到这话的护士都笑了，不管是查房的，还是送药的，她们的身影飘过老人的病床，一一甩进病房。

　　老人的嘴里不停唠叨着，见到每一个经过的人都打招呼。有人觉得奇怪，斜着身子和眼光，像避瘟疫一样紧走两步，快快离开；胆大的，像只顿号稍稍站住，用堵了棉花一样的嗓子嘀咕一句"什么病"，也匆匆走过。

　　老人见没人理她，便抓住陪护人的手说："给我一块钱，我搭车回家。"

　　陪护人是一位30多岁、乡下模样的妇女，她不伦不类的，夹杂方言的普通话让人怀疑是在进医院后学会的。

　　老人的儿子请她来做陪护，每天25块钱。

　　"给我一块钱，我搭车回家。"老人抓住陪护人的手，不停地说。

　　陪护人甩掉老人的手，扯出一张皱巴巴的两块钱的纸币，塞到老人的手中说："给，一百怪（块）钱，你渴（可）要跟你儿子说，让搭（他）还呀。"

　　围观的人藏笑不语，有的盯着老人手上的钱，有的看着老人的表情，期待老人的反应。

　　"我不要一百块钱，我只要一块钱，零钱好搭车。"说完，老人把两块钱丢在地上。她的双眼木然地盯着走廊的天花板，嘴里不停地唠叨。

　　第二天中午，吃饭的时候，老人一把抓住一个手里端着碗的小伙子，嘴里照例嚷嚷。小伙子一脸茫然地看着她，几次想挣脱她的手，但老人的手不依不饶紧抓着他。小伙子发怒了，使劲推开老人，对她说："你啰嗦什么，我打你呀！"

陪护人见状，劝开小伙子，笑着说："别理她，别理她，她见了端碗走过的人，都拉住说'我这儿有开水，我这儿有开水。'"

老人仍是说"我这儿有开水"，不停地说"我这儿有开水"……

越来越多的人笑她，烦她，最后，他们想赶她走：这种病一年半载治不好，还赖在医院干吗？大家都这么认为。

"听说她儿子和媳妇就是因为嫌她烦，才把她丢到医院来。"有人说。

"医院又不是收容所，这种精神病人，扰得谁都不安宁，我们去向医生反映，让她出院！"马上有人接口。

第三天下午，在没有灯光、显得有点阴暗的走廊，他高大英俊的儿子来了，手忙脚乱地收拾物品，要领她出院。

老人穿上儿子递过来的那件长长的、不合身的厚衣服，像个稻草人般，弓着腰任儿子摆布。

临走时，老人呆滞而瘦削的身骨突然颤动起来，她挣脱儿子的手，冲进旁边的病房，指着一张病床喊："那个床位是我的！那个床位是我的！"

"怎么是你的？回去！"儿子使劲地拉着老人的手往外拖。

医生看了老人一眼，转身向围观的人说："她白天黑夜都吵，使别人睡不着，便把她从病房里移了出来，安排在走廊上。"

说这话时，他脸上满是得意，因为他，看到了大家对他满意的目光。

老人干枯的身影渐渐消失在走廊的尽头，她的脚步轻飘恍惚，飞出医院，充盈整片天空……

失语者

失语者是神，失语者是造物者，失语者是一粒卵子和一粒精子的结合体，是上帝派下来的使者。

失语者是一个普普通通的人。他俯瞰一切，却什么也不说。

失语者在男的喝得醉醺醺地爬上熟睡的女人身上时，就被派到了人间。

失语者想对两个相背的身子说什么，却有东西蒙住了嘴，什么也说不出来。

失语者孕育、挣扎。母亲一个人发着呆，在小区的围墙边。围墙上爬满了绿色的藤蔓，藤蔓上点缀着紫色的喇叭花。喇叭花张大着嘴，喇叭花说的话，也许只有失语者能够听得见、听得懂。

他想告诉母亲，但他张不开口。

失语者走进产房。失语者听到了一个恶狠狠的声音："把双腿张开！再张开一点！吸气！呼气！吸气！呼气！吸气！呼气……"

失语者只是笑笑，一动也不动。

"把双腿张开！再张开一点！吸气！呼气！吸气！呼气！吸气！呼气……"失语者听到那个恶狠狠的声音不停地咆哮。

失语者仍是笑笑，一动也不动。

那个恶狠狠的声音没有力气了，他不喊了，失语者能感觉到母亲紧闭着嘴巴，通红着脸。他顺着那股劲，拼命地往外挤，他配合着她，不顾一切地往外冲。

当眼前出现一片亮光时，他通红着脸蛋，想大声地呼喊一句，但看到母亲疲劳而恬静地睡着了，失语者抿住了嘴唇，什么也没说。

失语者来到人间，他看到了一张白色的口罩上面一双冷漠的眼和父亲面无表情的脸，他看到周围的病床上其他呜哩哇啦的哭声，他想制止什么，但他终究没有喊出口。

母亲把失语者放进家里的一只摇篮里，去打电话。

失语者先是听到母亲小声地说了一句："我回来啦。"父亲那头不知道说了什么，母亲抱着电话怔了许久，她想张嘴骂句什么，失语者期待着母亲得到某种释放，但他见母亲涨红了脸，最后什么也没说，放下了电话。

失语者觉得自己也没什么可说的，他连"爸爸妈妈"都不想说。

母亲抱着失语者的头，使劲地摇，那声音带着哭腔："为什么呀为什么？难道真的傻了吗！"

医生检查了他的声带、耳朵、舌头等，然后说："典型的由于神经中枢病损导致抽象信号思维障碍，从而丧失了口语、文字的表达和领悟能力的临床症候……"

母亲的眉头越拧越紧，失语者在旁冷冷地笑。

幼儿园面试的老师要他数数。失语者迎着她冷冷的目光，欲言又止。

"数不数？数得出来吗？"老师喘了一口气，又低下头，"数不出来是不能入园的！"失语者认为老师的口气中带着蔑视和威胁。

失语者直往母亲的怀里靠。

失语者看见母亲泪流满面，他转身去看老师，他看到老师在对他笑，一种不信任的笑，一种隐隐的嘲笑。

失语者跑出了幼儿园。

"叫他过来吧，我们先收下他，看他以后能不能说话。"老师对失语者的母亲说。

失语者的母亲千恩万谢，去追失语者。

失语者看见母亲在流泪，也流下了泪。

失语者有了高高的个子、纤长的身影，雪白的肌肤上隐隐见一条延绵不休的血管（或神经？），他还长着一双小鹿一样的眼睛，只环视着周围的一切，或者远远地避开，让人觉得他是那样容易受惊，又那么镇定。

失语者天天吃泡面和盒饭，有同学说，他这样不必因点菜而开口，是为了省去不必要的口舌。

失语者在日记中这样写道：我不是准备不足，也不是心绪不定，更不是精力不集中，我是要继续把人体通向外界的唯一大门——嘴巴，关上。这是一种璞玉天然一体的感觉，简直妙不可言……

失语者开始迷上那些长袖善舞的文字，在他的心中，保罗·西蒙演唱的那首《The sound of silence》（寂静之声）挤掉了所有的中国流行音乐。

失语者大学读的是中文系，他觉得再合适不过了。

在裸光里我看到上万人，也许更多，他们一言不发却在交谈，他们不用聆听就能听到，他们能够写出无声之歌，我为什么不能？失语者漫步黄昏校园，他的心语，连叶子听了都微微抖动。他倾听着所有沉默的喧嚣。

失语者自己都不知道从什么时候开始逃课，他不喜欢教授在闹哄哄的课堂上照着教材毫无创意地聒噪。

失语者整天整天地泡在图书馆。

有一次，教授追到图书馆，对他暴跳如雷："你还想不想拿到毕业文凭？你以为你是百年孤独的智者？你试着去与同学多一点交流不可以吗？"

失语者仍是不说话，他想：我不习惯说话，只习惯阅读和写字。

失语者写了一篇散文，名字也叫《寂静之声》——

"刨冰上放上甘葛，盛在新的金碗里。水晶的数珠。藤花。梅花上积满了雪。空山足音。一朵昙花开的声音。翠绿的汤上漂着碧绿的叶子。寒潭飞起两只野鹤，鹤唳。下着微雨的江南的窄巷。撑着油布伞的手戴着鲜红的珊瑚石。自横的野舟。曲水流觞。临水照花。幽篁里琴声。石头上的积雪。蝉鸣。一片很大的荷叶上滚动着一滴很小的水珠。午后晒到床榻上的阳光。坐在园里数落花。长得非常美丽的小孩子一只手被母亲牵着，一只手吃着草莓。月光下自己的影子。大观园里中秋夜鬼魂的叹息。独钓寒江雪的蓑翁。川端康成的文字。席慕蓉的诗句。丈夫给炒菜的妻子递过去酱油瓶子。领导看着司机熟练地开着车。上司慈祥地接过下属的策划方案。官员耐心地听着下级的述职报告……"

教授读后仍是不解："你总是不说话，难道只为体味这世界的寂静之美？"

失语者一笑，不言不语。

失语者在某杂志社谋得一份编辑的工作。失语者的才气得到了领导的赞赏；他的性格被同事们认为是文静和与世无争。

单位的人认为他不饶舌，不搬弄是非，当然，也有人说他太孤傲，不合群。

结果，大家都不怎么在意他。

失语者我行我素。他组到的稿件，编辑部主任知道，全是当下最炙手可热的内容。

失语者的上稿率渐渐成为全杂志社最高的。

对他不利的议论渐渐在同事间潜滋暗长。

失语者置若罔闻，仍按规定的时间上班、下班，其余的时间待在出租屋里写东西。

后来，杂志社要提拔编辑部副主任，全社人的眼睛都投向他，有的是赞许，有的是妒忌，有的是怀疑，而更多的是暗暗使劲，背地里用言语要把他踩下去。

失语者给社长写了一张纸条：不参与竞聘。理由只是一句话——我没有理由。

所有有关他的议论偃旗息鼓。

失语者不想当副主任，社长找到他："那么，谁可以当副主任？"

失语者双手摩挲，屁股挪来挪去，眼光不知放在哪里。

社长盯着他，微微地笑。

"别紧张，来，先喝杯水。"社长把纸杯递给他。

失语者的手稍一用力，那只纸杯呻吟着缩了一下身子。

失语者似乎感觉到了它的痛苦，怔了一下，然后，脸上回归了平静。

社长期待了好久，见他只是急促不安地坐着，便知晓再熬下去对他只是受罪，就挥了挥手。

失语者大赦般地走出社长室。

同事用一种异样的眼光看着他出来。

失语者想对他们说：真的，我什么也没说。

但他想了想，什么也没说。

失语者想，说什么好呢？这不是谁当副主任、谁当主任的问题，天王老子当都没用。大家对办刊越来越没心思，没信心，倒是对职务、职称和报酬争得日益激烈。杂志都办成这样子了，没风格，没个性，自然就没读者。

失语者继续失语。

失语者恋上了一家部队医院的护士，而且是护士长。失语者第一次约会，把他的母亲带去，女方毫无思想准备，面红耳赤，手足无措。

第二次约会，护士长同他商量："能不能别带你的母亲来？"

失语者就没带母亲。

母亲不在场，失语者就不知道该说什么。

护士长天生一个乐天派，嘴里除了喝饮料就是叽叽喳喳地说这说那。

失语者似听非听，不言语。

久而久之，护士长喊累了，就腻了。

恋爱谈了没两个月，护士长提出分手。

失语者在日记中这样写道：世上无淑女，何欲求恋人？

失语者又谈了一个女孩，谈了不到三个月，也以失败告终，这次主动提出分手的，是失语者。

失语者的理由是：女孩子比失语者更"失语"，她是个"拇指一族"，与失语者见面时总是用手机发短信，而把失语者晾在一边。

失语者忍无可忍，拂袖而去。

回来时，失语者在日记中这样写道：科技越来越发达，人与人咫尺天涯。

母亲为了失语者伤透了脑筋伤透了心。

失语者看着她一天天地老去，不知如何安慰母亲。

母亲看着失语者一天天老去，像剁碎了心。

有一天，年迈的失语者不知从哪本书上，找来一个故事，给白发苍苍的母亲看——

传说，长颈鹿的祖先因误食毒草，损坏了声带，从此变成了哑巴，心里有话说不出，感到十分痛苦。

不知过了多少年代，有一次，长颈鹿遇到一个懂医学的巫婆，巫婆同情地对长颈鹿说："我有办法能使你说话，解除你的痛苦。"

长颈鹿听了喜出望外，心想，这一回我可遇到好心肠的人了。

巫婆对长颈鹿说："让你能说话并不难，但你得先答应我两个条件：第一，从今以后，你不能抬着头啃树上的嫩叶，只能低着头吃地上的青草……"

长颈鹿想了想，点了点头，表示同意。

巫婆诡秘地笑笑说："我的第二个条件是，当我使你能够说话以后，只能说我要求你说的话，不能说你心里的话。如果你能办到，就请点三下头。"

长颈鹿听罢，暗暗思量：有嘴不能说话固然痛苦，但能说话不能说自己心里的话，这不是比哑巴更痛苦吗？

长颈鹿想到这里，连瞧都没瞧巫婆一眼，转过身子，头也不回地走开了。

那一刹那，失语者母亲的笑容像菩提叶一样绽放，她偎依着失语者，双双躺在了大地上——毫无声响。

失语者仍然失语。

世界日益喧嚣。

玛丽是条"巴吉度"

有一天，老覃动情地向同事们讲他的玛丽多么可爱，她娇小玲珑、高贵典雅，他是多么爱她，失去她是多么伤心。

老覃说着说着，声音就低沉下来，像陷入无边的痛苦回忆之中。

老覃说玛丽的饮食习惯和他一样，喜欢吃海鲜和清淡一点的美食，肉类中只对羊肉感兴趣。每次他带玛丽出去散步的时候，异性见了她神魂颠倒，有的不由自主地跟着玛丽，让老覃赶也赶不走，倒是玛丽显得落落大方，毫不惊慌。

这非常令老覃佩服。老覃说："如果是我，我做不到。"

更难得的是，玛丽非常善解人意，当老覃快乐的时候，她就在他面前跳舞，令他更快乐；而当老覃想一个人待着的时候，只需一个眼神，玛丽就会默默躲进阁楼，绝不会在他的视野中出现，惹他心烦……

老覃是我们报社广告部的主管，他在仙葫开发区有豪宅和轿车，但也有许多不为人知的烦恼。当情绪低落的时候，他甚至认为忙忙碌碌赚钱真没意思。

但自从一年前他认识了玛丽后，他的人生观变了，觉得生活还是很美好的，因为玛丽带给他足够的快乐。当他忙碌了一天回到家里，他最想见到的就是玛丽。

谁也不会想到，玛丽竟出事了。

前不久，老覃雇了个钟点工做家务。钟点工做得一手好菜，有一次做了一盘牙签羊肉，果真是色、香、味俱佳，老覃舍不得吃，端给了玛丽。一会儿，他听见玛丽撕心裂肺的叫声，老覃急忙跑进卧室，见玛丽正在痛苦地打滚……

老覃吓得半死，急忙把玛丽送进了医院。医院诊断说玛丽可能是把牙签吃进肚子里去了，应尽快动手术，否则牙签会把她的内脏刺破。但费用需要五六千块钱。

这个数目让老覃大吃一惊。他原以为花个三五百元便足矣。想当初，老覃在妻子与他离婚、女儿判给她之后，他觉得应该找个伴，就花了一千五百元，玛丽便跟了他。如果花这个价，老覃用手术费可以让四个"玛丽"跟他。

医生催促他赶快决定是否手术。老覃怔在医院的走廊上，半天不出声。待他回过神来时，见医生个个不理他，老覃趁机逃也似的离开了医院。

当天夜里，老覃一闭上眼睛，身边就是玛丽凄惨的叫声。他有些后悔，

怎么也睡不着。第二天一大早，老覃决定去医院探探玛丽的死活，他偷偷溜进医院，问了几位护士，终于，有位护士对他说："你真狠心，把她丢在医院不管，她死了，我们把她处理掉了！"

"处理掉了？"同事们个个瞪大眼睛，吓得不敢吱声。

许久，有一位女同事嘴皮发颤，还摇摇头低声说："现在的医务人员个个都是冷血动物，把死人像垃圾一样说成'处理掉'，但是，说到底，我们女人在男人眼中真不算什么东西。"

这时，老覃忍不住"扑哧"笑出声来："什么死人？玛丽是我养的一条小母狗。"继而，老覃声音低沉地说："不过，她很名贵，'巴吉度'呀。"

窗外有朵云

叶娴早早来到办公室，同事们还没来，看看表，才七点。她习惯性地打开窗子，让新鲜空气流进来。

太阳柔柔地照着，形态各异的云朵在天际徜徉。她呆坐在窗前，出神地望着远处的天空。她喜欢看云，当她还是小姑娘时就爱这样，丈夫常笑她，说她三十多岁的人了，还那么爱幻想。

身后有人咳了一声，叶娴本能地回过头，一看，是同事丽君。

"喂，叶娴姐，我们办公室新调来一个人，听说是财经学院毕

业的。"

"噢。"叶娴轻轻应了一声。

下午，果然来了一个二十多岁的小伙子。进门就自我介绍："我叫方勇，以后请多关照。"浑厚的男中音颇有魅力，叶娴禁不住抬头多看了他一眼，方勇一脸灿烂的阳光，一身青春的朝气。

经过一段时间的相处，叶娴觉得这小伙子挺不错的，工作能力强，性格开朗，爱好广泛，又很合群，自从他来了后，办公室里活跃多了。

有一次，方勇对叶娴说："叶娴姐，我觉得你很特别。"

"是吗？"叶娴感到惊讶，不知道他讲的是什么。

"你总是一个人坐着沉思，那种情景有点像艺术大师罗丹塑造的作品。"

叶娴有些不意思。

方勇又说："我有时也有这毛病，没事的时候，就喜欢看窗外的云，我有时会傻想，那云朵会飘到什么地方去呢？"

"是吗？"叶娴吃惊地看着他，心里有种说不出的感觉。

以后的日子，叶娴发现有一种莫名的情愫在滋长。每次跟方勇说话，都谈得很投机。有一回，同事老王问方勇要找什么样的对象，方勇不假思索脱口而出："就找像叶娴姐那样的。"

虽然是一句笑话，叶娴听了，心却怦怦乱跳，一连几天不敢正视方勇的眼睛。

叶娴有一个美满幸福的小家庭，丈夫是位教师，他们有一个聪明可爱的儿子。叶娴很爱丈夫，丈夫喜欢熬夜写作，叶娴总是温柔地为他端上热茶或夜宵，然后静静地坐在一旁，看着他写。

可这几天回到家，她的心总有点躁动不安，耳边不时回响起方勇颇具魅力的男中音。不过，叶娴还是把握分寸，与方勇保持应有的距离。

星期五，快下班的时候，方勇悄悄凑到叶娴身边，小声说："叶娴姐，明天有空吗？早上九点钟，在办公室等我，我会带给你一个惊喜。"

没等她回答，方勇诡秘一笑走了。

叶娴说不出心里是什么感觉。她虽不知这个"惊喜"的内涵，但她隐隐感到这是一个危险的约会。

第二天早上，叶娴起得很早，望着丈夫出门的背影，她心里不是滋味，她不知该不该去赴约，方勇会对她说什么呢？假如……她不敢想，但潜意识告诉她很想去，那就去吧。

来到办公室，她头脑中闪出各种念头，为了掩饰内心的激动和紧张，她用笔在纸上胡乱写着画着。

楼下传来了脚步声。"有人吗？"是方勇，叶娴从椅子上跳了起来。

门开了，方勇进来了，身后还跟着一位二十三四岁上下的姑娘，姑娘长得挺漂亮，她大方地向叶娴伸出了手，说："方勇常跟我说起你，你好，叶娴姐。"

太突然了，叶娴没想到方勇给她的是这样的"惊喜"。

她尴尬地伸出手："你是——"

方勇介绍说："这是我的女朋友小敏，你看，小敏长得多像你！"

是呀，不说不觉得，再一看，确实很像，只是比叶娴年轻些。

"你怎么不早说？"叶娴含笑道。两个女人手拉手聊了起来。

回到家里，叶娴的心里一块石头落了地。

这样最好，她想。

叶娴静静地坐在窗前，望着天边的云，轻轻地叹了一口气。

辟邪物

"玉儿，再等我两年，好吗？两年后，我一定天天和你在一起……"他搂紧了她，巧妙而小心地没有让"离婚"这个词吐出口，轻轻地，他很艰难地在她的耳边说出这句话。

他觉得自己是在说谎，可是不这样说又能怎样说呢？

她感到他是在用这种模棱两可的话敷衍她。"两年了，其实几乎天天在一起，何必这样说呢。"想了想，她终于没把这句话说出来。

　　她清楚他与他的妻子早就没有爱了，她也清楚他不会与他妻子离婚，所以没去问这句话的具体含义。"关键是我们相爱，这就可以了。"除此之外，她还有什么聊以自慰的呢？

　　她从他对工作、对朋友以及对自己的态度上看出了他是一个很负责的男人——这一点使她感到有无限的希望，同时又有无比的绝望。

　　一纸婚书固然不是爱的全部保证，但在令人心醉神迷的过程之后能归宿婚姻这个爱巢才能使爱得到升华和正统。否则，长此下去，总会累垮的。她何尝不懂这些道理，只是当每次见到他，她便将这些道理深藏心中，她真的有些疲劳了。

　　她把头靠在他的胸前，一只手温柔地从他的耳背滑到颈脖，然后在他的胸口上捶了几下，就连她自己都不知道，这几捶中究竟糅合了几分爱和几分恨，再然后，她突然想起了什么，直了直身子，仰起那张美丽的脸对他说："明天是你的生日，今天我想送你一件礼物。"

　　他愣了一下，捧起那张美丽的脸轻柔地问她："哦？它可是我有生以来的第一件生日礼物，是什么呢？"他一边问一边就想家里的那位。他们认识半年就仓促地结了婚，女儿也急急忙忙地来到了世上。十年来，两人都为对方买过东西，送的人没这么郑重其事，拿的人也认为是理所当然，没有多少欣喜，也没有多少感激，一切都那么平淡——从工作到性生活。更为奇怪的是，妻子从未在他生日那天送礼物给他——以前他从未注意这些生活末梢，今天偶尔拾起，才发现他早已疏忽了。她有些不懂得生活。想到这，他似乎找到了他俩平静得有点沉闷的生活背后的答案。

　　怀里的她的出现，打破了他内心的冷寂，重新点燃了他爱的狂喜和痴迷。她带给他的不仅仅是感官上的刺激，还有那种令人沉醉的幸福。良好的心态给他的工作增添了无穷的动力，公司的业务在两年间取得了前所未有的进展。他知道他不能没有她，但潜意识里又感到他需要妻子，他的生活离不开妻子。

　　他总是这样：在妻子的床上就想到她，在她的床上就想到妻子。于是她们成了压在他肩头的一副担子，他没有了甩掉它的力气。

"唉，我大概是中邪了！"他重重地无可奈何地叹了一口气。

"那就送一块可以为你辟邪的玉佩吧，这是我奶奶送给我的吉祥物，我上大学那年，她把它送给了我，说是带上它走远门可以辟邪，明天我去买一根红线给你系上。"她一口气说完这些。其实一开始她想送给他的礼物并不是这块玉佩，虽是奶奶送的，有它在身上，这几年的确没出什么大事，她还是不相信消灾辟邪之类的说法。不想听了他的叹息后，她不由自主地从脖子上取下来，送给他。

也好，既然狠下了心，送这块珍贵的玉佩给他，就算是为难他一下，考验他一下。想着，她把玉佩轻轻地放在他的手心，莫名其妙地看着他笑。

果然，他接过玉佩小心地放入上衣口袋里，便低下头不自然地去拨弄手腕上的一串洁白的牙雕珠子串成的手镯。那是他信佛的母亲在庙里求得的吉祥物，他曾经把它送给妻子，可妻子嫌它与她戴着的首饰不配，就随手丢在了女儿的玩具柜里。他马上像宝贝似的捡起，还随口骂了一句妻子："这德性！"从此，这手镯便戴在他的手腕上。

他轻轻地把它取下来。就像传说中相爱的人剪一缕头发相赠也觉得情深意长一样，她小心得近乎有点庄重地接过这串手镯，然后戴在她洁白而又柔润的手腕上。

看着全身从不戴任何金银首饰的她，如今取下玉佩，戴上手镯，愈加显得简单、文静而纯情。

他拉起她的手腕，轻轻一记长吻。

生日过后第二天，他到她的住处待了一夜。临睡时，她拿出一根丝线对他说："那块玉佩呢？拿出来我帮你穿上吧，男人自己不会做这类啰唆事的。"

他动了动，嘴想要说什么，终于什么也没有说。

她便去拉他脖子上的红丝线："你自己穿上挂上啦？"她拉出红丝线，发现红丝线上沉甸甸的，挂着两块玉佩。

她抿了一下嘴，马上若无其事地把它放回去。

他立即察觉了她的变化，急得一下子找不出话来，想了很久，他

179

蚂蚁杀手

才老老实实地说：“生日那天，妻子也送了我一块，怕引起她怀疑，所以，两块我都戴上了……”

她默默地听完他的解释，没有说什么。然后借口还有事，拒绝了他的缠绵，侧着身子背朝他。

他并不太在意，只当是女人争风吃醋的毛病了，过几天自然会没事的。

第二天，他照例赶到她的住处，邻居开门出来告诉他，她刚走，临走时请他们转交一封信给他。

他接过来一看，上面只有两行字：

“也许你已习惯对爱兼收并容，但我实在无力使自己继续沉醉在那份自以为是的爱情中了。”

他突然感到从未有过的失落，一连几天，他无法定下心来读完一份文件，公司的事全交给了助理，自己成天开着车满城乱转，徒劳地不断地给她打电话。

就这样浑浑噩噩地过了两个多星期。一天晚上，他妻子摸摸他脖子上挂的两块玉佩，同时问道：“有一块是你生意场上的朋友送的？”他不经意地点头称是，因为他曾经对她这样说过。

顿了顿，他妻子缓缓地说：“戴两块玉佩不好看，显得累赘，反正自己是随便在商店里买的，不值几个钱，还是把我送的那块取下来好。”

他明白妻子话中的意思。毕竟是十年多的夫妻了，有什么可以瞒得过对方呢？

此后，他两块玉佩只戴了一块——妻子送的那一块。此后，他俩开始了漫长的冷战状态。他总是夜半归，天明去，在觥筹交错的应酬中消磨大半的时间。

又到了周末，妻子约了一个富有的女友去“梦之岛”买衣服，他忍耐剧烈的胃痛坐在电视机前看一会儿电视，妻子前腿已迈出了家门，还扭过头冲着他没好气地吩咐道：“女儿下星期要考试，别让电视开得太久了！”

他气愤地站起来，狠狠地骂了句：“神经！”随即拎了件衣服，也走出了家门。

回到家时，女儿正同几个同学玩电子游戏机，他们都礼貌地问了他一声好，目光却始终没离开过荧光屏。

"爸，刚才有个阿姨来过，还带了一小盒东西，放在桌上。"女儿像突然想起，才告诉他。

"是她！"他觉得心都快跳出来了，赶紧走到桌子边，拆开那一小盒东西看时，见三盒"三九"胃泰冲剂和一张纸条，上面写着：

经理：

听说这种药效果不错，您先试一个疗程，但一定要坚持天天服用。

陈娟

他想起来了，原来是办公室的陈小姐，那个经常在应酬时帮他接过酒杯的女孩——一个同她一样善解人意的好女孩。

他很快有种给她打电话的冲动。可想了想，他还是把话筒搁下了。他累得连打电话的力气都没有了。

原来是挂在他脖子上的那块玉佩开始发挥作用了。

"我是不是中邪了！"他瘫倒在沙发上，摸着那块玉佩，想。

坚强的食量

她吃得可真够多的。六个甜腻腻的绿豆饼，一个杯子里的三块臭豆腐和香菜，连虾米之类的佐料一起，吃得一点不剩，外加一大碗海鲜馄饨。馄饨店的名字很美好，叫"吉祥"。"吉祥"店的馄饨个个鲜美饱满，这一碗足有二十个，她"吱溜吱溜"一口气全吃完了。

这样一来，连夜宵都赚回来了。如果按照吃饱了就睡的逻辑来看，如果没有人自愿报名做她的免费闹钟的话，她只想连明天的早餐都 PASS 过去。

她煞有介事地拍拍弹性系统硕大的胃，有点夸张地跨出小店的门。小店的门槛有点高，这是她在被绊得东倒西歪后才发觉的。

　　就在她低头看完门槛抬头的一瞬间，一张熟悉的脸撞入她的眼帘。这张脸她曾疯狂爱恋，后来主动出击，再后来与之如胶似漆，直至痛苦分手。

　　她惊得一哆嗦，立即就觉得天旋地转思维短路，脑袋里一片混乱，目光也呆滞不动，全然没有了当初追他的那分鬼马精灵。以这副形象出现在久违的他面前，实在是糟透了，回家恨不得大吐三天血！她接着想。

　　偏偏他又极具风度和涵养，看见她傻愣愣地立在小店门口，便礼貌地迎上前去，温文尔雅问："吃了吗?"

　　"啊? ……吃了，……哦，不，没，没有。"

　　"没有? 没吃就好，一块吃吧，好久没见，今天也真是巧了，我们聊聊? ……"他边说边找到她刚才坐的那张桌子，为她拉出一张椅子，自己则一屁股坐在另一张已经拉出的椅子，它刚刚被她坐过，上面还带着余温。

　　他还未坐定，便向伙计挥手，还一边问她："最近过得怎么样?"

　　她正欲搜罗词语，想用尽量简短的话回答他。

　　伙计已来到桌前。

　　他指着眼前一大堆碗碟说："请收拾一下。麻烦要两碗馄饨。"

　　他一边看着伙计忙碌的样子，一边像是对她说话："也不知是谁刚吃过，这么多东西的碗碟，真是胃口好。"

　　"是啊，是啊，胃口好。"她已在不停地翻白眼了。

　　伙计则把夸张的眼神往食量惊人的她身上扫射。

　　"要大碗还是要小碗?"伙计稍弯腰问他。

　　"大碗!"他不假思索说。

　　"小碗!"她与他几乎同时说。

　　伙计笑了。

　　"你以前不是胃口很好吗? 怎么几个月不见就变秀气了?"他微笑的、直逼的眼神在她看来充满了嘲讽。

"我从来不会在你面前装淑女，以前不会，现在也不会，我不要你把我看成淑女！"她这样想着，意味深长地笑着，头轻轻昂起。

"那就大碗的，我要两碗！"她颇为豪气地拍了一下桌子，并转头对他说："差点忘了，我中午饭都没有吃。"

不一会儿，三碗馄饨端了上来，她面对三碗馄饨暗暗叫苦：天啦，即使是一个空腹的八尺男儿也很怀疑他是否能轻松地对付，何况是这样一个弱女子。

"但我必须全吃光！这是我和他在一起的原则！"她在心里字字珠玑，一言九鼎。

"哎呀，怎么那么多呀，恐怕连我都吃不完，你能行吗？"果真，他又流露出他对她那种惯有的从骨子里迸发的怀疑和不信任。

"我小学四年级时有一顿中饭吃过两个一两的烧饼、一个三两的烤红薯、一碗二两的米粉，外加三两现烤现卖的梅花蛋糕，这点馄饨算什么！"接下来她又是喝酒，又是喝汤，又是吞嚼馄饨，还不忘记招呼他不要假斯文。

"你还真是和以前一个样。"他突然温柔地注视她，并用那一贯低沉磁性的男中音轻声说。

她觉得眼睛有些湿润，还好，有腾腾的热气掩饰。

"你不也一样吗？"她立即用她注册商标似的口吻说，"连吃馄饨都像个小姑娘，拿钥匙的那只手的小指还翘着，把自己当成'变性黄蓉'，练兰花指呀？"

她有一种畅快淋漓的感觉。

他默不作声，开始自顾自安静地吃起来。

借此机会，她在擦嘴的间隙偷偷地将眼泪抹掉。

她想起很多个以前一同吃饭的瞬间，他细心周到的微笑与关怀，如今已距离相当久远，然而一切又像是就发生在昨天般触手可及。

终于，她麻木地将两大碗馄饨盲目地塞进她早已没有知觉的胃里，并在心里狠狠发誓：以后我打死也不来这里吃馄饨了！

他们站起来。偶然的相逢实在太短暂。

转眼他又要离我而去，不知下一回相遇在什么时候。她看他付完账，心里想。

他向她一笑，和她并肩出门。就在她神思恍惚间突然一个趔趄，她被门槛猛烈地绊了一下，身体失去了重心，眼看着脏兮兮的水泥地面正无限地向她靠近，在临近地面的最后 1 秒里，他宽厚结实的手臂将她拦腰抱住了。

他熟悉得不能再熟悉的混合着茶叶和烟草的气息向她袭来，瞬息间她明白自己已经全线崩溃，她的骄傲、她的矜持、她的个性随着眼泪和刚下肚的馄饨一起喷涌出来，一泻千里。

"其实你大可不必如此。"他好脾气地拿出纸币替她擦去眼角的泪水与嘴角的污秽。

她靠在他温暖而结实的胸前，感觉就像回到了从前。她愿意为这片刻的安定与宁静而放弃所有的骄傲和矜持。她多想回到从前！

"小心别让你的朋友再吐了，在你来之前她已经吃了很多东西了。"伙计对他说。

此刻，她希望有一个地洞或者就在他温热的胸口靠上一万年。

"我带你去买消化药吧，像你这样任性下去，总有一天要买后悔药的。"他将她的肩极有分寸地揽着，她抬头巡视着街上穿梭的人，觉得此时此刻自己幸福之至，又痛苦之至。

她很想告诉他，在这段日子里，她以"织女"的笔名为他写了很多文章，以纪念那段曾经五彩缤纷、浪漫芬芳的日子。它们出现在不同的电台与杂志上，她已把电台播放的节目录好，把杂志整理好，任何时候，她都准备着拿出来给他看，与他分享。

她还想告诉他，在节目播出的那个夜晚，她是怎样徘徊在电话机旁而最终忍住告诉他一起收听的欲望。

她最后想告诉他，她终于学会了织毛衣，并且有一件织得美轮美奂、巧夺天工的深蓝色男式毛衣此时正躺在她的衣橱里，和众多带着她的体味的衣物叠放在一起。

最终，她什么都没说。

她发过誓的，分手之后决不主动找他，也决不进入他以后的生活，更不会将自己脆弱和伤感曝于他的面前。

从分手这天——12 月 9 日之后，她要永远让他看不到她的眼泪。她认为在这之前，她已经输掉了很多眼泪，她不能输掉更多。

是他决定离开她的。他说他负担不起她的人生，他没有信心和勇气负担。这都是他与她分手的理由。

"药拿着，自己回家，我还有事。别这样，内心与外表一样坚强才叫真正坚强。"他仍以以前那样一副历经沧桑、仙风道骨的老人样，丢下一句似乎深藏玄机的话，然后拂袖而去，消失在街上的人流里，全然不顾别人的感受怎样。

她拿着他给的药，面对他消失的方向长久地伫立着。

她突然明白，即使放下所有的自尊苦苦乞求，他也不会再次为她而停留。即使停留，"能够做到苦苦乞求他的，也不会再是我了。"

一切都已过去。一切都会过去吗？

她仍然拥有惊人的食量和足够坚强的外表。

其实，很多时候，她就像牛，她把吞下的食物倒回来慢慢咀嚼、反刍，这常常令她消化不良，并且异常脆弱。

她骂他是个排泄不出的家伙。

我恨毒品

天空蔚蓝，他的眼睛始终没有离开那么美的天空，他一眨眼，一朵白云就悄无声息地涌进他的瞳孔。

他发觉潮水涌来的时候已经晚了，嘴里含着怪咸怪咸的东西。

他认识她的那一刻就意识到她的话他似懂非懂，这次的意识尤为深刻。

"我们相爱多少年了？从见到你的第一天起，我就知道我大错特错了，但你似乎根本没有太多的考虑，甚至没有丝毫考虑。那年我才二十二岁，我记得第二天就坠入你的怀里。我无法抗拒，你好像也是这样。"她对自己，也对他说。

他不知道该怎么说。

"你怎么不说话？"她盯着他，好像失去了耐心。

他摇了摇头，这是让他做一道算术题，虽然是简单的相加，可他不知从哪时加起，如何相加。

她感觉老了。毕竟四十多岁的女人了。她已不再绚丽多彩、夺人耳目。

历经沧桑的女人最容易衰老，她度过了十七年的监狱生活。十七年，对于一个准备走进婚姻殿堂的女性来说，那是多么可怕的漫长。

窗外泼下大雨，"噼噼啪啪"砸在玻璃上，溅起一阵阵杂乱的脆响。

风，张牙舞爪，她的心随着屋子的晃动左右摇摆。

这屋子已经十七年没有人住了，她猜想这漫长的十七年它是怎么挺过来的，就像猜想一个已经注定或不可预知的命运。

或许有人把它当作厕所和垃圾场，或许那些恋人把这变成伊甸园，或许还有高尚的知识分子在这儿存过身子。她都不能确定。

但只有一点是清晰无比的，那就是——这间屋子和主人都曾受到过严重的伤害。

围墙的确很高，足有五米。

他收拾了铺盖，把它搭在肩上。

监狱长和看守所所长把他送出牢房，然后用目光送过围墙。他循着他们的目光像久渴的骆驼找到了水一样，急切而蹒跚地向前走。

他忍不住回头看了看戒备森严的高墙和大铁门，脸上是说不清道不明的表情。

是我终于离开了这个鬼地方，还是舍不得离开这个鬼地方？这都不重要了。现在也没有必要问这个问题了。

我出来了，而且出来是为了一个人。那个人也出来了。他这样想时，眼睛很伤很痛。

他痛得不敢抬头往前看，他怕看到什么，又渴望看到什么，他长长地吐了一口气，一抬起眼皮，就看到了她。

他不忍想象十七年前的她，他闻到了十七年前她身上的那股熟悉得要眩晕的气味——这已经足够了，他感到幸福极了。

他不敢想象十七年后的相见是这样的情景，他更不忍想象的，还有此刻的心情，丝毫不敢体会十七年后猛然相遇的惊喜。

尽管他想了整整十七年，他已是老男人了。

"我有多少天没有见到你？"在那些日子里，几分钟不见心中就会产生莫名其妙的压抑和空虚。何况有几个月没见到她，他猫抓心似的问。

"何必天天见面呢。"她含着一支烟，吐出本该很美丽、却转瞬消散殆尽的烟圈，若无其事、满不在乎地说。

"这绝不是她。"他很冲动地想。

但他还是很大度地坦然一笑，仿佛他们之间什么不快都没发生过。

真的什么都没发生过吗？他心中每一块微不足道的地方都被她侵占，只要她有一点点动静，对他都是波滚浪翻。

有一天，她的身后出现了一个凶悍的男人。

"她抽的不是烟。"那男人骄傲地一笑，对他说。

"那她抽的是什么？"他的心一寒，好像被冰轧子重重划过。

"毒品"，他听得不是很清楚，却又很确定，不错，那男人说的就是"毒品"！

他把拳头捏得紧紧，牙齿咬得"嘎嘎"响。最终，他把捏得紧紧的拳头重重地放在了那个凶悍男人的脸上。

他自己，是爬回去的。凶悍男人脚上那双尖细的皮鞋狠狠地踹在他的腰上，他失去了斗志。在她冷漠的注视下，他是怎么爬回去的？他自己也记不大清了。

他从医院出来才详细地听说了她的事。

是那个男人逼她吸毒的。

后来，有人说，他去找了那个男人。

他喝了很多酒。酒壮英雄胆。

刀是在铁匠铺里请名家精心打制的，而且磨了三天三夜，相信足够锋利。他找了块破布把它裹好，放在怀里，踹开那个男人的门，男人跟另一个女人在床上。他什么也没说，锋利的刀径直游进了那个男人的胸膛。

恶人的血居然也是红的，却没有他的眼红。

他记不清到底捅了那个男人多少刀，直到他的双臂无力，卸下心中的仇恨才丢下手中的刀。

他的虎口裂开了，血直往外涌，他还以为是恶人心脏的血。可那不是。"我的血不能和恶人的血流在一起！"他这样想，飞快地跑进卫生间，拼命搓洗着手，血还是无休无止地往外涌，让他感到特别的疼痛。

监狱的生活使他平静得如井水。流血流汗都算不了什么，他什么都挺得过去。

他所能做的只有每天拼命地干活，繁重的体力劳动使他麻木得不再像个人。

但现在，他终于走出来了，外面蔚蓝的天空渲染出他本该激动的心情。

"都是我害了你，都是我害了你……"她喃喃地重复着早已失去意义的话。如果在他年轻的时候，或许他会热泪盈眶。

但他是头发花白的男人了。他平静地捋了一下她被雨水冲刷得伏在前额的头发，轻轻地说："是我毁了你的一生。"

她目睹他慢慢转过身，淹没在咆哮的风雨电雷中。

然后，她面向他行将消失的后背，一头撞了上去。

窗户上，残缺的玻璃是透明的，它左右回顾，目睹了这一切，它欲哭无泪，因为自己本身已被雨水打湿……

颠覆这个故事的人是看守所所长。

后来，有一个叫云亦云的记者被这个故事深深感动，但他不解的是：她，犯了什么事进了监狱？而且巧的是竟与他是同一天出狱？

云亦云为这两个问题辗转反侧，甚至一篇长篇纪实文学的雏形在心里慢慢酝酿而成。

"她呀？她杀了那个骗她吸毒的凶悍男人，判了十七年徒刑。"看守所所长说。

"那他不是也坐了十七年牢吗？"云亦云眼睛睁得大大。

"他呀，我实在不理解，他救不了自己的爱人，还硬要进来，要不是我与他是朋友，我才不会安排他在监狱里干了十七年的杂活呢。他说要陪着她，但又不与她见面——直到她出狱的那天，他还一直说：'我对不起她，我是害了她。'"看守所所长笑着摇了摇头。

"可他们俩还有感情吗？还能走到一起？"云亦云愈加不解。

　　"谁说的？昨天我还收到他们的结婚请柬呢，真不知他是怎么想的。"看守所所长仍是笑着摇了摇头。

　　云亦云呆了，不知到底该听谁的，只得迷乱地翻阅之前采访他的笔录，密密麻麻的文字有一行赫然跳入这位记者的眼帘——这是他的原话："其实，我也是吸毒的……"

　　触目惊心的句子，张扬了哪个故事？

霸 爷

我的爷爷——霸爷死了。

霸爷死的那天，太阳烤恶鬼一样热。"活着不让人安宁，死了还让活人受罪！"霸爷的尸体放在大厅不到一天，便发出一股臭味。霸爷的女人——也就是我奶奶，用手在鼻边扇着，狠狠地嘀咕。

入葬的"八仙"和亲朋好友面对一碗碗、一盆盆端上来的好酒好菜，全没了胃口。屋里屋外十七桌，剩了好多酒菜。只有村外的晒谷场上的一桌，吃得很干净。那一桌坐的是霸爷的三儿子——也就是我叔叔的同事。我叔在乡政府当乡长，霸爷一死，乡政府"稀里哗啦"来了十几个人。

"啧啧，霸爷死得风光！"送葬那天，村里老少嫉妒地说。

送葬的队伍离开村子，便走得很快。撒下的纸钱还没落地，棺材已抬去好远。"八仙"们鼻孔塞着纸张，敞开衣裾，一路呼呼喘气。

"生前一把柴，想不到死了一块铁。"领头的低声说，生怕霸爷听到似的。

"听说这种人就是这样。"跟在后面的人附和着，声音更小。

不知道"这种人"是哪种人？但霸爷一定知道，如果他活着，一定会跳起来，扯着粗粗的嗓门破钟一样地骂："我霸爷是你们这些贼牯说的吗?!"

霸爷生前惹不得，想来在阴曹地府，霸爷也是个热闹人物。

霸爷是我曾祖父的第五个儿子，上头有四个哥哥、三个姐姐，一生下来，不知谁取名叫"八仔"，后来又有人改叫"霸仔"。

听我奶奶说——我奶奶又听霸爷说："霸爷生下来时，有八斤多重。"曾祖父轻轻地拍拍他光滑得像要渗出水来的屁股嚷道："可能就数这小子有种！"脸上满是高兴的神色。光"有种"没有肥料也是白搭。曾祖母生下第八个孩子后，身体一直不好，加上家里的收入少，养了那么多孩子，吃饭都成问题。

霸爷一生下来，就像个乞丐似的，到处讨奶吃。

"有奶便是娘，"曾祖母说，"'八仔'不下二十个娘。"

霸爷就这样靠着别人的营养，一天天挣扎着长大了。

霸爷不知怎的，比村里其他同龄的孩子要高大强壮。他成了孩子们的"王"。听说上私塾时，他的书包自己没背过几次。放了学，他把牛放到水草最肥美的地方，周围几百米都不准别的牛出现。

唯一让霸爷扫面子的事便是到了考试的时候，先生念出上联，他哑着接不出下联；先生念着下联，他愣呆着想不出上联，不用吹灰之力，他便能稳拿全私塾倒数第一。

"你爷天生不是上学堂的料，混了三年，啥也没混出来，其实。读书最重要，你叔叔不读书能当上乡长吗？好好念书，不然白养了你这龟孙子！"上五年级时，我挨了霸爷一次训。

但奇怪得很，霸爷学习不好，曾祖父却说他一点也不笨，倒认为霸爷是干大事的人，总是一个劲地骂先生没用心教。

有一次，曾祖父报了几个数给霸爷算，霸爷不扳指头便念出了答案，一点不差。曾祖父摸摸霸爷的头："生前不会算账的人，死后也不体面"。

当时，霸爷很得意，因为他会算"账"。

霸爷在私塾里混不出名堂，却有曾祖父撑腰，便狂妄起来。

有一天，霸爷打死了两条蛇，潜入先生的家中，把蛇吊在先生家厅堂的横梁上。先生放学回家，推开门，看见两条蛇晃悠悠地向他荡来。先生最怕蛇，当场吓得昏了过去。

霸爷的个儿实在长得太快太高了，上第三年私塾的时候，他坐在

寻找女儿美华

最后，特别显眼，特别突出，比先生还威风，还高大。

霸爷不想再念书了，向曾祖父一说，曾祖父怕他在私塾再闯祸，满口答应。

霸爷回到家，那年他16岁。霸爷就跟二爷、三爷学农活，渐渐成了个好把式。

霸爷做活像模像样：地整得像木匠用墨线拉过似的平直；土坯打得有棱有角、又快又好；农具修理也样样在行。霸爷还发明了一种篾制犁，既轻便又灵活，一天比老式犁多耕五六分地，村里人叹叹气："服了!"

霸爷也不全干坏事。

那时，我们村与现在没多大差别。村里池塘多，几乎每三四幢房屋之间，便有一口。池塘中长着柳树。碰到冬春两季，哪家要做个关鸭关鹅的笼子，或挡鸡拦猪的篱笆，便没着齐腰深的水到池塘当中去砍柳条插。时间一久，塘中的那些柳树被砍得只留下了几人合抱的兜兜了，春天一来。嫩生生的红牙便怯生生地发，聚成一团团、一簇簇的。

偏偏鹅鸭管不住，在塘中戏耍一番，便入柳树兜里去生蛋。村里的娃儿便瞅准时机，蹚水去捡蛋。

有一天，村里的一个娃儿试着水到柳树兜去捡鹅蛋，冷不防陷入深泥中，双脚死命挣扎，谁想越陷越深，水已没到鼻孔了，娃儿不知所措地扑打着水。同伴们在岸边大呼"救命"。当时，霸爷正好扛着锄头从田里回来，二话没说，跳下池塘，把他给拎了上来，还狠狠地打了一下他的屁股："想死呀？一个鹅蛋能养你一千年一万年？"吓得娃儿大哭起来。

霸爷长到18岁，已壮得像头牛牯，曾祖父看到他那一身结实的肌肉，就琢磨着该给他说个媳妇了。

曾祖父探霸爷的心思，霸爷却不开口。

后来曾祖父发现，霸爷常到村的后山去，或坐或躺，一待就是半天。

村的后山名叫"山"，其实只是一个荒坡，没有树，没有石头，尽是土，墨黑的土；尽长草，长绿茵茵软茸茸的草。几年了，霸爷都是在那里放牛。这是他的"地盘"，没人敢侵犯。

就连离这山坡最近的水秀家的牛，也很少放到这荒坡来。尽管霸爷希望她家的牛放在这儿来。因为水秀家的牛老是让水秀放。霸爷不欺负女孩子，尤其是像水秀这般水灵秀气的女孩子。但霸爷也绝不会开口喊水秀把牛放到这儿来，因为他是孩子们的"王"，"王"就应该有点"王者之风"！

霸爷只好偷偷地看，看水秀把牛牵出栏，把牛牵回栏，也看水秀出工、收工……一天天，水秀的身材越长越饱满，越长越有样；而霸爷的眼光也越看越火辣，越看心越乱……

曾祖父跟踪了霸爷，渐渐看出了苗头，心里暗笑，明白了八九分。

水秀是附近有名的"美人胚子"，但她家很苦，爹死得早，娘又是一个药罐子，常背在身上。水秀还有一个弟，没钱供他上私塾，学习却特好，乖巧、聪明。

"唉，水秀是小姐身、丫环命，家中里里外外是她一个人，又听话又吃得苦，脾气又好，要她来拴你这匹野马最合适了。"曾祖父在饭桌上终于向霸爷摊牌了。

霸爷猛地停了一下筷子，看了曾祖父一眼，又扫了哥姐们一遍，又飞快地扒饭。

晚上，霸爷躺在床上想："村里不少小伙子打她的主意，她就是不动心，她到底打的什么鬼主意，让我试试看，我就不相信，打不动她的心！"

从此，霸爷主动接近水秀，但决不讨好水秀，只是怔怔地、狠狠地盯着她看，也不跟她说话。但水秀好像很怕霸爷，远远地看到霸爷便绕路走。

一天，水秀挑着担牛粪往村外田野走，走了一段路，停下来歇口气，一抬头，看见霸爷正往这边走来。水秀想避开已来不及了。霸爷仍是像往常一样狠狠地盯着她，一会儿，竟笑了，笑得水秀脸红心麻，她从没看过霸爷笑。

"水秀，你真好看，我要娶你做媳妇。"霸爷说完，抢过水秀的担子。

第二天，曾祖父就请媒婆去水秀家求亲。

水秀娘不敢推辞，她怕霸爷的要求达不到，会不甘罢休。于是，水秀娘把水秀叫到床前，问她自己有什么主张。水秀一言不发，满脸红红的。

"默认就算同意，姑娘家怕羞呢！"媒婆心明嘴快，忙去告诉曾祖父，这婚事就这样定下来了。

婚后，霸爷对水秀很好。有时，霸爷也骂水秀，挺凶，也毒，忍不住，砸一两件东西，气一消，也就过去了。水秀也很少还嘴。

"你这小王八蛋，水秀对你那么忍，你不可以对她更好点？打打杀杀的，哪成个家？"曾祖父有时也教训霸爷。

霸爷总是甩出一句："关你屁事！"便到田里干活去了。

霸爷与水秀这样磕磕碰碰，不刮大风不起大浪，生活倒也过得相安无事。

偏偏事情来了。

第二年，国民党抓壮丁。保长到了曾祖父那儿，说霸爷也在被抓之列。曾祖父一听，当场骂得保长狗血喷头，把他轰了出去。

几天后，保长保霸爷不住，当兵的亲自来抓人。集合了一晒谷场的年轻人，逐个逐个地检查身体。

事情也巧得很，从没得过红眼病的霸爷这时两眼正通红通红，而且老是流眼屎、痒胀难受。当兵的问起他家的兄弟姐妹，再看了看他的双眼，厌恶地挥挥手："算了算了，部队里不允许有传染病，你回去吧。"

就这样，霸爷靠在眼睛里涂了一些辣椒水，造一个"红眼病"而留了下来。

当夜，他和水秀正满怀喜悦吃着晚饭时，村里的水仔走了进来。

水仔与霸爷挺好的，小时一块读私塾，水仔也没少挨霸爷欺，可他老实，挨欺了更服霸爷管，所以霸爷喜欢他。

霸爷知道水仔是"无事不登三宝殿"，便给水仔让了个座，见他欲言又止，火了："什么事？干吗连屁都不放一个？"水秀忙用手拨拨霸爷的胳膊，制止他，问："水仔，到我家有什么事吗？"

水仔动了几下嘴唇，才把话吐出来："我是个独崽，保长说我也要去当壮丁。"

不等水仔说完，霸爷双眼暴突，满脸怒气，用筷子猛地一戳桌子，跳了起来："这些王八蛋太不讲人情了！我找他评理去！"说着便冲出了家门。

跑到保长家，保长正躺在床上抽水烟。霸爷一把夺过保长的水烟筒，掷在地上，再一把拧起他的衣领，将他从床上提起，火暴地问："水仔是独苗，你们要抓他去当兵，什么道理！"

保长求饶，满腹委屈："现在国军在吉安一带训练新兵，急需扩大队伍，这是他们的规定，我也奈何不了哇。"

"那他不去会怎样？"霸爷口气强硬。

"我也不知道，他们限水仔三天之后到县城部队里去报到，不去，可能挨枪子，我也只是传个话，真的不关我事。"

霸爷没再说话，放下保长，走了。

三天之后，霸爷去了县城，水仔留在家里。

霸爷走后半年，水秀生了个女孩，很像水秀，取名香香。

水秀一直在等霸爷回来。一年、两年、三年……总不见霸爷的音讯。

有人说：在吉安训练的新兵走了。全部拉去了东北。

有人说：这些新兵跟共产党作战，全死在江西。

还有人说：没全死，邻村不是回来了几个吗？

霸爷没回来。

"霸爷那么聪明机灵，没有回来，会不会……"水秀不敢再想了。

村里人都很伤心，因为村里被抓走的没一个回来，一定都死了，当然包括霸爷。

一晃五年过去了。霸爷仍未有只言片语。曾祖父就请占卜先生算了个卦，结果是：霸爷死了，死在乱刀之下，很惨很惨。

曾祖父很迷信，就劝水秀改嫁，把香香留了下来。

其实霸爷活得很好。他穿上军装不久，就当上了小队长。一到东北，打仗之余，霸爷便拖一两个伴到森林里去打猎。

霸爷打仗打狠了心，运气不错，枪法也准，所以每次都是满载而归。

霸爷在部队里很有威信，一般士兵不敢惹他。一个善讨霸爷欢心的新兵说他很像汉朝时的霸王项羽，于是大家一齐叫他"霸爷"，"霸爷"这个绰号就是从那时开始叫的。

霸爷在部队过得挺闷，老是仰躺在土炕上想水秀，想她那娇美的样子，每当这时，霸爷便一脸的笑。

霸爷曾有过给家里去信的念头。一次，霸爷郑重其事地拿起笔，摊开纸，但想说的却表达不出来，写不出字。他也曾想叫人代写，可他觉得很没面子，会被别人瞧不起，所以，霸爷没写信，也收不到信。别人问他，他说："家里一个亲人也没有，是自己跟着别人跑出来的。"

有一年冬天，天下着铺天盖地的大雪，霸爷的部队驻扎在黑龙江的一个小屯。这个小屯只有几十户人家，大都靠狩猎为生。霸爷的枪法在小屯没几天便人人皆知了，屯上的猎手们对他肃然起敬。

屯上有一年轻寡妇，带着一个小男孩，日子过得很艰难。寡妇长得很漂亮。据说寡妇的丈夫生前是屯上最优秀的猎手，寡妇才嫁了他，那是八年前的事，那年，她只有 18 岁。

霸爷不知怎地，一看到寡妇就想起了水秀，一想起水秀就呆呆地盯着寡妇。时间一长，同伴都说霸爷看上了寡妇。

那天晚上，风刮得实在癫狂，霸爷睡不着，冲进了寡妇温暖的小房。

其实寡妇早就相中了霸爷。

于是，霸爷晚上就在寡妇家住下了，白天打猎，猎物给寡妇。

霸爷他们一伙在屯里一住就是两个月。后来，说要去打杨靖宇的部队，得进山。

临走时，寡妇搂着他说："杨靖宇是个好人，现在日本人也追得他紧，你不能没良心。"

霸爷不吭声。

"还有，我肚子里可能有了，是你的种，万一你回不来，所以，你提前给他取个名吧。"寡妇又说。

"是男的，就叫雪豹，是女的，就叫冰凌。"霸爷书读不多，字也记不得写几个，可别人都说这两个名儿取得好。

后来，寡妇为他生了只"雪豹"，雪豹一岁时，霸爷要随部队转战到西北。

临走时，霸爷抱着寡妇说："我没干缺德事，是日本人干的。还有，千万别等我回来，好好过日子，把雪豹抚养成人。"说完，就离开了满是眼泪的寡妇。

风萧萧，雪飘扬，不到几秒钟，便掩埋了那一排远去的脚印。

霸爷转遍了大半个中国，他自己也不知道打过多少场仗。霸爷很自豪："我绝对是英勇的！我从来没当过逃兵，我看不起逃兵！"

不过，霸爷最后做了"叛兵"，而且是打死了一个手下再投靠共产党的。

那一次，霸爷和一名手下奉命送一份情报，途中，被解放军团团包围。霸爷极想杀出重围，但他又不想死。于是就探探手下的意思："怎么办？"

谁知同伴很坚决："宁可死也不投降！"

霸爷感到很羞愧，但没说什么。

包围圈越来越小，甚至可以看到十几支黑洞洞的枪口正一步步向他俩逼近，好像随时将喷出火舌，将他俩吞掉！

霸爷感到无路可走了，就闭着眼睛，朝手下开了一枪，流着泪说："我满足你的要求，死了，你就用不着投降了。"

就这样，霸爷放下了枪，拿出了情报，立了一功，罪也折了，摇身一变，当了一名人民解放军，直到全国解放。

新中国成立后，霸爷回到家乡，当了乡长。

那一年，曾祖父已70多岁了，他逢人便讲："果不出所料，我儿是光宗耀祖的好种！"

不想，这一年，曾祖父去世了。

霸爷声泪俱下，说："只有你把我当好人看，不小看我！"便厚葬了他父亲。

霸爷虽然当了"官"，但斗大的字不识几个，所以常带来麻烦和尴尬。上头送来的文件，下面送上来的报告，霸爷一点也看不懂，闹出不少笑话。

霸爷当了十几年的"官"，既无大功，也无大过，倒也平安无事。

"文化大革命"爆发了。霸爷的问题来了。有人说他是反革命分子，当过国民党的兵；有人说他以前殴打过人；有人说他对老婆不忠，有资产阶级腐化堕落思想……

霸爷对造反派吼道："尽管去查，查清楚了就知道是怎么回事了。"

造反派不由分说，把他关进牛棚，要他"老老实实，坦白认罪！"霸爷抢起什么砸什么，火冒三丈，死不认罪。

一天，县革委会李主任来到霸爷的牛棚。

"老霸呀，"李主任不知道霸爷的名字，所以习惯中加个"老"字，喊出这不伦不类的称呼来。

"其实，你也没犯什么错误嘛，吓私塾的老先生，是小时候的事，那时不懂事；打保长，也是助人为乐嘛，何况，先生和保长也是'现行反革命'，列在被批判之中呀。"李主任斜睨了霸爷一眼，故作轻松地说。

"那还不赶快放人？我都快憋死了！"

"别急，你参加国民党那段历史恐怕抹不掉吧？"李主任狡诈地说。

霸爷的心一紧。

"不过，还是可洗脱'罪行'的……"李主任试探着亮出了牌。

"怎么洗脱？"霸爷急切地问。

"只要你答应我一件事，我就可以设法给你解脱。"

"什么事？"霸爷两眼瞪出了火。

李主任摊出了底牌："你不是有个漂亮女儿叫香香吗？今年也快22岁了吧？我那傻蛋娶不上媳妇，只要你答应……"

"容我想想……"霸爷知道李主任有个弱智儿子，今年快30了。

然而，香香毕竟是自己最心爱的女儿呀。

霸爷当晚通宵想着这事，慢慢地，心中的天平失去了平衡。第二天，霸爷咬咬牙，答应了。

李主任当即高兴地喊他"亲家"，"不过，你暂时还得在这里待一段时间，因为我还得找各方面做点工作。"其实，他是要等霸爷的女儿与他儿子成婚之后才放霸爷出来。

香香不久成了李主任的儿媳妇。霸爷也从牛棚里放了出来。

谁知香香外表柔顺，内心却很刚烈，到李主任家不到几天，便喝甲胺磷农药自杀了。

水秀要死要活，口口声声叫霸爷赔她女儿。

霸爷没敢吭声。水秀就走了，走出了霸爷的视野。有人说，水秀跳河自尽了，但没人能证实。

霸爷回到村里，又做起了农民。那时，霸爷40多岁了。40多岁的霸爷从此万念俱灰，脾气更加暴躁，没人敢惹他。霸爷后来又娶了一个老婆，就是我真正的奶奶。奶奶为他生了三个儿子：我爸和两个叔叔。

此后，霸爷除了干活，就是骂人。

我爸和我叔说，他们都是霸爷骂大的。他们还说，奶奶没得一天安宁。整天就是陪着霸爷的骂声过日子。

"文化大革命"熬过去了。我爸和我叔都上学了。我爸像当年的霸爷那样，念了三年书，便读不下去了，霸爷把他赶回家，我爸也成了农活行家里手。大叔读完高中回村当了村委会会计。我二叔，大专毕业后分到乡政府，十三年后，当了乡长。

霸爷的腰又挺起来了，但是仍没少骂人，尤其是对二叔，骂得更凶。霸爷对着二叔骂人，别人以为他是骂二叔，其实，仔细一听，句句是在骂自己，只不过，他把"我"，换成了"你"，比如他骂："你就是一个不要老婆孩子没有良心的王八蛋！"而那时，二叔根本就没有老婆孩子。

但二叔服他。他说："没有他，我这乡长还当不好呢！"

前年，霸爷突然提出，要我二叔陪他去东北走一趟。

到了东北，找到了那个屯子，但寡妇早已死了，雪豹也长成了一个东北大汉了，他没认自己的父亲。

霸爷喃喃地说："不记得了，大家都不记得我了……"

后来，回到家的霸爷一直口流白沫，头不能立，痴痴呆呆，没精打采。

叔和爸忙给他准备棺材。

拖到现在，霸爷才闭眼。

不知到了阴间，霸爷还会骂人吗？如果会，会骂谁呢？

寻找女儿美华

1

"我女儿不见了!"

美华爸骑着一辆快散架的"长征"牌自行车,气喘吁吁踩进乡政府大门,见到派出所所长,翻身下车,说。

所长正斜着身子,站在洒满薄霜和阳光的地上,一边抽烟,一边低头想着事儿。美华爸一声喊,差点把他手中的烟震落。

"什么?"所长把烟往脚下一丢,狠狠踩了一下,抬起头,一个两边颧骨凹成大酒窝、两排牙齿凸成骷髅脸的老汉弓着身子,站在他面前。

"我女儿丢了!"

美华爸手忙脚乱,撕开烟盒,递上一支。

所长摆摆手,转身往背后的大楼走去。

美华爸紧追上去。

所长进了办公室,掸了掸桌上的烟灰,眼皮动了一下:"怎么丢的?"

在她老公身边丢的。美华爸把烟轻轻放在办公桌上,突然提高嗓门说:"一定是她老公把她卖了,那家伙吃喝嫖赌,准是把我女儿卖了抵债了!"

"没有证据可不能乱说话。"所长支着下巴逼视美华爸。

"就是他弄丢的!就是他弄丢的!"美华爸又说。

所长不知从办公桌上的哪个地方抽出几张纸,又随手拾起一支笔,敲了两下桌面,说:"讲讲详细情况。"

"我女儿美华前年在广东打工时认识的那小子。年底带他到我家来,美华就怀了他的孩子。那小子家里什么也没有。当时他可怜巴巴地说,父母早死了,与他奶奶过日子,家里没多少田地,初中没毕业就去了广东。在一家玩具厂认识了我女儿,也不晓得他使的啥手段,我女儿跟了他。有什么办法?我和她妈见她肚子都大了,不答应这门亲事还能怎地?几个月后,美华生下孩子扔给我们,跟她老公又去打工了。"

"去年年底,那小子来到我家,一把眼泪一把鼻涕地告诉我,美华跟别的男人跑了!不要他了!"

"问他跑了多长时间。他说跑了半年多了。我当时就骂他:连自己的老婆都看不住,还算是男人吗!老婆跑了半年多了,为什么到现在才告诉我们?他说怕我和她妈不饶他。你说我女儿丢半年多了,到现在还找得到吗?我猜就是那小子把我女儿卖了。"

美华爸跺了一下脚,接着说,"隔壁村在同一家玩具厂打工的女仔告诉我,平时那小子经常打扑克打麻将,赌得厉害。美华劝过他,他不听,有时赌红了眼,还打美华。有一次,他输了几千块钱,美华和他吵了一架,骂他早晚有一天会连老婆都赌掉。"

所长示意美华爸别再说了,然后问:"能把你女婿叫来派出所吗?"

"这小子在家待了不到半个月,前几天又去广东了。"美华爸像想起了什么,拍了一下大腿,说,"嗨,是啊,我当时怎么没想到把他抓到你这儿来呢。"

"我告诉你,你可没有权力抓人啊,"所长用手指了指美华爸,接着又问,"那你晓得他打工的地址吗?"

"他说原来的玩具厂工钱低,今年换一家,也不知换到哪去了。"

203

寻找女儿美华

美华爸又跺了一下脚。

所长说："这样吧，你先回去等消息，等你女儿跟家里联系。如果你女儿没音讯，就等你女婿把新地址告诉我们。"

美华爸想了想，说："只能这样了。"他转身想走出门，又折回，把整包烟放在办公桌上，挤出一丝笑容："警察同志，麻烦你了，麻烦你了。"

2

美华爸走出乡政府大楼，是上午十点钟左右，铺在身上的阳光开始漫出微微的暖意来。水泥地上不知是谁的脚底带来的硬硬的泥土，泛起了闪亮的水意。美华爸踩上去，它便不失时机地沾上来，兴许又该"回归"到它来的地方去。

整座大院枯叶飘零，只有两三间平房，门口有枯叶混合着一层薄薄的鞭炮碎屑，昭示着新年还没走多远。美华爸一边推着自行车，一边环视四周，贴在两三间平房门上的对联被他自行车"叮叮当当"的响声震荡得像要渗出鲜红的血来……

正月十三了，美华爸骑着自行车掠过马路两旁光秃秃的田野，田野上的风逃过阳光的追捕，直往他的脸上撞。

临出门时，他对大女儿说："陪陪你妈，让她安心一点。"

走出门时，他又嘀咕一句："死女仔，哪会讲话哟，她越讲只会使老太婆越添愁。"

美华爸更念起美华来。

美华爸有两个女儿，本来是有一个儿子的，可惜9岁那年在池塘里游泳淹死了。那时美华6岁，眼看着爸把哥抱到一头水牛背上，让他颠出肚子里的水来，希望奇迹发生。但奇迹到底没发生。美华爸看着两个女儿立在旁边，11岁的大女儿美英咬着双手傻傻地笑，美华呢，扑在妈妈的怀里放声大哭。

此后，美华很顺利地小学毕了业，读了初中，要不是因为家里缺钱，要不是为了姐姐主动牺牲，美华爸相信美华是能考上高中，没准能上大学的。

美华在家两三年，连父母都没发觉，她哪一天就出落成一个高挑丰满的大姑娘了。村里人说，脸蛋像她妈，身材像她爸，美华把爸妈好的东西全集中在身上了。

美华的勤劳是全村出了名的。除了田里，美华还外出打零工，但不出县不出省。她为邻村的包工头挑砖，还到临乡的窑洞挖土，脏活累活都干。

后来，包工头的公子哥爱上了美华。听说包工头的公子哥天天到工地上来，美华对他不理不睬。

姐妹们劝她："他家钱多，嫁给他有好日子过。"

美华头一扭，丢出一句话："过什么好日子，流氓一个！"

姐妹们叹可惜，嫌自己长得没美华好看。

美华的爸妈听到这个消息，笑笑，说随她自己的意思吧。

没有谁怀疑美华会找到一个好老公，凭她的条件。美华爸妈吸取大女儿美英的教训，面对络绎不绝的上门求亲者，他俩不轻易开口，把自主权交给美华。当初大女儿就是由于他俩太武断，在女儿支支吾吾还没做决定之前便做主答应了下来。结果怎么样呢？嫁了个"豆腐佬"，每天早上五六点钟起床做豆腐，走村串巷卖豆腐，辛苦不说，两口子还隔三岔五吵架。

轮到美华，美华爸妈谨慎多了，眼光也挑剔多了。

"不急，慢慢挑，才二十岁呢。"

二十岁的美华有一天对她爸妈说："我想去广东打工，攒点钱，一两年后回来。"

美华爸妈见村里十八九岁二十岁的男女青年都走光了，知道女儿也动了心，劝也没用，只是嘱咐她，在外赚钱事小，最要紧的是别出事。

当时，她的头点得好好的，谁想，外出不到一年就带回来一个男人，还挺着个大肚子！

美华妈当天哭肿了眼睛，美华爸详细问了那瘦小如柴的男人家世后，脸阴成了灰黑的铅块。

村里人说："这就是命呀。"

美华跟男人在男方家住了两天，嫌男方家两间房漏风漏雨，回到了娘家。

美华爸把女婿赶回了家，只留女儿在自己家住。几天后，美华妈止了泪，变成了关心。嘱咐慢慢大了肚子的女儿注意身子，还隔天炖鸡汤给她喝。几个月后，生了个女儿下来，还没断奶，男人便催着美华去广东。

美华狠狠心，丢下女儿，跟男人又去打工。

3

当时，春节还没过完，美华拎着一个布袋子，在男人的推搡下朝县城方向赶。美华没有穿新衣服，半旧的花布棉衣有两粒纽扣没来得及扣，女儿沙哑的哭声，恨不得要把她所有的纽扣撕开，美华两个鼓鼓胀胀的地方憋着一股情怀，冷风从脚底涌入她的胸腔，冷冻了她的心。

美华妈追美华到村口的柳树下，她看到天空中积满了暗灰色的云团，那些云团慢慢逼来，汹涌地翻滚着。美华爸一边拍打着身上的雪花，一边奔向老伴，把她拉回家，还一边骂着："让两个死在外面，再也不要回来！"

细碎的、坚硬的雪疙瘩砸在老两口的脸上、额头上，一阵阵的痛。

想不到年底，女婿回来了，而且是孤身一人回来的，女儿竟然不在身边，女儿竟然丢了！

女婿一把眼泪一把鼻涕哭诉说，美华跟一个有钱的老板跑了。美华爸怎么也不相信女婿的话。"美华不是那样的女仔，如果她跟有钱的老板跑了，当初就不会找你这个'现世宝'！"美华爸说。

美华妈急得哭着去找亲戚，商量怎么办。女儿半年没有音讯，到哪儿去找？

"不用找，美华又不是不识字，又不是不懂事，等等吧，她会打电话回来的。"有人安慰她。

"都半年多了，如果平安，按理应该打个电话或写封信回来呀。美华不会真的是跟人跑了，怕父母丢不起这个脸，干脆就——"有亲戚刚把话说到嘴头上，马上有亲戚出来制止说："别饶舌了，就是真的这样，她不会随便编个谎？只要告诉家里她还活着，至少让父母放心吧？"

美华妈睁着一双惶惑的眼睛，目光在亲戚们的身上不停地晃悠，总想停留在某人的身上，以得到几句让她安心的话，但每个人的话都让她不安定。这时，从人群中冷不防传来一个慢条斯理的声音："不是被人拐跑了吧？"

美华妈心一颤，循着声音看去，是一张年轻得有些苍白的脸。苍白的脸有一副单瘦的身子，单瘦的身子随着话语慢慢地在人群中撕开一条缝，她走到美华妈面前，说："我去年在广东打工时，我们厂里就有三个湖南妹被人贩子拐卖，不见音讯了。你知道她们被拐卖到什么地方了吗？听报上说，拐到连鸟都飞不进去的穷山沟里。那里的男人在当地讨不上媳妇，便花几千块钱通过人贩子买媳妇，强行结婚后，不让媳妇走出家门半步，关在家里给他做饭，陪他睡觉，为他生崽！"

"这么说，在外打工那么危险，为什么还有那么多人出去呀？"有人叹息。

"不光拐卖打工仔和打工妹，连大学生都被骗呢！"那张年轻得有些苍白的脸涨成了紫红。

美华妈的心掉进了冰窖里。

回家时，美华妈踩着积雪，脚步踉踉跄跄。她抬头看看天，天空中的颜色是一种奇怪的蓝绿色，把漫过球鞋的雪映得十分恐怖。

美华妈越走越害怕，身上的血仿佛在慢慢冻结。她哆嗦着加快了脚步，到门口时，美华爸已烧好了热水，搬一条长凳在抽着闷烟等着。

这几天，大女儿美英没做豆腐卖，昨天刚来爸妈家，这会儿正在房中骂着女儿洗脸。

"妈，我在村里听到有人说闲话。"大女儿一盆水狠狠地泼出去，一团白雪"哗"的一声，腾起一阵烟雾，消散成一摊黑水。

"啥闲话？"美华妈托着毛巾的双手停在脸前。美华爸一口烟也憋在嘴，抬起眼皮看着大女儿。

"有人说，美华为了生一个儿子，便合计和她老公想法子呢，目的是分散计生干部的注意力。"大女儿眨巴着眼睛又说，"再等几个月吧，兴许她会偷偷地捎信回来。"

"这就好……"美华妈冷不防被铺上脸的毛巾热了一下，猛地缩回，慢慢地又在脸盆里摩挲起来。

美华爸不言语，白了女儿一眼，双手插进衣袖里，缩着脖子，踏着零星的鞭炮声，来到小学教师陈接水家门前。进门时，脚步迟疑了，因为他听到接水家喧闹的劝酒声。美华爸绕着接水家的屋子转了一圈，还是进了屋。

接水家果然正在请客，请的都是学校的教师，大家见他进来，以为是接水的亲戚，又见他年纪不小，忙站起来热情地把他请上桌。

美华爸见状，紧张地连连摆手，正想出门，陈接水随手捡起一包烟追了上去，递给他一支，帮他点上，问："是不是为美华的事？我听我妈说过。只有派出所的人能帮你。你让派出所的人把你女婿找回来，当面问他怎么回事，他才会讲实话。如果真是他把美华卖了，派出所的人'咔'地把他一铐，要他坐牢！"

"到哪里去找？我不知道那家伙在哪里打工呀。"美华爸拿烟的手一扬，烟头正碰上另一只手，惊得火星四溅。

"那你也得先去报案，报案，知道吗？就像去医院看病，要先挂个号。报了案，派出所就有办法找到他！"美华爸从陈接水肯定的眼神中好像找到了救命稻草。

在村里，美华爸最佩服的人就是陈接水，因为他是知识分子，又热情助人，没有文化人的臭架子。

陈接水的话似乎点燃了美华爸心中的光亮。

4

　　没有人知道报案回来的美华爸心情如何，或许只有他自己知道。他骑着自行车回来，车轮留下的痕迹如荒草般向他相反的方向无限延伸，而路旁是没荒草的，在别人眼里，看不见荒草。荒草只长在美华爸的心里，他心底里吹起的寒风使荒草肆意飘扬。

　　骑到村口的时候，美华爸看到老伴拿着一把芹菜，在结冰的池塘上砸开的一个口子里悠悠地摇晃，他甚至听到老伴搅拌冰块的破碎声。

　　美华爸翻身下车，车的负荷突然减轻发出的弹跳声，让老伴扭头看向他。

　　美华爸站在了池塘边的台阶上。

　　"派出所的人怎么说的?"美华妈停止了摇晃。

　　"能说什么，让我们在家等呗"美华爸一把夺过老伴手中的芹菜，对她说，"去煮饭。"

　　美华妈愣了一下，颤颤地支起腿，想了想，低下头对美华爸说:"去问问陈招弟吧，她不是回家过年了嘛，她知道外面的事多。不问来不及了，她过完年又要去广东打工了。"

　　"要问你去问，丢人现眼!"

　　"丢人现眼"是村里人泼向陈招弟的四粒唾沫星。

　　美华妈清楚地记得，腊月二十八，招弟回家走到村口的情景。远远走来的陈招弟像一团火焰，慢慢在她的眼中蔓延开来。等陈招弟走到她面前时，在村口晒太阳的其他妇女都把目光齐刷刷地投向陈招弟。

　　不知是不是走路比以前挺了，陈招弟的胸明显比以前高了；不知是不是城里的阳光养人，陈招弟的脸比以前白了，而眼圈却黑了，头发也卷了，油光发亮了。

　　就像城里淋过雨的柏油马路——美华妈把目光停留在陈招弟的头

寻找女儿美华

发上，这样想，同时，耳边传来密密麻麻的议论声——

"听说前几个月，陈招弟给她爸妈寄来5万块钱，她爸妈计划着在县城里买一幢房子呢。啧啧啧，人家到外面去打工就像去捡钱。城里的地上到处都是钱吗？哪天我也去城里捡钱去！"

"你知道她的钱是怎么挣来的吗？她妈告诉我，是陪客人喝酒跳舞挣来的。听她妈的口气，好像女儿在城里当大官似的！"

"……"

美华妈听着听着，把目光呆呆地转移到墙角一堆还来不及融化的白雪上，脑子一片空茫。

"美华妈，美华哪天也风风光光回来呀？"一位妇女用晒衣架轻轻捅了一下美华妈的胳膊。

美华妈回过神来，随口说："什么风风光光？平平安安就好。"美华妈想了想，又转了口气，说："可能不回来吧，也没听到她捎个信回来。"

美华妈正说着，有人过来催她："快回家吧，美华的孩子在哭呢。"

回到家，美华妈见美华爸正摇着摇篮，骂着小孩："你爸妈全死了，干脆丢了算了！"

美华妈拨掉美华爸摇着摇篮的手，把小孩抱起来，叫美华爸去厨房拿正热着的牛奶来。

"我养了两个女儿都没花她一个这么多心思，光奶粉钱都用了几百块，以前美英美华只喝米粥。"美华爸骂着往厨房走去。

美华妈把奶嘴往小孩的口里送，哄她："哦哦哦，你妈你爸明天就回来啰。"

第二天，小孩的爸真的回来了，但带来的却是美华跟人跑了的消息。

美华妈看着门口站着很多人，感觉一阵心悸，她想起了陈招弟，想起了村里人对招弟的议论。

美华妈尽量少出门，一天，陈招弟来问美华什么时候回来，美华只让大女儿出去搭腔，她躲在房中不敢出去。坐在梳妆台前的美华妈紧闭双眼，她的心里不知是怀着以前对陈招弟有着或多或少鄙视的歉意，还是怀着对女儿不知去向的痛苦。

几天后，一条消息传开来，说陈招弟到陈接顺医生那里看性病了。陈接顺说，陈招弟两只手像得了天花一样，密密麻麻的，烂着一块块疙瘩。陈接顺还说，陈招弟可能是在城里接客才染上那种脏病的。

大家传得有板有眼，板板却像打在美华妈的身上。

美华妈偷偷地对美华爸说："死女仔，不回来还好，免得像陈招弟一样，说得全身上下没一个好地方。"

5

美华爸挑着一担秧苗，晃晃悠悠朝田里弓着背插秧的老伴走去。已是"双抢"的季节，一年过了一半，仍没有美华的音讯，连女婿也好像从人间蒸发了。

往年，村里人都说美华爸和美华妈有福气，生了这么一个勤快的女儿，拔秧，插苗，割稻，挑谷，全她一个人干。美华妈只在家里晒晒谷子、煮煮饭。美华爸也只是踩踩脱谷机，犁犁田。三四亩地，两个星期，侍弄得干干净净。

自从美华出去了以后，头一年，美华爸和美华妈还觉得没什么，三四亩地，还没有老到走不动。以前在生产队，两人加起来，哪年不挣千把分的工分？这样想想，牙一咬，"双抢"就挺过去了。

可今年不。美华爸感觉脚下越来越软，老伴也整大喊腰都快断了。她都60岁人了，还弓着背在田里一棵一棵地插秧。看到这些，美华爸把肩上的扁担一丢，一屁股坐在田埂上，抽起烟来。

美华爸冲着田里的老伴说："老两口都快进土了，天天在田里，还带着一个一两岁的死伢仔。明天丢到她奶奶家去！"

美华妈艰难地直起腰，说："一个70多岁的老奶奶，你让她带小孩，不是要她和小孩遭罪吗？"

"要带你带，我可不管。"美华爸直瞪眼。

"你以为外公那么好当？你看村里其他老人，不是一样要为儿女带小孩吗？"美华妈不依不饶。

"人家儿女看得见，摸得着。我们的呢？"美华爸仍是瞪眼。

美华妈一听，用衣袖抹着眼睛，嘤嘤地哭。

美华爸不搭理她，把簸箕的口对准田里，抓起几扎秧苗就朝老伴丢。

泥水四溅，老伴迟钝地避着，实在躲不及，便冲田埂上哭着骂："有气到家撒去，在这里丢人现眼！"

6

美华爸下决心要去广东走一趟！

他东转西转，从别人口里知道女婿第一次打工的厂址。他提出要去那儿寻找女儿时，老伴吓了一大跳："你一个字都不认得，瞎和尚撞钟一样，别把你自己丢了。"大女儿也反对："外面复杂得很，你一个人去，非出事不可。"村里人也说："广东那么大，到哪儿去找？你认得路吗？"

美华爸愣住了，任凭那念头从强变弱，直至无声地滑落到心灵的最深处。他觉得"广东"在遥远而未知的地方，朝他傲然而冷酷地笑。美华爸愣了好久，呆着眼神，慢慢地说："那我找长庚去。"

天凉了，过中秋了，美华爸知道，长庚回家来了。

美华爸认为长庚是村里在外打工唯一有了出息的后生。他1990年出去打工，现在不但自学得了大学文凭，找到了正式国家单位，转了城市户口，还在当地娶了老婆，有了儿子。

长庚在村里被当作各种"牌"甩来甩去——

如果有哪位父母不让儿女出去打工，儿女们就会说："你让我像长庚一样到外面去闯闯吧。"父母们就大都不再言语，任由儿女们整理行囊。出门时，父母们特地不忘嘱咐一句："要像长庚一样混出个人样来!"

如果有哪位打工仔、打工妹分文未拿回来，父母们就会说："你看人家长庚，不抽烟不喝酒卖力工作才能挣到钱。"儿女们则会顶嘴："长庚娶老婆的钱也不是一年两年挣下来了，他打了10年工呢。"父母们马上白着眼："我讲不过你!"

长庚在村里是个神话。

那么一个不敢去高考的"逃兵"，那么一个挑五十斤东西腿都软的后生，那么一个只会躲在房中看书怕见生人的"书呆子"，竟然衣锦还乡，在每一年的中秋节，都要回家探亲，还买十几个月饼，切成几十块，分给乡亲们吃。

那种月饼的馅有莲蓉，有鸡蛋，有腊肉，有香肠，还有……还有啥？说都说不上来了!

长庚在村里甚至就是好吃的月饼。

美华爸这会儿来到长庚家不是冲着月饼去的，而是问怎么去找美华的。

八月里，冰凉的风裹着美华爸单瘦的身子卷进长庚的老屋，惊起几只刚从笼子里飞出来、还没睡醒的老母鸡，它们"咯咯咯"叫个不停。

正在厨房里煮饭的长庚妈探出头来，手里拎着根没折断的干柴。

长庚妈一看，见是美华爸，问了一句："找长庚，是吗？"

长庚正穿衣，美华爸已走进房里，他递给长庚一张纸条，说："带我去广东的这个地方，好吗？"想了想，他又说："车费和吃住费我来出。"

长庚接过纸条，看了一下，抬起头，问："这是美华现在打工的厂址吗？"长庚早知道美华的事。

"现在不知道她还在不在那里。"美华爸顿了顿，又说，"不过，不去看看怎么知道她还在不在那里呢。"

"不是说美华跟她老公早不在那里了吗？"长庚妈进房，在旁插嘴。

"写去的信被退回来，不过，会不会是那家伙把信截了，根本不给美华看，便退回来了？"美华爸说。

长庚皱起了眉头。

"你见的世面多，全国各地到处跑，又有文化，帮我想想办法吧。"美华爸的声音在空气中弥漫开来，吹得长庚一阵发凉。

长庚想了想，说："上午我跟你去一趟县城，我帮你问问那家工厂的电话，先打个电话去证实一下美华在不在那个厂里。"

美华爸一听，走出房间，找了张凳子坐下，说等长庚吃完饭就去县城。

长庚妈要美华爸也吃饭，美华爸说："我吃过了，我等长庚。"

长庚妈也不知他是真吃了还是假吃了，便不强求他。

到县城一问，厂家说穿花车间原来是有一个叫"陈美华"的打工妹，但去年初就走了。

这正应了女婿说的时间。美华爸一屁股重重地坐在水泥台阶上，狠狠地揪了一把头发："难道美华真的不再回来了吗？"

长庚对美华爸说："当初美华老公回来时，你们不应该让他走。"长庚顿了顿，又说："我认为，美华的下落有四种可能性。一是她确实跟人跑了。但即使她跟人跑了，也应该打个电话或写封信回来给父母，好让你俩放心啊。二是她被人贩子拐跑了，卖到哪个不能跟外界联系的地方了。三是被她老公卖了。四是厂里发生了什么事故，美华死了……"长庚看见美华爸睁着眼睛认真听，放慢、放轻了口气，小心地往下说："如果是第二种、第三种可能，你女婿脱不了干系，如果是最后一种可能，你女婿应该明白事故真相……总之，只有找到你女婿，才能把事情弄清楚！"

"他当时就一口咬定说美华是跟人跑了，谁知道他说的是不是真的？"美华爸说。

"所以，还是要去找公安局，他在公安局的人面前不敢不说真话。"长庚说。

"我已经报案了，可派出所的人说要等他回来，并要我回家等消息。"美华爸说。

"乡派出所手段少，你应该到县公安局报案。"长庚说。

7

长庚领着美华爸往县公安局方向走，美华爸一直耷拉着头，街上的手扶拖拉机声、汽车声淹没了美华爸的心思。他手中的那辆散了架似的自行车忐忑不安地跳跃着，有一次险些要从他手中挣脱出来。

已是下午，美华爸渐渐感到一阵凉气，从穿着凉鞋的脚底传递上来，太阳也不知什么时候从光秃秃的梧桐树旁的围墙后下去了。

围墙的那边就是县公安局。长庚在前面回头喊他，并且向他扬了扬手，说："快点，要下班了！"

长庚的喊声刚落。美华爸就被长庚带进了一个院子。

院子里枯叶飘零。

美华爸微微打了个冷战。他嘴唇翕动了两下，忽然对长庚说："算了，我不想报案了。"

美华爸转身向院外走。

长庚怔怔地站着，目送美华爸的身子骨像散了架似的，消失在街上下班的人流中……